ОПАСНО ДЛЯ ЖИЗНИ

· · · · · RUTH · · · · ·
RENDELL

THE BRIDESMAID

· · · · · · РУТ · · · · · ·
РЕНДЕЛЛ

ПОДРУЖКА НЕВЕСТЫ

Москва

2005

УДК 82(1-87)
ББК 84(4Вел)
Р 39

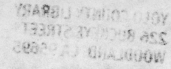

RUTH RENDELL
THE BRIDESMAID

Перевод с английского Наталии Васильевой

*Художественное оформление
и макет Андрея Бондаренко*

Ренделл Р.

Р 39   Подружка невесты: Роман / Пер. с англ. Н. Васильевой. — М.: Изд-во Эксмо, 2005. — 384 с.

...Она полезла на него с кулаками, целясь в лицо, в глаза. Она корчилась от боли в его хватке, металась в разные стороны, шипела, изворачивалась, чтобы укусить его за руку. Он почувствовал, как острые зубы сдирают кожу, как пошла кровь. Он и не знал, что Сента такая сильная. Ее сила пульсировала — это напоминало провод под огромным напряжением. И внезапно, как если бы вдруг выключили электричество, все прекратилось. Сента ослабла и рухнула, как умирающий, как животное, которому свернули шею.

Страсть. Одержимость. Мания. Рут Ренделл вновь завораживает и потрясает читателя в романе «Подружка невесты».

УДК 82(1-87)
ББК 84(4Вел)

ISBN 5-699-10866-1

Дону

ГЛАВА 1

ГЛАВА 1

Иных насильственная смерть завораживает. А Филиппа она удручала. Он боялся, считал, что у него фобия убийства, любых его форм, страх кровопролития на войне и нелепой смерти в катастрофах. Насилие было ему противно — в реальном мире, на экране телевизора, в книгах. Так он относился к смерти много лет, с самого детства, когда его сверстники целились игрушечными пистолетами друг в друга, играя в войну. Он не знал, когда этот страх появился и почему. Самое удивительное, что Филипп не был трусом или брезгливым человеком и смерть пугала его не больше и не меньше, чем других. Просто насильственная смерть не щекотала ему нервы, и он старался избегать ее. И знал, что это странно, скрывал свой страх — или пытался скрыть.

Когда дома смотрели телевизор, он тоже смотрел и глаз не закрывал. При этом он никогда не критиковал ни газеты, ни современные романы. Окружающие знали о его страхе, но им, по большому счету, не было дела до его чувств. И они продолжали говорить о Ребекке Нив.

Будь Филипп один, он не обратил бы никакого внимания на сообщения об исчезновении девушки, да это и сейчас его не занимало. Выключил бы телевизор — и все.

Разумеется, десятью минутами раньше он так бы и поступил и не услышал бы очередных новостей из Северной Ирландии, Ирана, Анголы, не узнал бы ни о железнодорожной аварии во Франции, ни о пропавшей девушке. Никогда бы не взглянул на ее фотографию, не увидел бы красивого смеющегося лица, с глазами, которые щурились от яркого солнца, и волосами, развевавшимися на ветру.

Ребекка исчезла часа в три. Был осенний день. В среду утром с ней по телефону говорила сестра, а ближе к обеду позвонил парень, новый приятель, с которым у нее было всего четыре свидания. Он последний слышал ее голос. Сосед Ребекки видел, как та выходила из дома в ярко-зеленом вельветовом тренировочном костюме и в белых кроссовках. А больше ее никто не видел.

Когда на экране появилась фотография девушки, Фи сказала:

— Мы с ней вместе учились в школе; по-моему, я это имя знаю — Ребекка Нив. Где-то я его слышала.

— А я не слышала. Ты никогда не говорила, что у тебя есть подруга, которую зовут Ребекка.

— Это и не подруга, Черил. Нас в школе было три тысячи человек. Я с ней, наверное, даже не разговаривала ни разу.

Фи не отрываясь смотрела в телевизор, а вот ее брат старался этого не делать: взял газету и открыл ее на той странице, где о Ребекке Нив не было ни слова.

— Они, наверное, думают, что Ребекку убили, — сказала Фи.

На экране появилась мать пропавшей девушки и попросила тех, кто что-либо знает о Ребекке, сообщить все, что им известно.

Ребекке было двадцать три года. Она преподавала лепку на курсах для взрослых, нуждалась в деньгах и потому искала работу няни или домработницы, давала объявления в газеты. Возможно, кто-то откликнулся на такое объявление, девушка назначила на вечер встречу и ушла. По крайней мере, так хотела думать мать Ребекки.

— Бедная женщина! — сказала Кристин, внося в комнату поднос с чашками кофе. — Как она, должно быть, переживает! Представляю, что было бы со мной, окажись на месте этой девушки кто-то из вас.

— Со мной бы такого не случилось, — сказал Филипп, хорошо сложенный, хотя и худой парень шести футов росту. — Ну, теперь можно выключить? — Он посмотрел на сестер.

— Тебе ведь это не нравится? — Черил, никогда не сдерживающая эмоций, нахмурилась. — Может, ее и не убили. Каждый год пропадают сотни людей.

— Наверняка нам что-то недоговаривают, — отозвалась Фи. — Никто бы так не суетился, если бы она просто ушла из дома. Забавно... я помню, мы были в одной группе по труду. Говорили, что она хочет продолжать учиться после школы и стать учительницей, а девчонки над этим смеялись, потому что их единственным желанием было поскорее выйти замуж. Ну ладно, Фил, выключай. Все равно больше ничего про Ребекку не будет.

— Почему не рассказывают о хорошем? — спросила Кристин. — Тоже было бы интересно посмотреть. Не поверю, что нет ни одной хорошей новости.

— Несчастья и бедствия — вот что такое новости, — сказал Филипп, — хотя для разнообразия можно было бы попробовать и твою идею. Составлять, например, списки спасенных: всех, кто чуть не утонул, кто благополучно пережил автомобильную аварию, кого чуть не убили, — и продолжил уже более мрачно: — Детей, которых не поколотили, девочек, которые убежали от насильников.

Он выключил телевизор. Определенно, было некоторое удовольствие в том, чтобы наблюдать, как изображение тускнеет и быстро пропадает с экрана. Фи не злорадствовала по поводу исчезновения Ребекки Нив, но всевозможные догадки о случившемся интересовали ее гораздо больше, чем «хорошие новости» Кристин. Филипп попытался заговорить о другом. Вышло довольно натужно:

— А когда мы завтра планируем выходить из дома?

— Правильно, давай сменим тему. Ты как всегда, Фил.

— Он сказал, что будет у себя около шести. — Кристин довольно робко посмотрела на девочек, потом опять на Филиппа. — Пойдемте-ка на минутку в сад. Мне нужен ваш совет.

Сад, маленький, унылый, был хорош лишь в те часы, когда садилось солнце и по земле тянулись длинные тени. На краю росли кипарисы, отгораживавшие его от соседнего участка. Посередине газона была круглая бетонная плита, на ней — статуя и птичья поилка. Мох на бетоне не рос, но в щель под поилкой пробивались сорняки. Кристин положила руку на статую и погладила ее, точно малыша, по головке. Она сосредоточенно посмотрела на детей, то ли с заботой, то ли с какой-то решимостью в глазах:

— Как вы думаете, могу я подарить ему Флору?

Фи, вообще редко сомневающаяся, была, как всегда, резка:

— Людям статуи не дарят.

— А почему нет, если это кому-то нравится? — спросила Кристин. — Он говорил, что статуя ему нравится и что она хорошо смотрелась бы у него в саду. Он говорил, что Флора напоминает ему меня.

Фи как будто не слышала слов матери:

— Людям дарят конфеты или вино.

— Он привозил мне вино. — Кристин произнесла это так благодарно и удивленно, будто взять с собой бутылку вина, когда едешь в дом к женщине, с которой будешь ужинать, — знак исключительной заботы и щедрости. Она провела рукой по плечу Флоры:

— Мне всегда казалось, что она похожа на подружку невесты. Наверное, дело в цветах.

Филипп раньше толком не всматривался в мраморную девушку: Флора — всего лишь статуя. Сколько он себя помнил, она стояла в саду. Говорили, что отец купил ее

11

во время их с Кристин медового месяца. Это была уменьшенная, три фута высотой, копия римской статуи. В левой руке букет цветов, правая протянута к подолу, как будто Флора приподнимает его с правой лодыжки. Обеими ногами девушка стояла на земле, но складывалось впечатление, что она неторопливо идет или танцует. Особенно красивым было ее лицо. Вообще-то лица античных статуй Филиппу не нравились: из-за тяжелых подбородков, длинных, без переносиц, носов у них грозный вид. Наверное, дело в том, что изменился эталон красоты. Или просто его привлекает что-то более утонченное. Однако у Флоры лицо было как у красивой девушки из дня сегодняшнего: высокие скулы, круглый подбородок, маленькая верхняя губа, а сам рот — прелестнейший союз нежно сложенных губ. Лицо это казалось бы и вовсе живым, если бы не глаза. Слишком широко расставленные, они будто смотрели за горизонт. Во взгляде было что-то загадочное, отстраненное, языческое.

— Я уже давно думаю, что ей здесь не место, — сказала Кристин. — Она выглядит глупо. То есть из-за нее выглядит глупо все остальное.

И впрямь, статуя была слишком хороша для сада, в котором стояла.

— Все равно что шампанское в пластиковых стаканчиках, — заметил Филипп.

— Точно.

— Если хочешь, можешь ее отдать, — сказала Черил. — Она же твоя, не наша. Папа ведь тебе ее подарил.

— Я всегда считала, что здесь все наше, — ответила Кристин. — Он говорит, у него неплохой сад. Мне было бы приятно знать, что Флора в подходящем, правильном месте. Понимаете?

Она посмотрела на Филиппа. Никакие проповеди дочерей не могли внушить ей идею равенства полов, и натиск газет, журналов и телевидения не мог ее убедить в этом. Мужа не было в живых, и Кристин обращалась к сыну, хотя он и не старший ребенок, за решающим словом, указанием, советом.

— Завтра возьмем ее с собой, — отозвался Филипп.

Тогда этот разговор не казался важным. Да и с чего бы? Это же не вопрос жизни и смерти, как, к примеру, жениться ли, рожать ли ребенка, менять ли работу, соглашаться ли на рискованную операцию. Тем не менее, решение было так же существенно.

Конечно, должно было пройти еще немало времени, прежде чем Филипп начал думать об этом именно так. Он приподнял Флору на пару дюймов, чтобы понять, сколько она весит. Да, столько, сколько он и предполагал. Внезапно Филипп поймал себя на мысли, что Флора для него — символ матери: попала к отцу после свадьбы, и вот теперь ее отдают Джерарду Арнэму. Неужели мать думала выйти за него замуж? Они познакомились на прошлое Рождество, когда была вечеринка на работе у дяди Филиппа. Их отношения развивались медленно, если это вообще отношения. Возможно, причина в постоянных заграничных командировках Арнэма. Насколько Филипп знал, Арнэм был у них дома только один раз. И вот сейчас они собирались ехать к нему. Похоже, дело принимает серьезный оборот.

Мать сказала:

— Думаю, не стоит брать с собой Харди.

Харди — джек-рассел-терьер, названный так в честь модельера Харди Эймиса, чью одежду Кристин очень любила, — вошел в сад и встал около хозяйки. Кристин погладила пса.

— Он не любит собак. Не то чтобы он был с ними груб, — она говорила так, будто нелюбовь к собакам означает жестокое обращение с ними. — Просто они ему не нравятся. Когда он приезжал, я сразу заметила, что Харди ему не понравился.

Филипп собрался было вернуться в дом, и тут Фи произнесла:

— Я смотрела на Флору и вспомнила, как Ребекка Нив однажды слепила женскую голову.

— Как это — слепила женскую голову?

— В школе, в мастерской. Из глины. В натуральную величину. Учительница заставила Ребекку расколоть ее, потому что мы должны были лепить какие-то горшки и никто не разрешил бы засунуть в печь эту глиняную голову... А теперь Ребекка, быть может, лежит где-то мертвая, ты только представь.

— Лучше не надо. Я, в отличие от тебя, не любитель таких подробностей.

Фи взяла на колени Харди, который в это время всегда приходил к хозяевам и ласкался в надежде, что его поведут гулять.

— Да не в том дело, что я любитель «таких подробностей», Фил. Просто нам всем интересны убийства, насилие, преступления. Говорят, это потому, что в каждом есть склонность к насилию. Все мы способны на убийство, всем иногда хочется напасть на кого-то, ударить, сделать больно.

— Мне не хочется.

— Фи, ему действительно не хочется, — подтвердила Черил — ты прекрасно знаешь. И он не любит об этом говорить, так что помолчи.

Флору нес Филипп: считалось, что он, единственный мужчина в доме, самый сильный. Поездка из Криклвуда в Бакхерст-Хилл без машины — это ужасно: сначала автобусом до станции Килбурн, оттуда на метро до Бонд-стрит, где потом еще целую вечность пришлось ждать поезда Центральной линии. Они вышли из дома около четырех, а сейчас было уже без десяти шесть.

Филипп никогда не бывал в этой части центрального Эссекса. Место напомнило ему Барнет, где жилось так счастливо и где солнце, казалось, светило все время. Сейчас они шли по улице, больше похожей на какую-нибудь деревенскую тропинку: деревья и живые изгороди почти полностью закрывали дома. Мать и сестры были впереди, и Филипп торопился и перекладывал Флору из одной руки в другую. Черил ничего не несла, но идти в обтягивающих джинсах и на высоких каблуках ей становилось неудобно, и она ныла:

— Мам, еще далеко?

— Не знаю, дорогая. Джерард сказал, нужно подняться на холм, а там свернуть на четвертую улицу справа. Не правда ли, славный район? — У Кристин все всегда было славное. «Славный» — ее любимое слово.

Она надела розовое льняное платье и белый пиджак. Белые бусы, розовая помада. Волосы мягкие и пушистые; морщины под глазами благодаря темным очкам не видны. Вообще, Кристин выглядела как женщина, которая вряд ли долго будет одна. Филипп заметил, что кольцо, подаренное отцом на помолвку, она оставила дома, хотя обручальное кольцо было на ней, как и всегда. Наверное, есть какая-то особая причина, рассудил он. Например, носить кольцо, подаренное на помолвку, — это знак любви к мужу, а обручальное — это лишь выполнение требования общества к вдовам и женам. Фи, которая была помолвлена, конечно же кольцо носила. («Лучшее, что можно показать людям», — подумал Филипп.) В левой руке она держала сумочку, которую называла ридикюлем. В деловом темно-синем костюме, в этой чересчур длинной юбке сестра выглядела старше своих лет, настолько старше, что Арнэм мог решить, будто Фи слишком взрослая, чтобы быть дочерью Кристин.

Перед выходом Филипп не думал о своем внешнем виде — его единственной заботой было привести в порядок Флору. Мать обещала, что постарается стереть с мрамора зеленое пятно, и попробовала отмыть его мылом, но безрезультатно. Дала бумагу, чтобы упаковать статую. Филипп завернул Флору еще и в газету, ту самую утреннюю газету, вся первая полоса которой была посвящена случившемуся с Ребеккой Нив. Он увидел еще одну фотографию пропавшей девушки и сообщение о том, что некий мужчина двадцати четырех лет провел весь вчерашний день в полиции, «оказывая помощь следствию». Филипп быстро обернул статую и засунул в пакет, в котором Кристин принесла плащ из чистки. Наверное, напрасно он так сделал: пакет был скользкий и Флора елозила из стороны в сторону, так что все время приходилось ее возвращать в прежнее положение, и у Филиппа уже болели руки.

Наконец они свернули на улицу, где жил Арнэм. Дома здесь стояли не по отдельности, как в Барнете, а тянулись изогнутыми линиями. Такие городские особняки, в каждом сад с кустами и осенними цветами. Филипп уже понимал, что Флора, несомненно, смотрелась бы лучше в одном из этих садиков. Дом Арнэма был трехэтажный, с жалюзи на окнах и тяжелым медным дверным молотком в виде львиной головы на темно-зеленой георгианской двери. Кристин остановилась у ворот, посмотрела вокруг:

— Как жаль, что ему придется продавать этот дом. Но ничего не поделаешь, ведь он должен делить с бывшей женой собственность.

Нехорошо получилось, подумал потом Филипп, что Арнэм открыл дверь в тот самый момент, когда Черил довольно громко сказала:

— А я думала, его жена умерла. Я и не знала, что он разведен. Паршиво, правда?

Филипп на всю жизнь запомнил первое впечатление от Джерарда Арнэма, появившегося на пороге дома: хозяин, казалось, вовсе не рад своим гостям. Арнэм оказался среднего роста, крепко сложен, но не толст. Мягкие черты лица, полные губы. Волосы седые, жирные, прилизанные. Но он, чем-то похожий на итальянца или грека, был определенно красив — в том смысле, который Филипп вкладывал в это слово (хотя и не мог объяснить толком почему). На Арнэме были кремовые брюки, белая рубашка с открытым воротом и легкий пиджак в крупную, но не слишком кричащую сине-кремово-коричневую клетку. Испуг на его лице сменился выражением возмущения и удивления, граничащего с недоверием, и он даже на секунду закрыл глаза.

Но быстро открыл их и стал спускаться по лестнице, уже пряча эмоции под маской искренней вежливости. Филипп думал, что Арнэм поцелует мать, и, похоже, она ждала этого, потому и подошла к нему, подняв лицо. Он не поцеловал ее. Пожал всем руки. Филипп поставил Флору на ступеньку.

Кристин представила детей:

— Познакомься: Фиона, моя старшая дочь. Она выходит замуж в следующем году. Помнишь, я тебе говорила? Это Филипп, он только что получил диплом и собирается стать дизайнером интерьеров, а это Черил, она недавно закончила школу.

— А это кто? — спросил Арнэм.

Филипп поставил статую так, что действительно могло показаться, будто это еще один человек. Бумага разорвалась, и голова и рука Флоры торчали из сумки. Спокойное лицо, с глазами, будто смотрящими сквозь тебя куда-то вдаль, было сейчас полностью открыто, как и правая рука с букетом мраморных цветов. Зеленое пятно на шее и груди Флоры и отколотая мочка уха сразу стали особенно заметны.

— Джерард, помнишь ее? Это Флора из моего сада, ты сказал, что она тебе очень понравилась. Теперь она твоя. — Арнэм молчал, но Кристин продолжала: — Это подарок. Мы привезли ее тебе, ведь ты сказал, что она тебе приглянулась.

Арнэму пришлось изобразить воодушевление, но получилось не очень убедительно. Флору оставили на лестнице. Их было четверо, и по узкому коридору пришлось идти друг за другом, так что складывалось впечатление, будто они входят в дом строем. Филипп радовался, что хотя бы Харди с собой не взяли: вот уж не место для собак.

Комнаты были хорошо отделаны и со вкусом обставлены. Филипп на это всегда обращал внимание. Если бы не обращал, то, наверное, и не стажировался бы в компании «Интерьеры Розберри Лон». Когда-нибудь, пусть не скоро, он сделал бы в своем доме похожую гостиную — с темно-зелеными стенами, картинами в узких позолоченных рамах и ковром, цвет которого — глубокий, благородный теплый желтый цвет — напомнил ему китайский фарфор из музеев.

Через арку была видна столовая и в ней накрытый на двоих стол. Розовые салфетки в двух высоких розовых бокалах, в хрустальной вазе — розовая гвоздика. Прежде чем Филипп сообразил, в чем дело, Арнэм провел всех через боковую дверь в сад. Он поднял Флору, будто боясь, что та запачкает ковер (так показалось Филиппу), и нес статую, размахивая ею, как сумкой с покупками.

На улице Арнэм бросил ее на клумбу, отделявшую сад от альпийской горки, извинился и скрылся в доме. Уордманы остались стоять на лужайке. Из-за спин матери и Черил Фи, подняв брови, посмотрела на брата и с довольным видом кивнула ему, тем самым давая понять, что Арнэм ничего, что он ей понравился. Филипп пожал плечами и обернулся, чтобы еще раз взглянуть на Флору, на ее мраморное лицо, которое не было похоже ни на лицо матери, ни на лицо какой-либо другой женщины из тех, что он знал. Классический нос, глаза, пожалуй, слишком широко посажены, линия губ — мягкая, а взгляд холодный и тусклый, как у человека, которого не тревожат страхи, сомнения и неуверенность.

Арнэм вернулся, еще раз извинился, и они поставили Флору между двумя серыми камнями в маленьком пруду, над которыми раскинуло свои побеги какое-то растение с золотыми листьями. Здесь она могла спокойно думать о своем.

— Славное место для Флоры, — заметила Кристин. — Жаль, что она не сможет здесь остаться навсегда. Ты же возьмешь ее с собой, когда переедешь.

— Да.

— Надеюсь, сад у тебя будет хороший, где бы он ни находился.

Арнэм не ответил. Филипп подумал, есть еще шанс (ведь он знает свою мать), что Кристин попрощается с Флорой, — это было бы в ее духе. Он нисколько бы не удивился, если бы Кристин сказала Флоре «до свидания» и попросила ее вести себя хорошо. Мать промолчала и величаво пошла в дом впереди Арнэма. Филипп все понял: не прощаться же с тем, с кем будешь жить рядом до конца дней. А видел ли кто-то еще или только он заметил, что со стола в столовой исчезли и скатерть, и приборы, и бокалы, и даже розовая гвоздика? Вот зачем Арнэм возвращался в дом — убрать все это. Филиппу многое стало ясно. А Кристин по-прежнему ждала.

Мать и сестры, казалось, не чувствовали неловкости ситуации. Черил устроилась на диване, вытянула ноги. Хотя, конечно, она отчасти вынуждена была сидеть так: джинсы слишком обтягивающие, а каблуки слишком высокие, так что трудно согнуть колени и нормально поставить ноги на пол. Фи закурила, не спрашивая разрешения. Пока она искала пепельницу, отсутствие которой среди множества разнообразных украшений, чашечек, блюдечек, фарфоровых зверюшек и вазочек было почти подозрительным, и ждала, пока Арнэм принесет пепельницу из кухни, пепел упал с сигареты на желтый ковер. Арнэм никак не отреагировал.

Фи заговорила о пропавшей девушке. Она была уверена, что человек, помогавший следствию, — это тот самый Мартин Хант, который, как утверждала пресса, звонил Ребекке в день ее исчезновения. Так говорят всегда, используя одни и те же штампы, когда имеют в виду, что убийца пойман, но его вина еще не доказана. Ведь если газеты напечатают что-нибудь еще, к примеру назовут имя задержанного, или сообщат, что человека подозревают в совершении убийства, на них могут подать в суд за клевету. Или они нарушат еще какой-нибудь закон.

— Готова поспорить, в полиции его допрашивали беспощадно. Наверное, даже избивали. Мы ведь и не предполагаем, что у них там происходит, правда? Им нужно от него признание, потому что обычно они слишком глупы, чтобы разыскать доказательства, как это делают сыщики в книгах. Вряд ли они поверили, что он ходил на свидание с Ребеккой лишь пару раз. Тело не найдено — это и осложняет расследование. До сих пор точно неизвестно, была ли она убита. Вот почему им так нужно признание. Они вытягивают его.

— У нас самая управляемая и цивилизованная полиция в мире, — отчеканил Арнэм.

Вместо того чтобы спорить, Фи улыбнулась и пожала плечами:

— Обычно считается, что если человека убивают, то убийца — это или супруг жертвы, если таковой имеется, или приятель. По-моему, это ужасно!

— Почему мы должны об этом думать? — воскликнула Черил. — Не знаю, зачем мы это обсуждаем и кого волнуют эти отвратительные подробности.

Фи, не обращая внимания на реплику сестры, продолжила:

— Лично я считаю убийцей того человека, который откликнулся на объявление Ребекки. Какой-нибудь маньяк позвонил ей, заманил к себе домой, где и убил. Полагаю, в полиции думают, что это Мартин Хант, который просто изменил голос.

Филиппу показалось, что он видит на лице Арнэма отвращение и, возможно, скуку, но это, скорее всего, было просто отражение его собственных чувств. Сестра могла бы снова упрекнуть его в том, что он меняет тему разговора, но Филипп все же вставил:

— Я любовался этой картиной, — начал он, показывая на довольно странный пейзаж над камином, — это Сэмюэл Палмер?

Естественно, он имел в виду репродукцию. Каждый бы понял, о чем речь, но Арнэм недоверчиво посмотрел на Филиппа и ответил:

— Не думаю. Зная, кто такой Сэмюэл Палмер... Жена купила эту картину на распродаже.

Филипп покраснел. В любом случае, его попытки прервать Фи оказались тщетны.

— Она, наверное, уже мертва, ее тело нашли, но полиция это скрывает. У них свои причины. Хотят заманить кого-то в ловушку.

— Если это так, — отозвался Арнэм, — то на дознании все обнаружится. В нашей стране полиция ничего не утаивает.

Черил, не проронившая ни слова после возвращения из сада, внезапно заговорила:

— Кого вы пытаетесь обмануть?

Арнэм не ответил.

— Не хотите ли чего-нибудь выпить? — выдавил из себя хозяин и окинул собравшихся взглядом, но так, будто их было не четверо, а человек десять. — Кто-нибудь, может быть?

— А что у вас есть? — спросила Фи. Филипп отлично понимал, что подобные вопросы не задают таким людям, как Арнэм, хотя среди знакомых Фи и Даррена это было бы вполне уместно.

— Все, что можно себе представить.

— В таком случае мне, пожалуйста, бакарди с колой.

Конечно же этого как раз не было. Но он предложил херес и джин с тоником. К удивлению Филиппа (хотя он и знал, что мать может быть поразительно нечувствительной к происходящему вокруг), Кристин, казалось, не замечала, какой натянутой стала атмосфера. С бокалом «Бристоль Крим» в руке она продолжила разговор, начатый сыном, и стала восхищаться мебелью и вещами в доме Арнэма. То и это славно, все очень славно, ковры особенно милы и такого хорошего качества. Филипп поражался прозрачности ее намеков. Она говорила, как человек, покорно благодарящий за неожиданный роскошный подарок.

Резкая реплика Арнэма разрушила ее воздушные замки.

— Все будет продано. У меня есть предписание суда: все должно быть продано, а выручку надлежит поделить между бывшими супругами, — он глубоко вздохнул и продолжил стоически: — А теперь предлагаю поехать куда-нибудь поужинать. Не думаю, что можно приготовить что-нибудь здесь. Как насчет местной бифштексной?

Он посадил их в свой «ягуар». Машина большая, так что все уместились без труда. Филипп думал, что надо быть благодарным Арнэму за приглашение на ужин, да еще за его счет, но благодарности не чувствовал. Он считал, что Арнэм должен был сказать правду, сказать, что ждал одну Кристин, а потом посвятить время только ей, как изначально планировал. Ни Черил, ни Фи не возражали бы. Они тоже предпочли бы уехать (по крайней мере, Филипп так считал), чем сидеть в тусклом свете расположенного над супермаркетом второсортного ресторана, стилизованного под загородное поместье, и пытаться завязать разговор с человеком, который определенно мечтал о том, чтобы гости ушли.

Людям поколения Арнэма не хватает прямоты, думал Филипп. Они не честны. Они лукавят. И Кристин такая же: никогда не говорит того, что думает, ей кажется, что это грубо. Филипп не мог спокойно смотреть, как мать нахваливает каждое блюдо, будто Арнэм сам его приготовил. По дороге в ресторан Арнэм стал поразговорчивее, любезно беседовал со всеми, спрашивал Черил, чем она теперь, после окончания школы, собирается заниматься, интересовался, кем работает жених Фи. Он, очевидно, уже поборол разочарование и злость, которые испытывал вначале. Увидев интерес Арнэма, Черил стала рассказывать об отце. Это, как казалось Филиппу, был самый неподходящий предмет для разговора, однако из троих детей именно Черил была ближе всех к отцу и до сих пор не оправилась после его смерти.

— Да, так примерно все и было, он это любил, — немного смущенно отозвалась Кристин на слова Черил о том, что отец был игрок. — Но имей в виду, это не вредило никому. Он всегда брал нас с собой. И мы ведь выигрывали, правда? Множество славных вещей мы купили на эти деньги.

— В свой медовый месяц они поехали в путешествие на папин выигрыш на скачках, — продолжала Черил. — Но папа интересовался не только лошадьми, правда, мам? Он ставил на все подряд. Если бы вы ждали с ним автобуса, он поспорил бы, какой придет первым — 16 или 32. Звонил телефон, и он говорил: «Черил, мужской или женский голос? Пятнадцать пенсов». Мы часто ходили вместе на собачьи бега, я их обожала. Было здорово: сидишь, пьешь колу, может даже, ешь что-нибудь — и смотришь, как собаки бегут по кругу. Папа никогда не злился.

Когда у него было плохое настроение, он говорил: «Так, на что бы нам поставить? На лужайке две птички — дрозд и воробей, спорим на фунт, что воробей улетит первым».

— Вся его жизнь была наполнена игрой, — вздохнула Кристин.

— И нами, — настойчиво добавила Черил. Она выпила два бокала, и вино уже слегка ударило ей в голову. — Сначала мы, а потом уже ставки.

И это была чистая правда. Даже его работа являлась своеобразной игрой — на бирже. Все продолжалось так до тех пор, пока однажды, когда он сидел в кресле, держа телефонную трубку в одной руке и сигарету в другой, его сердце не остановилось внезапно. Наверное, это произошло в результате постоянных волнений и стресса, беспрерывного курения и недосыпания. Исход болезни, долгой, но тщательно скрываемой от жены и детей, оказался летальным. Жизнь отца не была застрахована, семья во всех отношениях была плохо обеспечена, и кредит на дом в Барнете, к тому же незастрахованный, не выплачен. Не имея на то никаких оснований, отец рассчитывал прожить еще много лет и своей игрой заработать состояние, на которое жена и дети могли бы существовать после его смерти.

— Мы даже Флору нашли благодаря игре, — стала вспоминать Кристин, — на медовый месяц мы были во Флоренции, шли по улице, где много антикварных магазинов, и вдруг в витрине я увидела Флору и сказала: «Не правда ли, она красивая?» Рядом с домом, который мы построили, был садик, не такой большой, как в Барнете, но все равно славный, и я сразу себе представила там Флору, стоящую около пруда. Черил, расскажи, что случилось потом. Так, как ты слышала от папы.

Филипп заметил, что Арнэма история заинтересовала: он улыбался. В конце концов, он сам говорил о своей бывшей жене, так почему Кристин не вспомнить покойного мужа?

— Мама говорила, что статуя жутко дорогая, но папу никогда не волновало, сколько стоит вещь. Он утверждал, что лицо у Флоры точь-в-точь как у мамы, но, по-моему, это не так. А вы как думаете?

— Может быть, немного похоже, — ответил Арнэм.

— В любом случае, папа всегда вспоминал, что статуя ему приглянулась потому, что напоминала маму. «Вот что я тебе скажу: давай поспорим, — предложил он. — Спорю, что это — Венера, богиня Венера. Если нет, то я покупаю ее тебе».

— А я думала, что Венера — это звезда, — вставила Кристин, — Стивен сказал, что нет, что Венера — это богиня. Вот Черил знает, они в школе проходили.

— Так что они пошли в тот магазин, и какой-то человек, говоривший по-английски, объяснил отцу, что статуя не Венера: Венеру почти всегда изображают обнаженной по пояс, с открытой грудью.

— Об этом можно было бы и не говорить, Черил!

— А папа мне всегда спокойно все рассказывал, ведь это искусство, правда? В магазине ему сказали, что это копия Флоры Фарнезской, богини весны и цветов, и ее цветок — боярышник, который она и держит в руках. Папа купил статую, хотя она стоила дорого — сотни тысяч этих... не знаю, как называется их валюта. Ее отправили домой посылкой, потому что в самолет статую нельзя было проносить.

Разговор вернулся к тому, с чего и начался еще в доме, когда Арнэму подарили статую. Наверное, это и стало для него сигналом: он попросил счет. Когда Черил закончила рассказ, Арнэм произнес:

— После всего, что я услышал об этой статуе, мне уже кажется, что не нужно было принимать такой подарок. — Он как будто считал что-то в уме, наверное, переводил лиры в фунты. — Да, я действительно не могу принять этот подарок, он слишком дорогой.

— Нет, Джерард. Мне хочется, чтобы Флора была у тебя, — сказала Кристин, когда все вышли из ресторана. Было уже темно. Филипп слышал слова матери, несмотря на то, что она шла в отдалении от детей, взяв Арнэма за руку. Или это он взял ее за руку. — Для меня очень важно, чтобы статуя была у тебя. Ну пожалуйста. Я буду счастлива, думая о том, что она стоит там.

Почему Филипп подумал, что Арнэм довезет их только до Бакхерст-Хилл? Об этом никто не говорил. Возможно, Арнэм действительно влюблен в Кристин и, само собой разумеется, хотел ей угодить. Или он чувствовал себя обязанным, приняв подарок? Филипп заметил, что от былой неловкости не осталось и следа. Мать сидела впереди, разговаривала с Арнэмом о районе, где он живет, о местах, где сама жила когда-то и где живет теперь, и о том, стоит ли ей снова начать работать парикмахером, как до замужества. Ведь семье нужно «немного денег». Она обсуждала это так простодушно, что Филипп даже поморщился. Действительно, казалось, что она вешается Арнэму на шею. Кристин и вправду хотела понять, получится ли что-то с ним, прежде чем решаться работать на дому.

Арнэм говорил о своих планах с легкостью. Дом и мебель будут проданы. Все пойдет с молотка, он договорился с бывшей женой. Еще Арнэм надеется, что аукцион состоится в его отсутствие, когда он поедет в город по делам. Квартира — это не для него, так что придется покупать другой дом, только в этом же районе или где-нибудь неподалеку. Нравился ли Кристин Эппинг?

— Когда я была маленькой, мы часто устраивали пикники в Эппинг-Форест.

— А я сегодня был недалеко от Эппинг-Форест, — заметил Арнэм, — но я думаю о самом Эппинге. Или даже о Чигвелле. Может, удастся найти что-нибудь в Чигвелл Роу.

— Всегда сможешь к нам приезжать, — сказала Кристин.

Кристин имела в виду Криклвуд, хотя теперь, овдовев, она с детьми должна была переехать в Гленаллан-Клоуз. Даже самые оптимистичные риэлтеры не назвали бы это место привлекательным. Филипп вспомнил, что

Арнэм уже был у них в Криклвуде, так что его не должны особенно шокировать дома из красного кирпича с металлическими рамами на окнах, изогнутыми черепичными крышами, заборами из железной сетки и убогими садиками. Темнота и тусклый свет уличных фонарей, окутанных листьями, скрывали самое плохое. Нет, конечно, это не трущобы. Просто бедный, жалкий и обветшалый район.

Филипп, Фи и Черил не сговариваясь поспешили в дом, оставив мать и Арнэма прощаться. Кристин рассталась с ним быстро и уже бежала по дорожке, когда входная дверь распахнулась и из дома выскочил Харди и бросился к хозяйке, визжа от радости.

— Ну, как он вам? Понравился?

Кристин, держа Харди на руках, смотрела, как машина жениха медленно удаляется.

— Да, нормально, — Фи сидела на диване и искала в «Ивнинг Стэндард» новости о Ребекке Нив.

— Черил, а тебе он понравился? Я имею в виду Джерарда.

— Мне? Конечно. Да, понравился. В смысле, он ничего. Он ведь намного старше папы, правда? То есть, я хотела сказать, выглядит старше.

— Как же я опростоволосилась, да? Я это поняла, едва мы вошли. Когда я однажды ему сказала, что он должен познакомиться с вами, он вроде бы улыбнулся и ответил, что с удовольствием. А потом сразу же пригласил приехать в субботу. Не знаю почему, но я подумала, что он имел в виду всех нас. Хотя, конечно, он этого не имел в виду и приглашал только меня. Я себя чувствовала ужасно. Вы видели столик, накрытый на двоих, с цветком и прочим?

Перед сном Филипп вышел погулять с Харди. Он возвращался в дом через боковую дверь и на секунду остановился в саду, глядя на пустое место рядом с поилкой для птиц, куда падал свет из кухни и где совсем недавно стояла Флора. Было уже бессмысленно пытаться отменить то, что сделано. Вернуться завтра в Бакхерст-Хилл, например, и забрать Флору — даже это было бы слишком поздно.

В любом случае, ни о чем подобном он тогда не думал. Чувствовал лишь, что все пошло наперекосяк и день потрачен зря.

ГЛАВА 2

Открытка с видом Белого дома пришла меньше чем через две недели после их поездки в Бакхерст-Хилл. Арнэм был уже в Вашингтоне. Кристин ничего толком не знала о его работе, а Филипп выведал, что Арнэм — менеджер по экспорту в одной английской компании, офис которой находится неподалеку от «Розберри Лон». Фи, принесшая в субботу утром почту, обратила внимание на имя адресата и штемпель на открытке и честно не стала смотреть, что там написано. Кристин прочитала послание сначала про себя, а затем вслух: «Приехал из Нью-Йорка сюда, а на следующей неделе отправлюсь в Калифорнию, на «побережье», как здесь говорят. Погода намного лучше, чем у нас. Присматривать за домом я оставил Флору! Целую, Джерри».

Кристин поставила открытку на камин, между часами и фотографией Черил и Харди, где тот еще совсем щенок. Днем Филипп видел, как мать, надев очки, перечитывала открытку, переворачивала ее, чтобы повнимательнее рассмотреть фотографию, будто надеялась увидеть какую-нибудь пометку или просто крестик, указывающий на то, что Арнэм там побывал. На следующей неделе пришло письмо — несколько листов бумаги, вложенных

33

в конверт авиапочты. Кристин не открывала его при всех и прочитала вслух лишь часть.

— По-моему, это он ей звонил прошлой ночью, — сказала Фи брату. — Телефон зазвонил… м-м-м, наверное, в полдвенадцатого. Я сразу подумала: кто бы это так поздно? Мама подскочила, точно ждала звонка. А после сразу пошла спать, не сказав ни слова.

— В Вашингтоне в это время было полседьмого, он как раз мог уходить с работы.

— Да нет, он же в Калифорнии. Я посчитала: там день, он только что пообедал, например. Они разговаривали целую вечность; видимо, ему все равно, сколько это стоило.

Филипп предположил, что звонок в Лондон мог быть за счет фирмы, но не стал делиться этим с сестрой. Гораздо важнее другое: Арнэму было что сказать матери.

— Мы с Дареном решили пожениться в следующем году, в мае, — продолжила Фи, — а если помолвка мамы будет на Рождество, то почему бы нам не сыграть две свадьбы сразу? Думаю, дом будет твой, Фил. Мама не захочет в нем жить: видно, что Арнэм богат. А вы с Дженни сможете здесь поселиться. Ведь, я полагаю, вы когда-нибудь поженитесь, правда?

Филипп лишь улыбнулся. Мысль о собственном доме, новая для него, оказалась очень привлекательной. Сам он никогда не выбрал бы такой дом, но все-таки жить в нем можно. Филипп стал думать об этом с каждым днем все больше. Опасения, не изменил ли неожиданный приезд детей чувств Арнэма к матери или, по крайней мере, не появилась ли в его отношении к ней какая-то осторожность, казались безосновательными. Открыток больше не приходило, а письма если и были, то Филипп их не видел. Однако вскоре снова раздался ночной звонок, а спустя несколько дней Кристин рассказала сыну, что долго разговаривала с Арнэмом:

— Ему нужно там немного задержаться. Потом он поедет в Чикаго, — мать произнесла это с таким трепетом, как если бы Арнэм собирался на Марс или резня в День святого Валентина была совсем недавно. — Надеюсь, с ним все будет хорошо.

Филиппу хватило выдержки, чтобы ничего не говорить Дженни насчет дома. Он даже смог промолчать, когда однажды вечером они шли из кино по незнакомой улице и Дженни показала ему на многоэтажный дом, где сдавалось несколько квартир:

— Вот когда ты закончишь учиться...

Это было скучное неприглядное здание, построенное лет шестьдесят назад, с осыпающейся лепниной над центральным входом. Филипп покачал головой и сказал что-то о непомерной плате за квартиру. Дженни взяла его за руку:

— Ты из-за Ребекки Нив?

Он с изумлением посмотрел на нее. Со дня исчезновения той девушки прошло уже больше месяца. Время от времени возникали разные версии, в газетах появлялись статьи, авторы которых высказывали всевозможные догадки. Содержательных новостей не было, как не было и нитей, ведущих к разгадке. Девушка исчезла, точно испарилась. В первую минуту ее имя ни о чем не сказало Филиппу, ненавидящему подобные истории. Он действительно выбросил его из головы, так что с трудом понял, о ком речь.

— Ребекка Нив?

— Она ведь жила здесь, — объяснила Дженни.

— Я и не знал.

Должно быть, Филипп произнес это слишком равнодушно: теперь Дженни смотрела на него так, как если бы думала, что он притворяется, желая скрыть свои истинные чувства. Но его фобия иногда распространялась даже на людей, которые просто думали о насилии. Он не хотел показаться самодовольным или ханжой. Желая оправдать ожидания подруги, он поднял глаза и посмотрел на дом, облитый липким оранжевым светом высоких уличных фонарей. Все окна были закрыты. Из распахнувшихся дверей бодро вышла женщина и села в машину. Дженни не знала точно, в какой именно квартире жила Ребекка, но предположила, что ее окна справа на последнем этаже.

— А я подумала, дом тебе не понравился из-за этого.

— Мне просто не хотелось бы жить так далеко.

Филипп имел в виду удаленность от северной окружной дороги. Вот Дженни удивится, если он скажет, что скоро у него будет дом, за которой не надо платить! Однако что-то остановило его, благоразумие взяло верх.

Насколько Филипп знал, вопрос может решиться в течение нескольких недель, — и задумал ничего не говорить Дженни заранее.

— Во всяком случае, пока я не нашёл подходящую работу, нужно подождать, — заключил он.

Последний раз Арнэм звонил в конце ноября. Во всяком случае, Филипп слышал, как поздно ночью Кристин разговаривала с кем-то, кого называла Джерри. Филипп ждал, что вскоре после этого Арнэм приедет, — или Фи ждала. Она вообще наблюдала за матерью так, как Кристин, наверное, в свое время наблюдала за дочерью, пытаясь найти на ее лице признаки волнения или следы каких-то перемен. Никто в доме не задавал вопросов об Арнэме. Кристин сама никогда не расспрашивала детей об их сердечных делах. Фи казалось, что мать чем-то огорчена, а Филипп этого не видел, считал, что она такая же, как обычно.

Прошло Рождество, и стажировка в «Розберри Лон» закончилась — Филиппа взяли на работу замерщиком с небольшим окладом, треть которого он должен был отдавать матери. А когда уедет Фи, ему придется отдавать еще больше. Кристин, в свою очередь, тихо, не делая из этого события, начала понемногу стричь на дому. Если бы отец был жив, думал Филипп, он точно запретил бы Черил работать кассиршей в гипермаркете. Впрочем, это продолжалось недолго, всего три недели, а потом Черил, вместо того чтобы найти другое место, стала спокойно жить на пособие по безработице.

В гостиной в Гленаллан-Клоуз, которую когда-то сделали из двух комнат (какими же убогими были эти крошечные комнатушки общей площадью не больше шести метров!), на камине до сих пор стояла открытка с видом Белого дома. Даже рождественские открытки давно убрали, а эта оставалась. Филипп с удовольствием выкинул бы ее, но его не покидало тяжелое чувство, что она дорога матери. Как-то раз, глядя на открытку сбоку, в солнечном свете он увидел на ее блестящей поверхности следы маминых пальцев.

— Может быть, он еще не вернулся, — предположила Фи.

— Никто не уезжает на четыре месяца в командировку.

Внезапно Черил произнесла:

— Она пыталась ему дозвониться, но номер не отвечает. Она мне сама сказала. Говорит, что у него не работает телефон.

— Он собирался продавать дом, — откликнулся Филипп, — он ведь нам говорил, правильно? Он просто переехал, ничего не сказав.

Рабочий день, если не надо было ездить по клиентам и будущим заказчикам, Филипп проводил в выставочных залах на Бромптон-роуд или в главном офисе недалеко от Бейкер-стрит. Оставляя там машину или выходя на обед, он часто гадал, а не столкнется ли вдруг с Арнэмом. Некоторое время он на это даже рассчитывал, думая, наверное, что Арнэм вспомнит о Кристин, увидев ее сына. Но надежды таяли, и он уже боялся возможной встречи. Становилось как-то неловко.

— Правда ведь, мама постарела? — однажды спросила его Фи, когда Кристин гуляла с Харди. На столе лежала стопка свадебных приглашений, Фи надписывала конверты. — Она будто на несколько лет постарела, тебе не кажется?.

Филипп кивнул, не зная что ответить. А еще каких-нибудь полгода назад он сказал бы, что за все то время, что прошло после смерти отца, Кристин никогда не выглядела так молодо. В конце концов он решил, что у матери такой тип внешности, которую красит только молодость. То же, наверное, будет и с Фи. Первой увядает персиковая бархатистая кожа. Она коричневеет, подобно лепесткам розы. Бледно-голубые глаза тускнеют быстрее, чем глаза любого другого цвета. Белокурые волосы становятся соломенными, пепельными даже, особенно когда всю краску тратишь на клиентов... Фи поинтересовалась:

— Я так понимаю, вы с Дженни расстались. Дело в том, что я хотела попросить ее быть на свадьбе одной из подружек невесты, но не стану, если вы и вправду разошлись.

— Похоже, так, — ответил он и добавил: — Да, разошлись. Можешь считать, что все кончено.

Филипп не хотел ничего объяснять сестре, да и вообще не чувствовал себя обязанным отчитываться в том, что произошло, перед кем бы то ни было. Да и не нужно официально объявлять, что у него были с девушкой серьезные отношения, а их помолвка или свадьба расстроилась. На самом деле Дженни вовсе не давила на него с женитьбой. Она не такая. Но они встречались уже больше года, и вполне естественно, что Дженни хотела жить с ним под одной крышей, потому, например, и показала ему дом, тот самый, где когда-то жила Ребекка Нив. Филиппу пришлось отказаться: он не мог оставить мать. А если совсем честно, то он просто не мог позволить себе оставить ее.

— Значит, ты будешь с мамой, — вздохнула Фи. — Как хорошо, что наши отношения с Дареном прочны как камень.

Пожалуй, очень точное выражение, подумал Филипп, вспомнив Дарена, будущего мужа сестры. Даже в его лице, бесспорно красивом, было что-то каменное. Филипп без особого труда мог представить, почему сестра собирается замуж за этого человека, хотя Фи избегала разговоров на эту тему. Возможно, она хотела поскорее отделаться от всяческих обязательств, связанных с домом в Гленаллан-Клоуз, и прочих забот, свалившихся на семью.

— Теперь, наверное, придется просить Сенту, — продолжала Фи. — Это двоюродная сестра Дарена, и его мать хочет, чтобы я сделала Сенту подружкой невесты, а то она обидится. А другими подружками будут Черил, Джанис и еще одна кузина Дарена, Стефани. Я так хочу, чтобы ты познакомился со Стефани, она абсолютно в твоем вкусе.

Филипп и не знал, кто же в его вкусе. Среди его девушек были и высокие, и невысокие, и блондинки, и брюнетки. Ему было трудно разобраться, кто есть кто в большой семье Дарена: там многие женились или выходили замуж по нескольку раз, в каждом браке рожая детей и забирая на воспитание приемных. Так, у матери Дарена был бывший муж, а у отца — бывшая жена. На их фоне семья Уордманов выглядела немногочисленной и живущей довольно обособленно. Взгляд Филиппа упал на открытку, стоявшую на камине, и, даже не читая, он вспомнил фразу о том, что Арнэм оставляет Флору присматривать за домом. Он повторял эти слова про себя, пока, как это бывает, они не стали казаться ему полной бессмыслицей. А еще он начал замечать пустоту в саду — там, где когда-то стояла Флора.

Однажды в обеденный перерыв Филипп нашел здание, где располагалось главное управление компании, в которой работал Арнэм. Филипп прошел мимо, возвращаясь в офис из кафе, где пил кофе и ел бутерброды, не совсем обычным путем. Почему-то он был уверен, что встретит Арнэма, который в это время тоже должен возвращаться с обеда. Не встретил, хотя в каком-то смысле был очень близок к этому: на стоянке для машин сотрудников компании, здание которой возвышалось неподалеку, он увидел его «ягуар». На вопрос, какой номер у машины Арнэма, Филипп ответил бы, что не помнит, но узнал он ее сразу.

Мать была на кухне, делала кому-то прическу. Филиппу казалось, что это самое неприятное — прийти домой и увидеть, что кухня превращена в парикмахерскую. Он это чувствовал, стоило переступить порог: в воздухе сильно пахло миндальным шампунем. Или чем-то похуже: когда мама делала химическую завивку, пахло тухлыми яйцами. Он возмущался и спрашивал, что случилось с ванной комнатой. Конечно же с ванной все было в порядке, просто ее нужно было чем-то отапливать, а к чему лишние расходы, когда на кухне с зажженными конфорками и так тепло.

Вешая пиджак, он услышал из кухни женский голос: «Ах, Кристин, вы поцарапали мне ухо!»

Кристин не была хорошей парикмахершей, и вечно случалось что-то подобное. Иногда Филиппу снились кошмары, в которых клиент, подавший иск за сожженную кожу головы или даже лысину, демонстрировал ее (или, в данном случае, изуродованное ухо) суду. Пока, правда, в суд никто не подавал. Кристин стригла очень дешево, составляя серьезную конкуренцию салону красоты на Хай-роуд. Вот почему к ней приходили клиентки: домохозяйки из Глэдстоун-Парка, продавщицы и секретарши, работающие на полставки, бережливые и прижимистые, ищущие, как и она, на чем бы еще сэкономить. О какой цене на воду или электричество можно было говорить, когда мать всегда (даже без нужды) жгла газовые горелки?! А все эти муссы, гели, увлажняющие спреи? Филипп сомневался, что мать сейчас обеспеченнее, чем была бы, если бы осталась «женщиной, у которой есть свободное время», как она раньше себя называла.

Он дал матери пять минут. Этого достаточно, чтобы Кристин поняла, что сын уже дома. Фи куда-то ушла, наверное к Дарену, а Черил была в ванной. Оттуда доносились звуки радио и льющейся воды. Филипп открыл дверь на кухню и кашлянул. Но его никто не услышал: был включен фен. Филипп сразу же посмотрел на голову клиентки, на мочку уха, к которой был прилеплен кусок окровавленной ваты.

— Надеюсь, миссис Мурхэд, вы не откажетесь выпить с нами чаю? — спросила Кристин.

Этот чай с сахаром и пирожные были еще одной тратой, приходившейся на те четыре с половиной фунта, которые мать получала за стрижку, мытье головы и сушку. Ужасно, думал Филипп, какие жалкие мысли... Ведь он тоже виноват, как и Кристин, и, не будь он так осторожен, мог бы предложить этой чертовой клиентке бокал хереса из их потайного запаса. Он сам с удовольствием выпил бы шерри, но пришлось довольствоваться чаем.

— Как прошел день, дорогой? Чем ты занимался? — была у Кристин черта сродни бестактности: с самыми добрыми намерениями она говорила то, чего не следовало бы. — Для нас, старушек, это такое удовольствие — поболтать с мужчиной. Правда, миссис Мурхэд?

Филипп посмотрел на клиентку, светловолосую накрашенную женщину с плотно сжатыми губами, воображающую, что она еще молода, держащуюся прямо. Он быстро рассказал о доме, куда сегодня ездил, о том, что хозяевам предложено сделать из спальни ванную комнату, о цветовой гамме. Чайник закипел и стал плеваться брызгами, на нем запрыгала крышка. Филипп положил еще один пакетик чая, хотя знал, как Кристин тревожат расходы.

— Филипп, а где это? Наверное, славное место.

— Ну, где-то около Чигвелла.

— Они собираются делать вторую ванную, да, дорогой?

Он кивнул, передал чашку с чаем клиентке, а чашку матери поставил между аэрозолем «Элнет» и банкой консервированной фасоли.

— Мечтать не вредно, правда, миссис Мурхэд? Но, боюсь, это за пределами наших даже самых смелых грез, — еще одно движение, и голова миссис Мурхэд ударилась бы о насадку фена. — И все-таки мы должны быть благодарны за то, что имеем, это я точно знаю. К тому же Филипп обещал когда-нибудь сделать нам новую ванную, роскошную и гораздо дешевле, чем у кого бы то ни было на нашей улице.

Миссис Мурхэд, должно быть, жила через несколько домов. На ее лице появилось сердитое и враждебное выражение, скорее всего, обычное для нее. Филипп рассказывал о ванных комнатах и пробках на дорогах, о том, что на улице уже совсем весна. Миссис Мурхэд ушла по делам благотворительного комитета, сказав на прощание, что не заплатит больше, чем нужно, потому что «хозяевам чаевых не дают». По мнению Филиппа, сообщать об этом не было никакой необходимости. Кристин стала убирать на кухне, положила в стиральную машину мокрые полотенца. Филипп почувствовал запах печеной картошки и с тоской подумал, что сегодня мать снова предложит им блюдо, которое всегда ее выручало, — фасоль из банки с картошкой в мундире.

Заглянула Черил. Судя по одежде, она явно собиралась уходить. Черил принюхалась и вздрогнула:

— Я не буду ничего есть.

— Надеюсь, у тебя не анорексия, — беспокойно сказала Кристин и стала внимательно разглядывать дочь. Кристин всегда вытягивала шею так, что ее лицо находилось в дюйме от лица другого, будто это помогало ей увидеть нечто скрываемое расстоянием. — Он тебе купит что-нибудь поесть?

— Кто это «он»? Мы идем в боулинг большой компанией.

Черил была нервозная и очень худая девушка со светлыми волосами, кое-где покрашенными в зеленый цвет, и прическа ее больше всего напоминала ершик для мытья посуды. На ней были джинсы в обтяжку и большая черная кожаная куртка. Не будь Черил его сестрой, не знай Филипп, что она за человек, он принял бы ее за девицу легкого поведения, встретив случайно на улице. Выглядела она жутко: на лице блестел гель, помада почти черная, ногти — тоже черные, как лакированная кожа. Филиппу казалось, что сестра что-то употребляет, но он не хотел даже об этом думать. Его пробирала дрожь от одного предположения, что это могут быть тяжелые наркотики. Но на какие деньги она их покупает? Чем занимается, чтобы их достать? У нее нет никакой работы. Он смотрел на сестру, стоявшую у стола и изучавшую мамины баночки и бутылочки, особенно новый флакон с какой-то пеной «для создания прически». Она окунала в него свой черный ноготь и, поднося к лицу, нюхала. Если Черил что-то и интересовало в жизни, так это косметика («парад красоты», говорила сестра, разглядывая полки с кремами, гелями и прочим), но все же она не пошла на курсы косметологов, как советовала Фи. Потертый черный кожаный рюкзак висел у нее на плече. Однажды, неделю или две назад, Филипп увидел этот рюкзак открытым: в нем валялись какие-то бумажки, а также десяти- и двадцатифунтовые банкноты. В тот же день он решился спросить, откуда у сестры такие деньги, но Черил толком не ответила. А потом просто открыла рюкзак и показала брату: там не было ничего, кроме кошелька с пятьюдесятью пенсами мелочью.

Филипп очнулся от этих мыслей, услышав, как Черил захлопнула за собой входную дверь. Он побрел в гостиную, держа в руках снова наполненную чашку с чаем. Он никогда не всматривался в мебель в этой комнате, а сейчас обратил на нее внимание. Наверное, потому, что мысленно вернулся в прошлое и обстановка в гостиной напомнила ему встречу с Арнэмом и его миром. Все вещи — за исключением, пожалуй, телевизора, взятого напрокат, — были слишком хороши для комнаты, в которой стояли. Кристин пришлось продать дом и большую часть имущества — все, кроме мебели в гостиной, припрятанных дивана и кресел, а также обеденного стола со стульями красного дерева и трех-четырех антикварных вещиц. Все это казалось здесь громоздким и неуместным, странно выделялось на фоне каминной плитки, по форме и цвету напоминавшей печенье, необитых дверей и бра из розового стекла. Свернувшись калачиком, в кресле, где ему прежде никогда не разрешали лежать, спал Харди.

Увидев на днях машину Арнэма, Филипп наконец понял, какой неприятной встречи избежал. Этот человек был дома, скорее всего, он прожил там несколько месяцев, а потом переехал и не дал Кристин номер телефона. Он бросил ее, или, как сказали бы люди старшего поколения, порвал с ней. Вечера уже были светлые, и в окно Филипп видел сад, поилку для птиц и забетонированный участок земли, где когда-то стояла Флора. Он вспоминал, как мать хотела подарить статую Арнэму.

Кристин вошла в комнату с тарелками картошки с фасолью. Вода из стаканов, полных до краев, расплескалась на поднос. Филипп быстро забрал его. Мать делала все что могла. Но удавалось ей — да, это ужасный упрек — только то, что связано с чувствами. Любить мужчину, создавать в доме атмосферу счастья и благополучия Кристин умела, в ней это было от природы. Но ничего не поделать с тем, что ее дорого содержать, что она много тратит, что она вообще человек, который, работая, имеет меньше денег, чем когда ничем не занимается.

Они сидели перед телевизором, это на время избавило их от необходимости разговаривать. Было еще только семь часов. Филипп тупо смотрел на экран, где скакала танцовщица в перьях и в платье из люрекса. Филипп заметил, что мать, с подносом на коленях, украдкой открыла «Брайдз», журнал для невест, и с тоской рассматривает нелепые фотографии девушек в белых атласных кринолинах. Даже Фи ничего такого не хотела, она уже смирилась с тем, что на свадьбе будет в платье, сшитом портнихой, и с тем, что поставщики провизии называли «шведский стол». Расходы было решено поделить, но даже в этом случае... А Кристин до сих пор грезила о свадебном платье за тысячу фунтов, банкете и дискотеке.

Она смотрела на сына. Филипп вдруг понял, что ни разу за все свои двадцать два года не видел мать сердитой. Когда Кристин понимала, что собеседник вот-вот устроит скандал, ее лицо вытягивалось, прямо как сейчас, в глазах появлялся страх, а губы расплывались в мягкой улыбке, полной надежды.

— Какой смысл хранить эту открытку? — Филипп решил пойти окольным путем, спрашивая о том, о чем ему спрашивать не хотелось, тем более, что ответ на свой вопрос он знал.

Кристин покраснела и отвела взгляд:

— Если хочешь, можешь ее убрать.

Объяснила бы Кристин сыну, почему так наивно еще надеялась на что-то, если бы в этот самый момент не вошла Фи? Фи не вошла — ворвалась в комнату, как ураган, хлопнув сначала входной дверью, а потом дверью в гостиной. Она посмотрела на подносы, сделала звук погромче, а потом выключила телевизор, опустилась в кресло и раскинула руки.

— Ты что-нибудь ела, дорогая? — спросила Кристин.

Скажи Фи, что нет, мать все равно не сделала бы даже бутерброда. Она, как обычно, просто поинтересовалась, а Фи, как почти всегда, в ответ лишь кивнула головой.

— Не понимаю, почему люди не держат слова и ничего не делают. Почему они не выполняют своих обещаний? Представляете, Стефани еще даже не начала шить себе платье, а ведь она еще должна шить для Сенты.

— А почему Сента не может сама? — спросил Филипп, хотя его не очень-то интересовало, чем занимаются будущие подружки невесты на свадьбе сестры.

— Знал бы ты Сенту — не спрашивал бы. На самом деле, забавно посмотреть на нее за шитьем.

— Она двоюродная сестра Дарена?

Фи кивнула, но казалось, что расспросы ее раздражают. Потом она усмехнулась, сморщив нос, и посмотрела на брата заговорщицки. Внезапно Филипп осознал, как боится скорого расставания с сестрой. После свадьбы, до которой осталось всего три недели, она уедет и больше никогда не вернется. От Черил проку никакого: ее никогда нет дома. Ответственность за мать останется на нем одном, и где гарантии, что такое положение вещей когда-нибудь изменится и он когда-нибудь будет свободен?

Филипп по-прежнему иногда видел машину Арнэма, припаркованную в метре от обвитой плющом глухой стены. Он, возможно как и Кристин, когда-то верил (или наполовину верил), что Арнэм так и не вернулся из командировки, остался в Америке по какой-то необъяснимой причине. Или заболел. Лежал в больнице несколько месяцев и не мог ни с кем связаться. Или даже умер. Филипп вскочил с дивана и сказал, что погуляет с Харди не как обычно — вокруг дома, — а чуть дальше. Фи пойдет? Вечер был приятный, мягкий, очень теплый для апреля.

Они шли по тротуару вдоль изгородей небольших, квадратных садиков. На газонах пробивалась трава, на деревьях раскрывались почки. Паутина улиц простиралась на полмили в эту сторону и на полмили в другую, а затем вливалась в район Виктории. На одном из перекрестков, ожидая, пока Харди, предварительно обнюхав и изучив все заборы, не поднимет с гордостью заднюю лапу напротив одного из столбов, Филипп заговорил об Арнэме. Он сказал, что видел сегодня его машину, а потому уверен: Арнэм просто бросил мать, которая стала ему безразлична.

— Он и впрямь должен вернуть Флору, — неожиданно произнесла Фи.

— Флору?

— А ты не считаешь, что должен? Возвращают же кольца или письма после разрыва. — Фи зачитывалась любовными романами. Раз уж выходишь замуж за Дарена, такой надо и быть, думал иногда Филипп. — Это ведь ценная вещь, а не пластиковый гном, которых ставят в садах. Если он не хочет видеться с мамой, он должен прислать статую.

Эта мысль казалась Филиппу смешной. Лучше бы мать тогда не поддалась порыву и не делала бы Арнэму этот совершенно неуместный подарок. Пока брат и сестра переходили улицу, Харди послушно следовал за ними, но, оказавшись на противоположной стороне, побежал вперед, весело виляя хвостом. Как странно, подумал Филипп, что даже такие близкие люди, как он и Фи, все видят в разном свете. Самым обидным он считал то, что Арнэм поощрял любовь Кристин, а потом бросил ее. Но Фи его удивила: оказалось, что их взгляды на самом деле очень схожи.

— Она думала, с самого начала думала, что он женится на ней, — сказала Фи, — не догадываешься почему? Думаю, нет. Но ты ведь знаешь маму, знаешь, какая она странная, иногда совсем как ребенок. Я могу тебе объяснить. Она поделилась со мной — но ведь она не говорила, чтобы я ничего не рассказывала тебе.

— Что именно?

— Ты ведь не проболтаешься? Думаю, она мне доверилась как дочери. Это не так, как сыну, понимаешь? Мама совершенно неожиданно рассказала, почему была уверена в том, что он на ней женится, — Фи посмотрела на брата почти трагически. — Я хочу сказать, что любая другая женщина так бы не считала, может, думала бы прямо противоположное, но ты же знаешь маму...

Филиппу, в общем, уже ничего не нужно было говорить. Он густо покраснел. Лицо горело так, что он даже приложил к нему руку. Если Фи и это заметила, то виду не подала.

— В тот раз, когда он приезжал к нам домой, она что-то приготовила или заказала еду в ресторане. Нас в то время не было, и он... В общем, они — у них был секс, они занимались любовью, как хочешь, так и называй это. В ее спальне. Представь себе, если кто-то из нас вошел бы. Было бы так неудобно...

Филипп засунул руки в карманы и побрел, опустив глаза.

— Лучше бы ты не рассказывала. — Смятение, бушевавшее внутри, пугало его: словно он не только сердился, но и ревновал. — Почему она с тобой поделилась этим?

Фи взяла брата под руку. Филипп не ответил на этот жест, будто внезапно испугавшись прикосновения. Собака бежала впереди. Наступали сумерки — время, когда все отчетливо видно, но свет какой-то неземной, холодный, бледный.

— Я и сама не знаю. Наверное, это из-за Сенты. Ее мать на десять лет старше, чем наша, а романы крутит постоянно. Теперь вот у нее новый ухажер, которому нет и тридцати, как мне рассказывал Дарен. Я упомянула об этом в разговоре с мамой, и она выпалила: «У меня с Джерардом тоже был роман, но только один раз». Ты же знаешь, как она иногда промахивается в выборе слов: «У нас был роман в тот вечер, когда он приехал с бутылкой вина; тогда он и сказал, что ему нравится Флора».

Филипп промолчал. Фи пожала плечами. Не глядя на сестру, Филипп почувствовал это движение. Не перекинувшись ни словом, они одновременно оглянулись. Фи позвала Харди, пристегнула поводок. Немного погодя она заговорила о своей свадьбе, о приготовлениях в церкви, о том, когда к дому будут подъезжать машины. Филипп был смущен, рассержен и, непонятно почему, ужасно расстроен. Когда они вернулись домой, он понял, что не сможет посмотреть матери в глаза, и пошел сразу наверх, в свою комнату, спать.

ГЛАВА 3

Для спальни эта комната, конечно, маловата, но для просторной ванной — в самый раз. И все же у Филиппа не было полномочий спрашивать, почему миссис Райпл решила пожертвовать третьей спальней и превратить ее во вторую ванную, хотя его всегда интересовали подробности такого рода. Он часто бывал в разных домах и удивлялся всяческим людским чудачествам и странностям. К примеру, зачем у хозяйки на подоконнике лежит бинокль? Чтобы смотреть на птиц в небе? Подглядывать за соседями?

Туалетный столик был очень низкий, и рядом с ним даже никакой табуретки. Если женщина захочет сделать прическу или накраситься перед зеркалом, ей придется сесть на пол. На небольшой полке стояли книги только по кулинарии. Почему хозяйка не держит их на кухне? Филипп вынул из кармана рулетку и начал обмерять комнату. Четыре метра тридцать сантиметров на три пятьдесят, а потолок — два пятьдесят два. План ему составлять не придется: он еще этого не умеет. Ну и ладно, все равно ничего экстраординарного или претенциозного делать с этой комнатой не будут. Обычная ванна и раковина, выбранные хозяйкой, туалетный столик со шкафчиками из черного мрамора и плитка молочного цвета с узором из черных и золотых цветов.

Оконные рамы будут двойные. Филипп снимал мерки очень осторожно: Рою нужно знать все в точности до миллиметра. Записав своим мелким, аккуратным почерком все цифры в блокнот «Розберри Лон», Филипп оперся о подоконник и выглянул в окно.

Внизу были садики, все одинакового размера, и заборы с решетчатыми калитками, отделяющие один от другого, тоже одинаковые. Наступило лучшее время года, на деревьях только-только появилась свежая листва и даже цветы, розовые и белые. Цвели тюльпаны (редкий случай, когда Филипп знал, как называется растение). Что-то насыщенно-коричневое и золотое росло на краю сада миссис Райпл. (Может, желтофиоль, подумал он.) За садами были дома, изначально тоже одинаковые, но после разных перестроек — или комната наверху превращена в спальню, или пристроена оранжерея, или сделан дополнительный гараж — уже отличающиеся друг от друга. Только один из них, казалось, остался таким, каким его когда-то давно построили, и сад у этого дома был лучший, с цветущим розовым кустом боярышника, склонившим ветви к земле, с лужайкой, превращенной в сад камней, с ковром беспорядочно разбросанных фиолетовых и желтых горных цветов. На них будто бы смотрела небольшая мраморная статуя, почти скрытая ветвями куста. Филипп толком не видел ее — расстояние было довольно большим, — но что-то показалось ему знакомым:

наклон головы, вытянутая правая рука с букетом цветов и сама поза девушки, застывшей в медленном танце.

Филипп очень хотел рассмотреть статую получше и вдруг понял, что это возможно: ведь на подоконнике лежит бинокль. Он вынул его из футляра, поднес к глазам. Пришлось навести резкость — и все стало замечательно видно. Отличный бинокль: маленькая статуя оказалась как будто в метре от Филиппа. Он видел ее глаза, красивый рот, диагональный узор на ленте, которой схвачены струящиеся волосы, миндалевидные ногти и даже лепестки и тычинки цветов в букете.

Филипп увидел и зеленое пятно на шее и груди, и отколотую мочку левого уха. Он вспомнил, как попал в статую камнем из рогатки, когда ему было десять лет, как отец рассердился, отобрал рогатку и недели три не давал ему карманных денег. Да, это была она. Не еще одна копия, не похожая статуя, а та самая Флора. Фи как-то заметила, что Флора — единственная в своем роде, что это не какая-нибудь штамповка из тех, что в великом множестве продаются в цветочных лавках на перекрестках автострад. Филипп вспомнил, непонятно почему, как Черил в том разговоре с Арнэмом по поводу статуи сказала, что Флора Фарнезская обычно ассоциируется с цветами боярышника.

Он положил бинокль обратно в футляр, убрал рулетку, взял блокнот и спустился по лестнице. Некоторых клиентов приходится искать, кашлять, чтобы привлечь внимание, стучать в дверь, чтобы позвать. Миссис Райпл не из их числа. Вообще, это была живая, расторопная и внимательная женщина средних лет, энергичная, с твердым характером, острая на язык и, как предполагал Филипп, очень требовательная. У миссис Райпл было болезненное лицо с жирной кожей и густые темные волосы с нитями седины, напоминающими проволоку.

— Я свяжусь с вами, как только план будет готов, — сказал Филипп, — а потом мы встретимся, когда начнется работа.

Так в «Розберри Лон» учили говорить с заказчиками. Вообще-то Филипп никогда не слышал, чтобы люди фыркали, но именно такой звук издала миссис Райпл.

— И когда это будет? — отозвалась она. — В следующем году?

Рой как-то сказал, что миссис Райпл до сих пор не прислали брошюры, и добавил, что она вряд ли это забудет. Филипп, светясь самой доброжелательной улыбкой, стал уверять хозяйку, что на составление плана уйдет максимум четыре недели. Миссис Райпл ничего не ответила, выпустила его и закрыла дверь. Филипп сел в новенький синий «опель кадет» и подумал, что машина — единственная стоящая вещь из всех, что у него есть. Да, иногда эта мысль приходила ему в голову, хотя на самом деле «опель» принадлежал «Розберри Лон».

Филипп решил возвращаться другим путем и на первом же повороте поехал налево, затем еще раз повернул налево. И попал на улицу с домами, сады которых были видны из окна в спальне миссис Райпл. Он не запомнил, какой по счету дом со статуей в саду, но ему казалось, что четвертый или пятый от многоквартирной башни с зеленой черепицей. Кроме того, тот дом был единственный неперестроенный. А вот, наверное, и он — между тем, где есть окно на крыше, и тем, где два гаража. Филипп медленно ехал мимо. Было уже пять часов — значит, рабочий день закончился и он не тратит время компании (к этому Филипп относился щепетильно).

В конце улицы, на перекрестке, он развернулся и поехал обратно. Напротив того самого дома остановил машину у обочины, выключил двигатель. Сад был небольшой, с клумбой не распустившихся еще роз. К георгианской двери с веерообразным окном, напоминающим солнечные лучи, вели три ступеньки. Характерной особенностью дома — Филипп не сомневался, что это следует назвать именно так, — был небольшой круглый витраж в виде вычурного герба над входной дверью. Сквозь одну из его бесцветных частей Филипп увидел хозяйку, выглядывающую на улицу. Она не смотрела на Филиппа, да его, сидящего в машине, и нельзя было увидеть. Женщина ушла, и Филипп уже стал заводить машину, но снова заметил силуэт, появившийся в открываемом окне.

Филипп не назвал бы незнакомку юной, но это была достаточно молодая женщина с копной темных вьющихся волос, спадающих с высокого лба. Вечернее солнце освещало ее красивое лицо, в котором, однако, была какая-то агрессия и самоуверенность. Женщина находилась далеко от Филиппа, но он заметил, как солнечный луч вспыхнул на бриллианте на ее левой руке. Стало понятно, что это жена Джерарда Арнэма. Арнэм женился, и женился именно на этой женщине. Филипп чувствовал, как гнев переполняет его, — так кровь переполняет глубокую рану. Так же, как невозможно иногда остановить кровотечение, он не мог сдерживать свою злость, рядом не было ледяной воды, которая остудила бы его ярость, и он, сидя в запертой машине, молча проклинал все на свете.

У него тряслись руки, он с трудом удерживал руль. Зачем нужно было приезжать сюда? Почему он не поехал от миссис Райпл, как обычно, через Хэно и Баркингсайд? Сложись обстоятельства иначе, его мать, возможно, жила бы теперь здесь, смотрела на улицу сквозь витраж с гербом и открывала бы окошко в двери, чтобы насладиться весенним солнцем.

Филипп не мог смотреть Кристин в глаза. Когда он оставался с ней наедине, ему становилось не по себе. Он порой не находил в себе сил сказать даже что-нибудь самое простое и обыденное, например о собаке, или спросить, оплатила ли мать такой-то счет. Впервые в жизни Филипп был удручен так сильно, мысли о несостоявшемся замужестве Кристин становились навязчивыми. В прошлом остались скорбь об отце, волнения во время экзаменов, тревожное ожидание ответа из «Розберри Лон» по поводу стажировки. Потом душевное равновесие стала нарушать неуверенность в том, предложат ли ему по окончании практики постоянную работу. Но никакое из этих прежних переживаний не было неотвязным, а теперь стоило только открыть утром глаза, как его посещала мысль о новой семье Арнэма. Филиппа пугало это еще и потому, что он сам не понимал, что происходит.

Почему его так волновало, что мать переспала с каким-то мужчиной? Спала же она с отцом. И если бы она вышла замуж на Арнэма, они бы тоже спали, рассуждал Филипп. Отчего же он все время об этом думает, мучит себя, представляет Арнэма и мать вместе, прокручивает в голове слова Фи, это ужасное признание? Открытка из Вашингтона до сих пор стояла на камине в гостиной, Филипп, хотя и грозился, так и не выбросил ее. Первое, что он замечал, входя в комнату, — проклятая открытка. Как если бы эта маленькая картонка с ничем не примечательной фотографией превратилась в огромную яркую картину маслом, изображающую сцены насилия и сексуальных извращений, на которые не хочется смотреть, но которые притягивают взгляд, заставляя глаза вылезать из орбит.

Мать и сын поменялись ролями: Филипп будто стал отцом Кристин, а она — его дочерью. Филипп жаждал отомстить соблазнителю или заставить его жениться. Он мучился, глядя на Кристин, сидевшую рядом и молча шьющую для Черил платье подружки невесты. Если бы в тот день, когда они подарили Арнэму Флору, мать поехала в гости одна, была бы она сейчас миссис Арнэм? Филипп не мог не думать о том, что их приезд тем осенним вечером (ведь Арнэм ждал одну Кристин) решил все. Другая женщина, та, с темными волосами и бриллиантовым кольцом, возможно, тоже была кандидаткой в жены, и Арнэм выбрал ее просто благодаря отсутствию выводка детей и мраморной статуи.

Кристин спросила, можно ли включить телевизор. Она всегда спрашивала разрешения. Филипп стал вспоминать, было ли так при отце, — кажется, нет. Одно из сообщений в девятичасовом выпуске новостей было о том, что Ребекку Нив видели в Испании. Она исчезла почти восемь месяцев назад, но до сих пор время от времени в газетах и на телевидении появлялись упоминания о ней. Человек, казавшийся честным и внушавший некоторое доверие, говорил, что видел Ребекку в вельветовом зеленом тренировочном костюме на курорте в Коста дель Соль. Туда, как утверждали родители девушки, Ребекка два раза ездила в отпуск. Этому человеку, скорее всего, почудилось, рассудил Филипп, или он вообще все выдумал, специально чтобы попасть в газеты и в телевизор.

Филипп и не думал лишний раз ехать к миссис Райпл: Чигвелл, вне всякого сомнения, та окраина Лондона, которую он никогда в жизни не захотел бы увидеть снова. Но в середине недели, незадолго до свадьбы Фи, подошел Рой, занимавшийся планом новой ванной комнаты миссис Райпл, и стал говорить о плитке. Понадобилось получить согласие хозяйки на некоторые изменения, а также дополнительно обмерить стены, окна, дверные косяки и плинтусы. Филипп сказал, что приблизительно вычислит эти размеры, а согласие хозяйки может дать и по телефону.

— Знаешь, такого ответа я ожидал бы от какого-нибудь другого только что закончившего стажировку сотрудника, но не от тебя. — Глаза Роя казались еще суровее за толстыми стеклами очков. Когда Рой не отпускал своих циничных и совершенно несмешных шуточек, он был как говорящая брошюра. — Тщательность и внимание к каждой, даже самой незначительной детали — вот что сделало репутацию «Розберри Лон» такой безукоризненной.

Поездки в Чигвелл не избежать, понял Филипп и стал убеждать себя, что совсем не обязательно ехать по улице, где живет Арнэм, и даже (если на то пошло) просто смотреть на Флору в бинокль миссис Райпл. Когда он уходил из дома, у Кристин уже сидела первая клиентка — женщина, желавшая покрасить волосы в рыжий цвет. Филипп порадовался, что хотя бы на этот раз мать не станет красить клиентку в ванной. Значит, когда он вернется, в рыжих пятнах будет только пол на кухне.

— Я хочу заработать, чтобы заплатить за цветы для Фи, — шепнула Кристин, провожая сына. Она надела резиновые перчатки, чтобы в субботу руки не были в краске, но ноготь большого пальца левой руки прорвал тонкую резину и высунулся наружу.

Часто клиенты «Розберри Лон» вели себя так, будто приезжающие к ним сотрудники компании, нанятые для ремонта дома, непозволительно вторгаются в их личную жизнь. Филиппу рассказывали, как одна хозяйка завязала ручки всех дверей на кухню, где шел ремонт, и заставляла рабочих входить и выходить через окно. Обычным делом было, когда хозяева не разрешали позвонить или сходить в туалет. Миссис Райпл, которую предупредили о приезде Филиппа (хотя это сделал не он сам), открыла так быстро, как если бы стояла под дверью и ждала. Едва Филипп переступил порог дома, хозяйка сердито спросила:

— Какое право вы имели воспользоваться полевым биноклем моего мужа?

Филипп на секунду онемел от удивления. Она что, проверяла отпечатки пальцев? Или соседи сообщили, что видели его с биноклем?

— Вот я вас и поймала, правда? Думали, вам это сойдет с рук.

Филипп извинился. Что он мог еще сказать?

— Полагаю, вам интересно, как я узнала.

Миссис Райпл свела густые брови. Они стали похожи на встретившихся коричневых гусениц. Филипп отважился улыбнуться.

— Я положила бинокль на подоконник вот так, — показала она, — в угол, параллельно стене. — Гусеницы скакнули в разные стороны и поднялись к линии волос. — У меня на это свои причины, я вас в них посвящать не стану. После вашего ухода бинокль лежал не на месте. Вот так я и узнала.

— Я больше не буду его брать, — сказал Филипп, направляясь к лестнице.

— Вам и возможности такой не представится.

Хозяйка убрала бинокль. Филиппа несколько поразил этот разговор. Как и многих, его пугало безумие, пусть и проявляемое в мягких формах. Миссис Райпл, может быть, подозревала, что муж подглядывает в бинокль за женщинами? А если он действительно подглядывает, то помогает ли ей то, что ее догадки все время подтверждаются? Ну что ж, по крайней мере, исчез соблазн: Филипп не разглядит Флору без бинокля.

Предположения насчет размеров оказались точны, и Филипп только укрепился во мнении, что поездка сюда — пустая трата времени. Теперь, когда на подоконнике нет бинокля, он почувствовал, что хочет посмотреть на Флору еще раз. Он открыл окно и выглянул. Боярышник уже почти отцвел. Трава и выложенная камнем дорожка стали розовыми от опавших лепестков, сад на скале тоже весь розовый, будто покрытый пеленой из роз. На плечах и на вытянутой руке Флоры лежали лепестки, а букет который она держала, казался не каменным, а настоящим.

Статуя была далеко, расстояние сглаживало ее черты и делало детали трудноразличимыми. Закрывая окно, Филипп подумал, не положила ли миссис Райпл волосок на шпингалет. Или, может, после его ухода она придет сюда и посыплет раму пудрой, чтобы увидеть отпечатки пальцев? Тогда горе ему, когда он приедет проверять, как идут работы (а это, видимо, придется сделать).

Хозяйка ждала внизу. Ее холодный, пристальный, грозный взгляд вынуждал Филиппа говорить нервно, с напускным дружелюбием:

— Спасибо вам большое, миссис Райпл. Я все сделал. Мы свяжемся с вами в ближайшее время. Мы будем вас информировать о ходе работы.

Он прошел мимо хозяйки, не видя ее, но чувствуя на себе ее взгляд. И, идя по тротуару, заметил в проезжавшей мимо машине Арнэма. Это не «ягуар», у него, значит, есть вторая машина. «Ягуар», скорее всего, принадлежит компании, в которой тот работает, — так же, как «опель кадет» Филиппа принадлежит «Розберри Лон». В пассажирке на переднем сиденье (ее, сидевшую слева, было видно лучше) Филипп узнал женщину, за которой наблюдал не так давно. День стоял теплый, и окно в машине было открыто. Рука женщины лежала на ободе стекла. На пальце красовалось кольцо с бриллиантом, а на запястье — бриллиантовые часы. Арнэма Филипп толком не видел, ухватил взглядом лишь его темный тяжелый силуэт.

Они направлялись куда-то из дома. Это и заставило Филиппа решиться на то, на что он решился (если вообще можно сказать, что он сделал это сознательно). Казалось, «опель кадет» едет сам. Вскоре осторожность и разум вернулись к Филиппу, и он остановился немного в стороне.

Ни души. Днем на окраинах всегда пусто. Филипп вспомнил, как отец рассказывал, сколько в его детстве на таких тихих улочках было народу, что люди ходили пешком, ведь машин тогда было мало... В этих домах как будто никто не жил: гаражи закрыты, садики пусты. По всей улице на фоне зелени листьев и травы и белизны зданий пестрели, как заплаты, желтые кусты цветущего ракитника. Светило солнце. Было тихо и безмятежно.

Открыв калитку, Филипп вошел в сад Арнэма и направился к деревянной двери, ведущую, очевидно, к проходу между гаражом и домом. Окажись она заперта, его затея провалилась бы, но нет, дверь была открыта. Очутившись внутри, в узком проходе с кирпичными стенами, Филипп сообразил, что не взял с собой никакого пакета или чехла. Он прекрасно понимал, что если сейчас пойдет за этим в машину, то уже не вернется, махнет на все рукой и уедет.

В конце прохода виднелся дворик, выложенный плиткой. С одной стороны стоял самый обычный контейнер с углем, с другой — несколько мусорных баков. Арнэм переехал из Бакхерст-Хилл в дом на порядок хуже. Ну, конечно, ему ведь пришлось отдать бывшей жене половину суммы, вырученной от продажи дома. Из одного мусорного ящика торчал голубой пакет (такие наверняка выдает местная служба вывоза мусора), Филипп взял его.

И пошел по газону туда, где стояла она. Флора выглядела совсем заброшенной из-за того, что лепестками, опавшими с куста, были усыпаны ее плечи и голова (на голове вообще, казалось, была корона из цветов). Филипп смахнул все лепестки, сдул их с ее уха, того самого, в которое когда-то в детстве попал из рогатки. Присев на корточки, он стал рассматривать статую так, как никогда раньше, и поймал ее отстраненный взгляд, будто прикованный к сияющему горизонту. Конечно, она же богиня, она выше земных бед и дел человеческих.

Филипп поражался собственным мыслям, странным, как во сне или в бреду. Так было во время тяжелого гриппа, которым он переболел зимой. С какой стати Арнэм сказал Кристин, что Флора похожа на нее? Или мать просто приняла желаемое за действительное? Флора не похожа ни на одну девушку из всех, которых Филиппу когда-либо доводилось видеть! Ему внезапно — в этом было даже что-то безумное — подумалось, что если он когда-нибудь встретит девушку, похожую на Флору, то сразу же влюбится в нее.

Филипп подошел к статуе и приподнял ее. С мраморного букета слетело несколько розовых лепестков. Статуя казалась тяжелее, чем в тот день, когда они шли от станции Бакхерст-Хилл вверх по улице к дому Арнэма. Он натянул на Флору пакет, положил на землю, завязал узел. Филипп нес сверток в руках, и можно было подумать, что это — труба или что-нибудь из садового инвентаря.

На полпути к выходу он заметил, что за ним наблюдают. Из окна соседнего дома за ним следил мужчина. Филипп убеждал себя, что не делает ничего плохого: Флора не принадлежит Арнэму. Она принадлежала бы ему, размышлял Филипп несколько абстрактно, если бы тот поступил с Кристин честно, по-настоящему любил ее и женился, но в данном случае статуя не может считаться его вещью. Арнэм своим поведением лишил себя права владеть ею. Филипп где-то читал, что, если вы одалживаете что-то и храните у себя, единственный, кто имеет право забрать у вас эту вещь, — ее владелец. Таков закон. В общем-то, владельцем статуи являлся Филипп. Флору дали Арнэму на время. Она была его собственностью лишь на том условии, что он женится на Кристин, это совершенно ясно. Тем не менее, не переставая убеждать себя в собственной правоте, Филипп прибавил шаг. Несмотря на внушительный вес статуи, он побежал по дорожке.

Руки у Филиппа была заняты, поэтому калитку он открыл не сразу. Сзади раздался голос:

— Извините, молодой человек, но куда вы это несете?

Миссис Райпл могла бы выступить подобным образом. Филипп даже не обернулся, чтобы посмотреть на того, кто задал вопрос, — он пустился бежать. Запыхавшись (Флора все-таки очень тяжелая), он добежал до машины, швырнул статую на заднее сиденье, сел за руль и долго не мог пристегнуться. Тот человек, конечно, не погнался за ним. Филипп был убежден, что мужчина поступил разумнее: вернулся в дом и позвонил в полицию.

Филипп представил, как его выгоняют с работы, как его судят за кражу... Будь же разумным, говорил он себе, возьми себя в руки: этот сосед не видел машины, номера ее не записал... Филиппа трясло. Он приложил неимоверные усилия, чтобы успокоиться. Наконец завел машину и поехал, свернул влево, потом направо. Ни сзади, ни впереди никого не было. На шоссе, ведущем в Баркингсайд, он услышал вой сирены. Зачем думать, что это обязательно за ним? Не поедет же полицейская машина с сиреной за человеком, которого видели выходящим с сумкой из какого-то сада. В таком случае, наверное, послали бы полицейского на велосипеде.

Возможно, вследствие того, что мать была человеком беспомощным, а сестры подвержены абсурдным страхам, Филипп вырос невозмутимым. В этом он был похож на отца, человека практичного. Хотя Филипп от природы был наделен богатым воображением, он тем не менее умел себя контролировать. Потому и не поддался собственным пустым страхам и к тому времени, как доехал до Гантс-Хилл и круговой развязки на трассе А12, снова стал абсолютно спокоен.

На заднем сиденье статую слегка подбросило. Когда Филипп подъехал к Илфордскому выставочному залу, куда должен был заехать по дороге в офис, то переложил Флору с заднего сиденья в багажник, пристроив ее между запасным колесом и картонной коробкой с образцами обоев, которую обычно возил с собой. Там, на парковке у выставочного зала, он не смог удержаться от того, чтобы взглянуть на статую еще раз. Он проткнул пакет шариковой ручкой (пальцем проковырять дырку не удалось) и сделал длинную прорезь, сквозь которую было видно лицо Флоры. Она по-прежнему смотрела в небесные дали, печальная и спокойная. Ну, если бы ее взгляд изменился, тогда и надо было бы начинать волноваться, подумал Филипп.

Возвращаясь домой позже обычного (Рой вручил ему список возмущенных заказчиков, которых нужно обзвонить и успокоить), Филипп размышлял о своем поступке. Зачем он забрал статую? Видимо, считал, что она по праву принадлежит ему и его семье. Разве Арнэм сделал что-то нечестное, чтобы завладеть Флорой? Нет, но нельзя допускать, чтобы люди извлекали пользу из своего обмана.

А теперь, когда статуя лежит в машине, что с ней делать? Не ставить же в саду в Гленаллан-Клоуз: сразу начнутся расспросы. А как же мать? Значит, придется рассказать ей, где теперь живет Арнэм и как у него в саду Филипп увидел Флору. Это рискованно: он всегда избегал разговоров об Арнэме. Возможно, стоит сказать, что это не Флора, а просто похожая статуя, которую он присмотрел в магазине или цветочном центре и решил купить... Нет, безнадежно: зеленое пятно по-прежнему есть и мочка уха по-прежнему отколота.

Как только он войдет в дом, мать увидит Флору и засыплет его вопросами. Их семья не из таких, где каждый живет своей жизнью и толком не замечает другого и родные проявляют мало интереса к делам друг друга. Они сплоченная семья, они заботятся друг о друге, спрашивают о каждой мелочи, кажущейся странной, знают, кто в данный момент где находится и что делает. Филипп уже представил себе, как, держа в руках статую, столкнется на лестнице с Черил, как сестра удивится, как начнутся расспросы...

Он думал об этом, стоя на светофоре на Эджвер-роуд. Он следил за красным, но на секунду оторвался, бросил взгляд вправо и увидел Черил. Только что он рисовал образ сестры в своем воображении — и вот она стоит на противоположной стороне улицы. Черил выходила из какого-то здания — Филипп видел только скопление мерцающих огней, — похожего на видеосалон или клуб. Говори после этого, что знаешь, где сейчас твои родные и что они делают! Черил была в своих обычных джинсах и в черной кожаной куртке. На голове широкополая ковбойская шляпа с узкой тульей, на которой лента с бахромой.

Что плохого в том, что сестра здесь? Черил — свободный человек, она не сделает ничего предосудительного, по крайней мере, Филипп этого не видел. Ему нужно было ехать дальше, и он оторвал взгляд от сестры, как только зажегся желтый: еще секунда — и все машины, стоящие за ним, принялись бы сигналить. Филиппа не беспокоило, где была сестра, но его взволновало то, как она выглядела.

Черил выходила из дверей как пьяная или накачанная наркотиками. А может, дело в том, что она очень устала? Или ее попросту выпроваживали? Наверное, что-то в этом роде. К тому же она плакала, слезы текли по щекам. Филипп смотрел на ее лоб, лицо, на то, как она руками утирает слезы, затем перевел взгляд на дорогу, включил передачу и умчался прочь.

ГЛАВА 4

В доме Кристин пять девушек позировали на фоне задернутых штор. Шторы эти, висевшие еще в старом доме, были сшиты из роскошного плотного темно-коричневого бархата и не пропускали свет. Теплое майское солнце показалось в комнате лишь одинокой яркой полосой справа от окна и исчезло, когда фотограф скотчем прикрепил штору к раме.

Филипп, чувствовавший себя несколько скованно в пиджаке «Мосс Броз» и брюках в полоску, сначала заглянул в комнату, а потом вошел и остановился. От вспышки в комнате было жарко. Фотограф был старичок в одежде, насквозь пропахшей сигаретным дымом. Увидев, как одеты девушки, Филипп пришел в ужас. Он знал, что у него хороший вкус и он кое-что понимает в сочетаниях цветов. Если это было бы не так, Филипп, наверное, не работал бы в «Розберри Лон», да и не захотел бы там работать. Кто же посоветовал Фи вырядиться в это атласное платье, белое, холодное и блестящее, как лед?! Может, конечно, она сама его выбрала. Но неужели Фи не понимает, что такое аристократическое платье с высоким горлом, узкими рукавами в форме лилий и расклешенной юбкой идет только высоким худым женщинам с маленькой грудью?

Ее шляпа походила на те, что носили главные героини фильмов сороковых годов (таких фильмов Филипп много видел по телевизору). Что-то вроде котелка, в каких щеголяли дамы в седле, только белая и с вуалью неподходящей длины. В руках Фи держала лилии. Цветы для похорон, подумал Филипп, вспомнив венок на гробе отца.

Что касается подружек невесты, которых просили улыбаться и смотреть с любовью на Фи, а не в объектив, то Филипп долго бы смеялся над их нарядами — что еще сказать? — если увидел бы их в каком-нибудь журнале. Это были какие-то туники разных цветов (розовая, терракотовая, светло-желтая и абрикосовая) с пышными, в рыжую крапинку рукавами из какой-то сеточки и юбки, напоминающие одуванчик, из той же сеточки в крапинку. На головах у девушек были венки из каких-то непонятных розовых и оранжевых цветов. В общем, нелепо выглядели все, кроме (Филипп неожиданно понял это) одной. Что Черил, что Стефани, что Джанис, старая школьная подружка Фи, — каждая из них являла собой повод для насмешек. Но только не четвертая девушка, та была особенная. Она была... — Филипп забывал слова, когда смотрел на нее.

Наверное, это Сента. Казалось, она не имеет никакого отношения к той семье, казалось, что у нее не может быть ничего общего с этими людьми. Она была необыкновенная. И дело не в ее росте или каких-то недостатках фигуры (а она была ниже всех и очень худая). Кожа у нее

73

была белая, но не такая, какую обычно называют белой (то есть бледная или сливочная), а белее молока, белая, как перламутр какой-нибудь раковины на дне моря. Губы немногим ярче. Филипп не мог разглядеть цвет ее глаз, но волосы, прямые и гладкие, очень длинные, почти до пояса, были серебристые. Не светлые, не пепельные, а именно серебристые, кое-где с матовыми прядями.

Но, пожалуй, самым удивительным для Филиппа было невероятное сходство Сенты с Флорой. У девушки было лицо этой статуи: идеальный овал, прямой, довольно длинный нос, широко посаженные спокойные глаза, маленькая верхняя губа, прелестный рот, не полные, но и не тонкие губы. Если волосы собрать в пучок и завязать лентами, она была бы копией Флоры.

Девушка держалась уверенно и спокойно. В то время как остальные в перерывах между съемками суетились, поправляли прически, бретельки, теребили цветы, Сента стояла неподвижно — как статуя. Она была так же невозмутима, как и мраморная девушка, которую Филипп сумел-таки три дня назад незаметно пронести в дом, а потом наверх к себе, пока мать делала кому-то стрижку. Сента была похожа на Флору и изяществом фигуры: если обхватить ее талию двумя руками, то можно сомкнуть пальцы.

Затем, когда фотограф попросил всех улыбнуться и в последний раз посмотреть в объектив, она повернула лицо так, что Филипп был шокирован: улыбка Сенты оказалась жутко натянутой и искусственной, это была не улыбка даже, а гримаса. Словно Сента намеренно издевалась или высмеивала всю церемонию. Ну нет, конечно же нет, разве она может допустить такую безобразную презрительную усмешку. Впрочем, даже если так, никто этого не заметил. «Замечательно! Замрите! Девочки, последний кадр!» — воскликнул фотограф. Все, снято. Этот снимок, безусловно, займет свое место в свадебном альбоме Фи. Теперь ей осталось только попозировать для «двух первоклассных портретов очаровательной невесты», как выразился фотограф. Фи еще не успела встать как следует и просила Стефани поправить ей шлейф, когда дверь распахнулась и в комнату вбежал Харди.

— Ой, я обязательно должна с ним сфотографироваться! — воскликнула Фи. — Посмотрите, какой он очаровашка! Я возьму его на руки; ничего страшного — его вчера искупали.

Две подружки невесты уселись на диван, придвинутый к стене, а белолицая Сента — ее сказочные, похожие на металл волосы теперь укрывали плечи — после секундного раздумья неторопливо пошла в противоположный конец комнаты, где стоял Филипп. Она шла так, что выглядела намного выше, чем была на самом деле: прямо, высоко подняв голову, очень грациозно. Пока Сента не заговорила с ним, Филипп смотрел на ее рот и думал о том, что ни у одной женщины он не видел такого красивого рта. Какой же у нее голос?

Губы раскрылись, и она произнесла:

— Какой интересный песик. Весь в рыжих пятнышках, точно маленький далматинец.

Филипп, улыбаясь ей, замечая только сейчас какие-то детали, медленно проговорил:

— Он подходит к вашим платьям.

— Вы его специально покрасили?

Филиппа рассмешила ее серьезность.

— Дело в том, что наша мама слегка его забрызгала, когда делала кому-то мелирование. Краска так и не сошла, хотя его купали.

— А я думала, он какой-нибудь редкой породы.

Филипп ожидал, что девушка говорит тихо, но ее голос оказался звонким, она не «проглатывала» гласные, говорила спокойно. Можно подумать, ее когда-то учили произносить речи, а не разговаривать. Он увидел, что кисти рук Сенты, державшей викторианский букетик из бутонов оранжевых тюльпанов и розовых гвоздик, были маленькими, а ногти подстрижены коротко, как у детей. Сента посмотрела на Филиппа своими почти бесцветными глазами, чистыми, как вода, в которой каждая капля темно-зеленой краски расходится по поверхности кругами и полосами.

— Вы Филипп, брат Фи, да?

— Совершенно верно, — он замялся. — Я и наряжен так, потому что буду ее посаженым отцом.

— Сента Пелхэм, — она произнесла свое имя так четко, словно его кто-то записывает.

— Не знаю никого, кого звали ли бы Сентой. Какое-то иностранное имя.

— Так звали одну героиню «Летучего голландца», — в ее голосе появились нотки раздражения.

Филипп не знал, что такое «Летучий голландец» (что-то связанное с музыкой, может, опера?), и потому обрадовался, когда услышал, как его зовет мать: «Филипп, Филипп, ты где?»

— Простите.

Сента что-то ответила. Он не привык общаться с людьми, которые смотрят на тебя в упор и при этом даже не улыбаются. Филипп закрыл за собой дверь и пошел на кухню, где увидел Кристин — смущенную, встревоженную, но выглядящую гораздо лучше, чем когда-либо в последнее время. Такая перемена смутила его, даже захотелось зажмуриться. Кристин была в голубом наряде — этот цвет всегда ей шел больше других — и в круглой шляпке, задрапированной бирюзовым шелком и украшенной лавандой.

— Пришла машина для нас с тетушками и еще одна — для подружек невесты.

— Хорошо. Все уже готовы.

Она милее, чем жена Арнэма, подумал Филипп, более женственная, более нежная, — и сам изумился своим мыслям. Сестры спустились по лестнице: промелькнула соломенная шляпка с опущенными полями, что-то яркое, как у попугая, высокие каблуки, плотные нейлоновые чулки, кольца, браслеты и ожерелья (все, что только можно найти в шкатулках), пролетели облака «Твида» и «Фиджи».

— Не забудь перед уходом запереть Харди на кухне, — сказала Кристин, — а то он напишет на белый ковер. Ты ведь знаешь, что он делает, когда волнуется.

Филипп остался с Фи. Если бы она выглядела романтично, красиво… В ней не было ничего, что могло бы его растрогать, из-за чего у него встал бы ком в горле и он вспомнил детство, проведенное вместе. На хмуром лице сестры было выражение усталости от бесконечных забот. Фи стояла перед зеркалом и видела (или ей казалось, что видит) капельки туши под левым глазом и пыталась стереть их пальцем, который она кусала от волнения все утро, перед тем как пришел фотограф.

— Не забудь на другую руку надеть кольцо, подаренное на помолвку.

— Я ужасно выгляжу, да? — раздраженно бросила Фи.

— Ты выглядишь прекрасно.

— Если у нас ничего не получится, мы всегда сможем развестись. Многие так поступают.

Никогда бы не стал жениться, если бы так думал — этого Филипп не произнес вслух. Он как будто начал скрывать от сестры все: свои взгляды, мысли, чувства. Не рассказал, что Флора стоит у него в комнате в шкафу, что он недавно видел, как Черил выходит из какого-то магазина на Эджвер-роуд плача. У Фи уже другой человек, с которым она будет делиться все самым сокровенным. А как же он, Филипп?

Фи отошла от зеркала и повернулась, чтобы взять со стола букет лилий. Но вместо этого застыла посередине комнаты, а потом бросилась к брату с объятьями. Ее будто током било, словно внутри у нее электрические провода.

РУТ РЕНДЕЛЛ

— Ну ладно, — говорил Филипп, — успокойся, успокойся. — Он обнимал сестру, но так, чтобы не помять ее белое атласное платье. — Ты же знаешь его много лет, он твой единственный, — что еще можно было сказать? — вы с ним с детства как голубки.

Он услышал, как подъехала машина, затормозила, как тихо закрылась дверца, а потом на дорожке послышались шаги.

— Знаешь, о чем я до сих пор думаю? — спросила Фи, освободившись из его объятий и начав приводить себя в порядок, поправлять пояс. — Я думаю о том, что если бы этот чертов Арнэм поступил с мамой по-честному, то у нас сейчас было бы две свадьбы.

Филипп произносил речь, хвалил Фи и Дарена и смущался избитых фраз и чувствовал на себе взгляд Сенты, холодный и внимательный. Каждый раз, когда Филипп смотрел в ее сторону и видел, что она не сводит с него глаз, он спрашивал себя, к чему бы это. Неужели он выглядел смешно (как же это страшно) или просто уродливо в своем сером пиджаке, белой рубашке и серебристом галстуке? И все же ему представлялось (несмотря на страхи), что на самом деле пиджак сидит хорошо. Он знал (как же ему не знать), что он красивый и привлекательный парень. К счастью, маленький рост и полнота, от кого бы они в их семье ни появились, ни он, ни Черил не унаследовали. Филипп выглядел примерно как Пол Маккартни в молодости. На обложке одного из старых альбомов «Битлз» он узнавал свое улыбающееся лицо.

Вечеринка скоро закончится. Зал в церкви святой Мэри, старая хибара, пахнущая спитым чаем и сборниками церковных гимнов, была в их распоряжении только до шести часов. Гости: дяди и тети, двоюродные братья и сестры, школьные приятели и товарищи по работе, прошлые и нынешние, — уйдут из церкви не позже Фи и Дарена. Кристин разговаривала с довольно приятным мужчиной средних лет, одним из многочисленных родственников Дарена. Черил стояла с кусочком свадебного торта, на этот раз держалась естественно, хихикала с двумя парнями, чьи волосы до плеч смотрелись довольно странно на фоне строгих костюмов. Филипп поблагодарил Стефани за кусок торта, который та ему передала, и, подняв голову, встретился взглядом с Сентой. Да, она двойник Флоры.

Казалось, ее глаза потемнели: зеленый цвет, плавающий в водных глубинах, странным образом сгустился. Сента где-то потеряла венок, и теперь ее волосы свисали, как две части незадернутого мерцающего занавеса, обрамляя мягкое, обольстительное лицо. Ее глаза, расширившиеся, приковавшие его взгляд, по-прежнему смотрели на него. Она приоткрыла рот и медленно, нарочито медленно провела языком сначала по верхней губе, потом — по нижней. Ее красивый рот был бледно-розовый, как цветущая яблоня, а язык красный. Филипп резко отвернулся, уверенный, что Сента издевается над ним.

Вернулись Фи и Дарен, одетые так, как раньше никогда не одевались: он в темно-сером костюме, она — в белом. Теперь, когда они вечером поедут в гостиницу, а завтра — в Гернси, в них каждый без труда узнает молодоженов. Филипп последний раз был на свадьбе очень давно, совсем еще ребенком, поэтому оказался совершенно не готов к нахлынувшей на него вдруг волне уныния. Как только молодые в элегантных костюмах, обсыпанных конфетти, уехали и их машина с какими-то надписями и привязанной сзади консервной банкой скрылась за горизонтом, Филипп почувствовал, что его переполняет разочарование. Все разъезжались. Впереди маячил своей скукой вечер. Мать проведет его с одной из сестер. А Филиппу поручено отвезти подружек невесты в Гленаллан-Клоуз, где они переоденутся в свою обычную одежду.

Отвезти всех, кроме Сенты, которая разговаривала у изгороди с каким-то человеком (Филипп его не знал) и наотрез отказалась ехать, передав через Джанис, что доберется сама, ее кто-нибудь подбросит. Да, придется ей поискать машину, подумал Филипп обиженно, ведь начался сильный дождь, хотя утро было солнечное и день ясный. В такую погоду возвращаться домой и входить в пустые комнаты еще тоскливее. Девушки поднялись в комнату Фи и Черил, где теперь будет жить одна Черил, Филипп выпустил собаку из кухни. Он переоделся в джинсы и свитер и, как только дождь стал затихать, пошел гулять с Харди вокруг дома. Возвращаясь, он встретил Стефани и Джанис, которые уже уходили.

Теперь можно было поговорить с Черил. Она наверняка еще наверху. Поднимаясь по лестнице, Филипп услышал из комнаты сестры музыку и пошел к себе. Надо будет зайти к Черил минут через десять. Комната Филиппа была крохотной, слишком маленькой для того, чтобы в ней уместилось что-то помимо одной кровати, платяного шкафа, письменного стола и стула с высокой прямой спинкой. И хотя Филипп работал в компании, которая в том числе оборудовала такие крошечные каморки предметами, экономящими пространство, и встроенной мебелью, он никогда не горел желанием сделать что-то подобное у себя. Отчасти потому, что не хотел ничего улучшать в Гленаллан-Клоуз, чтобы у матери, а следовательно, и у него не появилось соблазна остаться здесь насовсем. Другое дело, если Кристин носила бы фамилию Арнэма и жила бы в Чигвелле. Тогда дом достался бы ему и он быстро привел бы его в порядок.

Филипп открыл шкаф и достал Флору. На ней по-прежнему был голубой пакет с прорезью, сквозь которую виднелось ее лицо. Филипп развязал узел и снял пакет. Он поставил статую в углу, у окна. Удивительно, как благодаря ей одной комната преобразилась. Белый мрамор мерцал в сероватом, пропущенном через фильтр дождя свете. Интересно, можно ли удалить это зеленое пятно? Глаза Флоры смотрели сквозь Филиппа, а лицо было будто освещено изнутри языческой мудростью.

Арнэм с женой заметят пропажу, как только заглянут в сад. Когда они приедут, сосед, наверное, расскажет, что видел вора с каким-то длинным свертком, и они со-образят, что к чему. Филипп предполагал, что никто не будет связывать эту пропажу с его персоной. Если Арнэм его и помнил, то как недавнего выпускника, каким он и был тогда, стажера «Розберри Лон», — ничего общего с коротко стриженным мужчиной в пиджаке, как описал бы Филиппа сосед. Арнэм, пожалуй, даже почувствует облегчение, узнав о пропаже Флоры, от которой не хотел избавляться только из суеверия. Попробовать вывести пятно растворителем или сначала пойти поговорить с Черил, размышлял Филипп в тот момент, когда сестра позвала его с лестницы. Они никогда не стучались друг к другу, но в то же время без приглашения не входили.

— Фил, ты здесь?

Он повесил вещи на стул и поставил его так, чтобы загородить статую. Открыл. За дверью никого не было, лишь спустя какое-то время из своей комнаты вышла Черил, одетая, как обычно, когда она идет куда-нибудь, с ковбойской шляпой в руках. Ее волосы, еще утром расчесанные на пробор и завитые мягкими, свободными локонами (прическа подружек невест), смотрелись нелепо: Черил сильно накрасила глаза, а на одной из скул нарисовала зеленую звездочку.

— Ты меня не выручишь? — спросила она.

Неизбежным в этом случае ответом было:

— Смотря в чем.

— Ты не мог бы одолжить пять фунтов?

— Черил, — сказал Филипп, — я видел тебя на Эдж-вер-роуд в среду. Это было около шести или в полседьмого. Ты плакала и шла пошатываясь.

Она пристально посмотрела на брата, выпятив нижнюю губу.

— Я стоял в пробке. Ты выглядела как пьяная. Я недавно подумал, что ты, может, приняла что-то, но ты была, скорее, просто пьяна.

— Да не пью я! — воскликнула Черил. — Ты что, ничего не замечаешь?. Ты же видел, я даже не пила на свадьбе эту шипучую ерунду! Мне дает по мозгам с одного бокала вина. — Она взяла Филиппа за руку. — Ну что, дашь пять фунтов? Я завтра верну.

— Дело не в деньгах, — ответил он, хотя до определенной степени и в них: у Филиппа почти не было наличных, — не в деньгах дело. Как ты собираешься мне их завтра вернуть? Завтра воскресенье. Откуда ты возьмешь деньги в воскресенье? — Черил смотрела на брата, ее глаза горели. — Черил, чем ты зарабатываешь деньги? Откуда они у тебя?

— Ты прямо как следователь, — отозвалась она, — так на допросе разговаривают.

— По-моему, я имею право спросить тебя об этом, — вздохнул Филипп.

— А по-моему, нет. Мне уже восемнадцать, я такая же взрослая, как и ты. У меня даже право голоса есть.

— Да при чем тут это!

— Пожалуйста, — попросила она, — ну пожалуйста, одолжи мне пять фунтов. Я завтра верну.

— Вернешь в среду, когда получишь пособие.

Он пошел в комнату и вынул из кошелька, лежавшего в брюках «Мосс Броз», последнюю пятифунтовую бумажку. У него оставалось только три фунта мелочью и несколько пенсов.

Черил схватила деньги, сразу смяла бумажку, держа руку у ворота куртки, натянуто улыбнулась и выдавила из себя: «Спасибо, Фил».

Он не нашелся с ответом, вернулся к себе и сел на кровать. Черил быстро сбежала вниз, и он ждал, когда захлопнется дверь. Но услышал, как сестра с кем-то заговорила, перебросилась парой слов, которые Филипп не разобрал. Наверное, пришла мама, что-то забыла. Для Кристин обычным делом было забыть что-нибудь: деньги, ключи, пиджак — или надеть туфли не по погоде.

Дверь захлопнулась не с таким треском, как всегда. По крайней мере, дом не содрогнулся от фундамента до крыши. Филипп снял со стула вещи, вынул все из карманов, повесил одежду на вешалку и убрал в шкаф. Дождь возобновился, гонимый в окно поднявшимся ветром. Кто-то постучал в дверь.

Но свои никогда не стучат. «Может, полиция? — мелькнуло у него в голове. — Прислали за мной, чтобы забрать Флору». По спине пробежала нервная дрожь. Однако Филипп не стал прятать статую, а просто открыл дверь.

На пороге стояла Сента Пелхэм.

Он и забыл, что она должна прийти.

Она была в платье подружки невесты, вся мокрая. Волосы вымокли так, что с них текла вода, а рукава из сеточки в крапинку, которые должны быть пышными и объемными, висели, как лепестки намокшего под дождем цветка. Терракотовое атласное платье облепило ее худую хрупкую фигуру и большую круглую грудь, слишком большую для такой миниатюрной девушки. Соски торчали, наверное от соприкосновения с мокрой холодной тканью.

— Есть где-нибудь полотенце?

— В ванной, — ответил он. Неужели она не знает, где полотенце? Она ведь надевала все это именно здесь.

— Меня так никто и не подвез, — сказала Сента. Филипп обратил внимание на то, как она часто дышала. — Пришлось идти пешком, — а похоже было, что Сента бежала.

— Во всем этом?

Она усмехнулась, переводя дыхание. Казалось, Сента очень волнуется. Она отправилась в ванную, почти сразу же вернулась, вытирая волосы большим махровым полотенцем. Второе, такое же, висело у нее на плече. Филипп думал, что она пойдет в комнату Черил, но она пришла к нему и закрыла за собой дверь.

— Тут где-то был фен.

Сента покачала головой, сняла полотенце и встряхнула головой. Мерцающие волосы как будто полетели в разные стороны, и она расчесывала их пальцами. Филипп не успел понять, что она делает, и не верил своим глазам, когда она скидывала с себя туфли, снимала светлые, мокрые, забрызганные грязью колготки, а потом стянула через голову платье. Сента стояла, опустив руки, и смотрела на него.

Комната была слишком мала, чтобы разделять людей больше, чем на полметра. Таким образом, Филипп оказался на расстоянии вытянутой руки от этой обнаженной девушки, чье странное, с большой грудью, тело было мраморно-белым, а треугольник внизу плоского живота — не серебристым, не пепельным, а огненно-рыжим. Филипп уже нисколько не сомневался (неважно, что он думал полминуты назад) в том, что происходит, что задумала Сента. Она смотрела на него тем немигающим, но в то же время загадочным взглядом, который он так часто чувствовал на себе во время свадьбы. Он сделал шаг, протянул руки и взял ее за плечи. Холод мрамора — вот что, как ни странно, он ожидал почувствовать. Но Сента была теплой, даже горячей, а ее кожа — бархатистой.

Филипп медленно обнял ее, наслаждаясь мокрой, приятной наготой тела. Когда Сента резко повернула голову, чтобы приблизиться к нему губами, длинные мокрые волосы ударили его по рукам так, что он вздрогнул. Ее рот дрожал, когда она шептала: «В постель. Мне холодно. Мне холодно». Но тело ее было горячим, как на тропическом пляже, от него исходил жар.

Этот жар согрел холодные простыни. Филипп накрыл ее и себя пуховым одеялом, и они лежали на узкой кровати, прижавшись друг к другу. Дождь барабанил в окно. Сента занялась с ним любовью страстно, ненасытно. Вонзив пальцы в шею, в плечи Филиппа, она двигалась вниз, целуя его тело и гладя с невероятным наслаждением, от которого перехватывало дыхание. Выгнувшись над ним аркой, обмахивала его занавесом своих волос, дразнила языком. Губы ее были нежные, страстные, мягкие.

— Нет! — задыхался Филипп. — Не надо! — потому что это было уже чересчур, он был доведен до точки кипения. Над головой и перед глазами мерцал переливающийся красный свет. Стоная, он приблизился и проник в нее. Ее белое тело, по которому струился пот, опускалось и поднималось в каком-то странном дробном ритме. Она в последний раз прижалась к нему, задержала дыхание, расслабилась, вытолкнула его, передохнула, схватила опять, и они освободились с коротким тонким криком.

Серебристые волосы Сенты закрывали его плечи, свисая, как нити падающего дождя, что блестел на стекле. Филипп чувствовал сильное, необычайно глубокое удовлетворение, словно нашел то, чего всегда искал, и найденное оказалось лучше, чем он мог предполагать. Он знал, что нужно что-то сказать, но в голове вертелось только «спасибо, спасибо», и было понятно, что этого не стоит произносить вслух. Он взял ее лицо в свои ладони, повернул к себе и поцеловал ее долго и нежно.

Сента не проронила ни слова после того, как сказала, что ей холодно и нужно лечь в постель. Но теперь, когда она положила голову на плечо Филиппа, а пальцы их рук сплелись, наконец послышался ее высокий чистый голос.

— Филипп... — она произнесла это имя задумчиво, будто вслушиваясь в его звучание, будто проверяя, нравится ли оно ей. — Филипп.

Он улыбнулся. Ее глаза и рот были близко, настолько, насколько это возможно, если губы не соприкасаются. Он видел каждую мелочь в мягких и нежных изгибах ее лица, милые складочки в уголках глаз.

— Произнеси мое имя, — попросила она.

— Сента. Красивое имя — Сента.

— Послушай, Филипп, когда я утром увидела тебя, то сразу же поняла, что ты — мой единственный, — это было сказано торжественно. Она приподнялась, оперлась на локоть и стала внимательно всматриваться в его глаза. — Я увидела тебя на другом конце комнаты и сразу поняла, что ты мой единственный и что это навсегда.

Филипп был поражен. Он совершенно не ожидал услышать что-либо подобное.

— Я очень долго тебя искала, — продолжала Сента, — и вот теперь нашла, и это замечательно.

Такой напор начал слегка смущать его. Филипп справлялся с неловкостью, говоря несерьезно, даже шутливо:

— Ну, наверное, все же не так долго. Сколько тебе лет, Сента? Ведь не больше двадцати?

— Двадцать четыре. Ясно? Я тебе все расскажу, ничего не буду от тебя скрывать, — Филипп в общем-то не собирался ни о чем спрашивать, он просто хотел прикасаться к ней, обнимать ее и наслаждаться. — Я искала с шестнадцати лет. Знаешь, всегда была уверена, что где-то есть тот самый, единственный, только для меня созданный мужчина. Я знала, что, увидев его, сразу пойму: это он.

Ее губы легко коснулись плеча Филиппа. Сента оставила поцелуй на месте за ключицей, где бугрится мышца.

— Я верю в то, что у каждого есть родственная душа, Филипп. Люди разделены и всю жизнь пытаются найти свою половину. Впрочем, иногда ошибаются и находят чужую.

— А мы с тобой не ошиблись, нет?

— Это, — ответила она, — навсегда. Неужели ты не чувствуешь? Я увидела тебя на другом конце комнаты и поняла, что ты — моя потерянная половина. Вот почему первое, что я произнесла при встрече, было твое имя.

Филиппу казалось, что сначала Сента сказала, какой Харди интересный пес, но, может, он ошибался. Да какая разница! Она была в его постели, занималась с ним любовью так, как никакая другая девушка, и наверняка не в последний раз.

— Навсегда, — прошептала Сента, медленно улыбнувшись. Это была улыбка сфинкса. Вот и хорошо: Филиппу не хотелось, чтобы Сента становилась слишком серьезной. — Не говори, что любишь меня. Не сейчас. И я не буду признаваться в том, что люблю тебя, хотя на самом деле это так. Эти слова такие банальные, они не для нас, потому что все произносят их. То, что у нас с тобой сейчас, и то, что будет, слишком серьезно, наши чувства слишком глубоки. — Она уткнулась лицом в его плечо и слегка провела пальцами вдоль по его телу, снова быстро возбуждая его. — Филипп, мне остаться на ночь?

Он не хотел отказывать. Мать не войдет ночью в его комнату, но утром, как обычно, принесет чашку чая, наполовину расплескавшегося по блюдцу, и покрытую налетом сахарницу с воткнутой мокрой ложкой. Мать не станет его осуждать, потом, может, даже не упомянет, что обнаружила сына в постели с девушкой. Она, наверное, просто будет потрясена и ужасно смущена, широко раскроет глаза, поднесет руку к поджатым губам... Он такого не вынесет. Это будет уже чересчур.

— Я хотел бы, чтобы ты осталась, очень хотел бы, но, думаю, еще не время. — Филипп не знал Сенту, но приготовился к немедленной сцене, гневу или, возможно, слезам.

А она одарила его сияющей улыбкой, взяла его лицо в ладони и оставила на губах крошечный поцелуй — удивительно. Через секунду Сента уже стояла на полу. Встряхнув головой и проводя по волосам пальцами, она сказала:

— Это не важно. Мы можем пойти ко мне.

— У тебя есть свой дом?

— Конечно. Теперь это и твой дом, Филипп. Понимаешь? Теперь и твой.

В комнате Черил, куда Сента отлучилась на минутку, она переоделась в одежду, в которой, вероятно, пришла утром: длинную широкую черную юбку и длинный свободный свитер, связанный из чего-то такого же серебристого, как и ее волосы. Все эти вещи скрывали ее очертания, как паранджа прячет фигуры мусульманок. На тонких ногах с маленькими лодыжками были черные колготки и черные туфли без каблуков. Вернувшись в комнату Филиппа, Сента заметила стоящую в углу Флору.

— Она так на меня похожа!

Филипп вспомнил, что, забирая Флору из сада Арнэма, подумал: если он когда-нибудь встретит девушку, похожую на эту статую, то сразу же в нее влюбится. Он посмотрел на Сенту — и увидел сходство. Как часто, когда мы думаем, что один человек похож на другого или, скажем, на чье-то изображение, это сходство вмиг исчезает, стоит сравниваемым оказаться рядом. Но сейчас все было иначе: статуя и Сента были как близнецы, только одна из камня, а другая — из плоти. Филипп даже вздрогнул, словно случилось что-то необыкновенное.

— Да, она на тебя похожа, — он почувствовал, что сказал это очень серьезно. — Как-нибудь я расскажу тебе о ней.

— Да, обязательно. Мне хочется знать о тебе все, Филипп. Каждую мелочь. У нас не должно быть секретов друг от друга. Одевайся, пойдем. Я боюсь кого-нибудь увидеть … ну, твоя маму, сестру, не знаю, кого еще. Просто не хочу никого встретить. Думаю, наш первый вечер должен быть чем-то вроде таинства, правда?

Прежде чем они вышли из дома, дождь прекратился. На улице, залитой водой, показалось заходящее солнце. Все лужи и широкие ручьи блестели, будто покрытые золотом. Сента какое-то время не решалась переступить порог, словно собиралась с силами, чтобы нырнуть. Наверное, так оно и было, ведь мостовая практически превратилась в дно мелкой реки. Оказавшись в машине, Сента сделала глубокий вдох и выдохнула с облегчением — или просто от счастья. Филипп сел рядом, и они поцеловались.

ГЛАВА 5

Этот район Лондона на самом западе Западного Килбурна и севере Хэрроу-роуд Филипп почти не знал. Уже темнело, и после дождя на улицах никого не было. Напротив окруженного высокой кирпичной стеной длинного здания школы начала века располагалась бесплатная столовая для неимущих. На ступеньках стояла очередь — мужчины и одна пожилая женщина с сумкой на колесиках, в которой сидела собака. Филипп проехал мимо церкви, высившейся посреди кладбища, темного и густого, как лес, и повернул на Тарзус-стрит.

Только платаны с набухшими почками, которые вот-вот превратятся в листья, делали менее заметными трещины в асфальте и покосившиеся заборы и не давали этой улице окончательно выглядеть трущобой. Свет фонарей золотил нежные распускающиеся листья, тени были остроконечные, как лоза. Дом, где жила Сента, стоял в ряду темно-фиолетовых кирпичных зданий. Окна в нем были плоские, прямоугольные, будто вдавленные в стену. Десять ступенек вели к тяжелой деревянной двери с декоративными вставками, когда-то давно покрашенной в темно-зеленый цвет, а теперь такой разбитой и испещренной дырками, что казалось, будто кто-то использовал ее в качестве мишени. С этих ступенек можно было посмотреть через штукатуреную невысокую стену, служившую лестнице балюстрадой, и в подвальное окно увидеть помещение, забитое всяким хламом: консервными банками, бумагой, апельсиновой кожурой.

Сента отперла дверь. Дом был большой, трехэтажный, но, очутившись внутри, Филипп сразу почувствовал, сам не зная как, что они в нем одни. Это, конечно, не значило, что весь дом принадлежал Сенте. Два велосипеда у стены, кипа «макулатурной» почты на коричневато-красном столе говорили об обратном. Все двери были закрыты. Сента повела Филиппа по коридору и потом вниз по лестнице в подвал. Запах этого дома был новым для Филиппа. Он не мог точно его определить, мог только сказать, что это едва уловимый запах скопления застаревшей грязи, которую никогда не убирали, даже не перемещали из угла в угол или с одной поверхности на другую: засохших крошек, ненужных вещей, мертвых насекомых, паутины, нечистот и испражнений, давно пролитых жидкостей, шерсти зверей и их помета, пыли и сажи. Запах распада.

Подвал когда-то был отдельной квартирой. По крайней мере, так казалось. Все его комнаты, кроме одной, использовались для хранения разных вещей, которые отчасти и создавали этот запах. Там стояла старая мебель и ящики с бутылками и банками, лежали ворохи старых газет и сложенные стопками потемневшие вещи — когда-то это были шерстяные одеяла, но годы превратили их в серую, осыпающуюся, покрытую пылью массу. Уборную с унитазом и сливным бачком наверху отделяла натянутая наспех душевая занавеска. За ней же были колченогая ванна и один-единственный медный кран с холодной водой, покрытый зеленой коркой и перевязанный тряпками.

Комната Сенты, расположенная в передней части дома (ее окно выходило на улицу), оказалась единственным жилым помещением. Почти все пространство занимала большая кровать, шести футов шириной, с продавленным матрасом. Фиолетовые простыни и наволочки пахли так, будто их не меняли очень давно. Еще в комнате было огромное зеркало в раме, украшенной гипсовыми херувимами, цветами и фруктами, от которых откололись или совершено исчезли и позолота, и отдельные детали — веточки, лепестки.

На низком столике Филипп увидел догоревшую свечу в блюдце, полном воска, и пустую бутылку из-под вина. На плетеном стуле, увешанном ненужными вещами, стояло увядающее растение в медной кадке, полной пыли. Никаких штор — только деревянные ставни, сквозь которые пробивался бледный сероватый свет, но его было недостаточно. Сента зажгла лампу с пергаментным абажуром, отделанным бахромой. В тот первый вечер, с изумлением оглядывая комнату и оттого чувствуя себя неуверенно, Филипп спросил у Сенты, чем она занимается.

— Я актер.

— То есть актриса?

РУТ РЕНДЕЛЛ

— Нет, Филипп, не актриса. Ты ведь не называешь никого медичкой или адвокатшей, правда?

Он уступил.

— Ты снималась на телевидении? Я мог тебя где-нибудь видеть?

Она усмехнулась добродушно и снисходительно:

— Я училась в Королевской академии драматического искусства. А сейчас жду роли, которая нужна таким, как я, чтобы заявить о себе с самого начала. Возьмись я за первую попавшуюся роль, это повредило бы моей репутации. Ты так не думаешь?

— Не знаю, — ответил Филипп, — я в этом не разбираюсь.

— Я тебя научу. Мне хочется, чтобы у тебя было свое мнение обо мне, Филипп. Самым важным для меня, для нас будет то, что мы думаем друг о друге. Главным содержанием нашей жизни будет духовный обмен.

Однако ничего духовного в этот вечер не произошло. Вскоре они забрались в постель. Лежа в кровати Сенты, можно было видеть ноги прохожих за окном, а прохожие без труда увидели бы лежащих, стоило только нагнуться. Сента засмеялась, когда Филипп встал, чтобы прикрыть ставни, но он все-таки сделал это. В тусклом, коричневатом свете лампы на их движущихся телах, предающихся любви, мерцал загадочный золотистый глянец. Рвение Сенты казалось неутомимым, изобретательность — безграничной. То она выглядела сосредоточенной и серьезной, даже хмурой, то начинала звонко, безу-

97

ПОДРУЖКА НЕВЕСТЫ

держно смеяться. Филипп уже любил ее смех и странный, звонкий, но не визгливый голос, спокойный и чистый.

В полночь он собрался встать и пойти домой, но Сента — Сента использовала и подавляла его, поглощала и упрекала, сжимала и заманивала, отпускала только с огромным нежеланием, чуть не изрыла своими детскими, но сильными пальцами и натерла языком, шершавым, как у кошки. Он захныкал, вздохнул и уснул. Последнее, что она сказала, прежде чем он провалился в сон, звучало так:

— Я не просто хочу, чтобы ты был рядом, Филипп, я хочу быть тобой.

На следующее утро, в воскресенье, он, проснувшись только в девять, явился домой к десяти. Мать и Черил уже собирались звонить в полицию.

— Я подумала, — сказала Кристин, — как это будет ужасно, если я останусь без сына, ведь я уже осталась без дочери.

Она ни о чем не спрашивала Филиппа, и это не было проявлением такта или осторожностью. Просто теперь, когда сын вернулся, Кристин не думала о том, где он мог быть и чем заниматься.

В гостиной Филипп увидел, что открытка исчезла. Неужели потому, что он или Фи поговорили с матерью об этом? На ковре, напротив камина, лежал крохотный помятый розовый бутон, наверное выпавший из венка или букета одной из подружек невесты. Может, из венка Сенты? Все-таки странно, что о Сенте даже не думается в сентиментальном или романтическом ключе: чтобы вспоминать о ней, цветок не нужен. Филипп поднял бутон, понюхал — запах ни о чем ему не говорил. Да почему он должен был ему что-то сказать? Он вместе с Сентой, будет с ней вновь этой ночью, у него есть настоящая женщина, женщина с подернутыми серебром волосами...

В комнату вошла Черил и вручила брату пятифунтовую банкноту. Филипп чувствовал себя совершенно иначе по сравнению со вчерашним днем: еще четырнадцать или пятнадцать часов назад он был абсолютно другим человеком, а теперь возможные неприятности Черил отодвинулись очень далеко, перестали быть его заботой.

— Спасибо, — Филипп произнес это так задумчиво, что сестра пристально посмотрела на него. Он с радостью рассказал бы ей о Сенте. Конечно, с еще большей радостью он рассказал бы о ней Фи, не будь та сейчас на пути в Сент-Питер-порт. Но ведь Сента попросила никому не говорить:

— Я пока не хочу, чтобы кто-то знал о нас, Филипп. Не сейчас. Какое-то время это должно быть нашей святой тайной.

Прошла неделя. Они виделись каждый день. Филипп сказал, что не будет ночевать дома до вторника, по крайней мере сегодня и завтра, потому что из «Розберри Лон» его послали участвовать в одном проекте в Винчестере и там для него снят номер в гостинице. Он только сейчас осознал, что это очень ценно — иметь такую мать, как Крис-

99

ПОДРУЖКА НЕВЕСТЫ

тин. Неопределенность ее реакций и отрешенность, которые раньше раздражали и, хуже того, тревожили (он ведь понимал, как это может сказаться на ее благополучии), ее очевидное незнание заурядных условностей Филипп воспринимал теперь как божий дар.

У Сенты не было телефона. На том столике в коридоре, спрятанный под ненужной почтой, правда, стоял аппарат, но редко дома был кто-нибудь, кто бы снял трубку. Там наверняка жили другие люди, но Филипп ни разу их не видел, хотя однажды ночью его разбудила музыка и топот ног наверху. Он приходил домой, ел то, что приготовила ему мать, гулял с Харди, а потом ехал в Килбурн. Большим облегчением для него было услышать от Кристин, что она подумывает о том, чтобы провести вечер с другом. Не против ли он? А ужин она оставит. Друг — это тот мужчина, с которым Кристин познакомилась на свадьбе Фи. Сколько всего важного произошло на одной свадьбе!

Филипп попросил мать не беспокоиться о еде, сказав, что не будет ужинать дома. С работы он поехал сразу к Сенте, они впервые вместе пойдут ужинать в ресторан — серьезная перемена, похоже на настоящую жизнь. Филипп оставил машину на улице, немного волнуясь, ведь район неблагополучный. Побежал в подвал, сердце его, как и всякий раз, учащенно билось. Здесь, на лестнице, вонь была сильна, как нигде в доме. Но за дверью Сенты все куда-то исчезало. Там сырой и резкий запах гнили сменялся благовонием ароматических палочек, которые всегда курились в ее комнате. Сента, наверное, как обычно, ждет его, сидя по-турецки на подоконнике или на полу. Правда, однажды она полулежала на кровати, как «Олимпия» Мане — эту картину Филипп знал по открытке, присланной когда-то Фи.

Пойти с Сентой в ресторан было настоящим событием. Филипп узнал, что Сента не просто вегетарианка, а строгая вегетарианка. К счастью, он выбрал индийский ресторан. На Сенте было какое-то странное старое платье, которое, быть может, носила еще ее бабушка, серое с серебряными нитями, без пояса, с помятой розой из серого шелка на груди. Ее волосы висели как вуаль, специально подобранная к платью. Глаза она накрасила зеленым, помаду выбрала темно-фиолетовую. Филипп до конца не понимал, нравится ли ему наряд Сенты, но смущался и волновался, когда смотрел на нее. В дешевом ресторане, где звучал записанный на пленку ситар, где на обоях были изображены слоны и мужчины в тюрбанах, где свет был тускл, Сента выглядела как богиня всего загадочного и таинственного. Хотя ее губы... Филиппу не нравился этот жирный слой краски. Он решился попросить ее стереть помаду: ее губы и так прекрасны. Почему он думал, что Сента воспротивится? Она дочиста вытерла рот кусочком туалетной бумаги и добавила смиренно:

— Я сделаю все, что ты захочешь. Все, что тебе нравится, — правильно.

— Расскажи мне о себе, — попросил Филипп. — Сента, я ничего о тебе не знаю, кроме того, что ты актриса —

извини, актер — и того, что ты двоюродная сестра Дарена, хотя мне с трудом в это верится.

Сента слегка улыбнулась, потом засмеялась. Она могла быть такой серьезной, что Филиппу стало бы не по себе, попытайся он подражать ей, и в то же время она могла смеяться так легко и весело, как никто другой. Он подумал, что Сента, возможно, не хочет, чтобы ее имя связывали с семьей Колье — веселой компанией круглолицых мужчин, помешанных на спорте, и собранием женщин, заядлых любительниц бинго.

— Моя мать была исландка, — начала она, — отец служил на флоте, а познакомились они, когда его корабль был в порту Рейкьявика.

— Сента, что значит «была»? Ведь твоя мать жива, — Сента уже рассказывала ему, что ее родители в разводе и каждый сейчас живет с новой семьей. — Ты говорила, что у твоей матери есть друг, которой тебе не очень нравится.

— Моя мать умерла, родив меня.

Филипп уставился на нее. Это казалось таким странным: он никогда не слышал, чтобы кто-то умер при родах, разве что читал об этом в старых книжках.

— Это произошло в Рейкьявике, я там родилась. Отец был тогда в море, — На лице Сенты появилось странное выражение, она выглядела немного раздраженной. — Да почему ты так на меня смотришь? О чем ты подумал? Если тебя волнует именно это, могу сказать, что они к тому времени поженились.

— Сента, я не хотел...

— Он привез меня обратно сюда и вскоре женился на Рите, женщине, которую я называю своей матерью. А мою настоящую мать звали Рейдан, Рейдан Кнудсдаттер. Это означает «дочь Канута». Правда, удивительно? Не «сын», а «дочь». Это древняя система фамилий, передающихся по материнской линии.

Тем же вечером Сента рассказала ему, что получила стипендию на обучение в школе актерского мастерства, которую закончила в числе десяти лучших студентов. На втором курсе она поехала на каникулы в Марокко, где сняла на два месяца номер в гостинице «Медина» в Марракеше. Белой женщине нелегко одной в такой стране, и она одевалась, как местные мусульманки: носила платок, так что видны были только глаза и лоб, и черное платье до пят. В другой раз Сента поехала с друзьями в Мехико, где застала землетрясение. Была она и в Индии. Филипп чувствовал, что ему нечего рассказать о себе после описаний этих диковинных путешествий. Смерть отца? Ответственность за мать? Тревога по поводу Черил? Никудышный ответ.

Но по возвращении в комнатку в подвале, за бутылкой вина, которую он купил, Филипп все-таки рассказал Сенте о матери, Джерарде Арнэмс и Флоре. Он подробно описал случившееся после того, как он увидел из окна спальни миссис Райпл мраморную девушку. Сента смеялась, когда он рассказывал, как нес статую и его увидел кто-то из соседей, она даже спрашивала название улицы и интересовалась подробностями, но все же Филиппа не покидало ощущение, что Сента не слушает его рассказ так внимательно, как он слушал ее. Полулежащая на большой кровати, она, казалось, была занята изучением своего отражения в зеркале. Этот осколок исчезнувшей, изысканной когда-то гостиной, это зеркало с позолоченными херувимами, кое-где без ног или рук, и с гирляндами цветов без листьев рисовало Сенту в дымке, словно она плыла в мутной зеленоватой воде, а из-за трещин казалось, что ее мраморно-белое тело в пятнах.

Если Сента не могла сосредоточиться на его рассказе, подумал вскоре Филипп, то только потому, что испытывала к нему страстное влечение, такое же сильное, как и он к ней. Филипп не привык к этому, ведь в прошлом имел дело с девушками, которые, когда его желание было очевидно, то ссылались на усталость, то говорили, что им «не хочется», то у них были месячные, то их раздражали его слова. Их с Сентой сексуальные порывы, оказалось, одинаково спонтанны и синхронны. И (долгожданное утешение!) доставить удовольствие Сенте можно было так же быстро и легко, как и ему самому. Невероятно, но не требовалось никакого нескончаемого и терпеливого внимания. Потребности Филиппа были ее потребностями, и наоборот.

В последний вечер недели, в канун возвращения Фи и Дарена из свадебного путешествия, он начал по-настоящему узнавать ее. Это стало настоящим открытием, которому Филипп невероятно радовался.

Они занимались любовью, а потом откатились на разные стороны кровати и лежали усталые, но счастливые. Удовольствию Филиппа мешало лишь легкое беспокойство, поселившиеся теперь в его мозгу: как бы уговорить ее сменить постельное белье? Как бы это сделать так, чтобы не обидеть ее и не показаться недовольным? Конечно, это пустяк, но все же запах простыней удручал его.

Серебряные волосы Сенты скрывали подушку. Некоторые пряди она заплела в косички. Сента лежала на спине. Волосы в промежности были у нее насыщенного, неестественного огненно-рыжего цвета. Он видел это яркое пятно дважды на ее белом теле и один раз — в отражении в зеркале, которое висело под углом, отступая вверху от стены по крайней мере на фут. Даже не успев подумать, Филипп взял ее руку в свою, положил на тот самый яркий пушистый треугольник и лениво проговорил, смеясь:

— Зачем ты красишь волосы в интимных местах?

Сента вскочила, резко сбросила с себя его руку, совершенно расслабленную, — и удар оказался очень болезненным. Лицо Сенты было искажено гневом, она дрожала от злости, сжав кулаки:

— Что ты имел в виду — «красишь»? Да пошел ты, Филипп Уордман! И у тебя еще хватает наглости так со мной разговаривать!

На протяжении нескольких секунд он не мог поверить своим ушам, не мог поверить, что слышал эти слова, произнесенные знакомым, чистым, мелодичным голосом. Филипп приподнялся и, попытавшись поймать ее руки, еле увернулся от удара.

— Сента, Сента, да в чем дело?

— В тебе дело, в тебе! Как ты смеешь мне говорить, что я крашу волосы в интимных местах?

Он был почти на фут выше и вдвое сильнее. На этот раз он сумел-таки схватить ее за руки и смерить взглядом:

— А что? Ты светловолосая, тот цвет внизу не может быть настоящим.

Она плевала в него словами:

— Я крашу волосы на голове, дурак!

Филипп ослабил хватку из-за накатывающегося смеха. Едва отпустив Сенту, он сразу стал ждать нападения, поднял руки, чтобы защитить лицо, и при этом думал: как ужасно, мы ссоримся, а что теперь, что теперь? Сента ласково убрала его руки от лица, поднесла свои мягкие теплые губы к его губам и поцеловала Филиппа нежнее и дольше, чем когда-либо, поглаживая его лицо и грудь. Затем взяла кисть его руки, той самой, которую сбросила, и нежно положила на место, вызвавшее раздор, — на рыжий треугольник волос и тонкую, белую, бархатистую кожу внутренней стороны бедер.

Через полчаса она поднялась и сказала:

— Действительно, эти простыни чуть-чуть воняют. Сядь на минутку на стул, я их переменю.

И она поменяла — фиолетовые на изумрудные, и запихнула грязные в свой саквояж, с которым ходила в прачечную. Филипп подумал: мы сближаемся, она уже читает мои мысли, это чудесно, я люблю ее, этот маленький, бурный вулкан. Потом, уже за полночь, оставив Сенту спящей под стеганым одеялом в чистом пододеяльнике и поднимаясь вверх по темной вонючей лестнице, он вспомнил их ссору и не поверил тому, что она сказала о своих волосах. Сента, наверное, просто подкрашивает их. Конечно, она их обесцветила и подкрасила, чтобы они стали серебристыми (это видно), но кто же будет перекрашиваться из рыжего цвета в пепельный? Зачем?

Он почувствовал страх. Филиппа пугало, что Сента может его обманывать. Но, в конце концов, это ничтожно маленькая ложь, сущий пустяк, нечто такое, о чем все девушки, наверное, и не могут говорить правду. Он вспомнил Дженни, которая уверяла, что у нее естественный загар, хотя на самом деле каждый день ходила в солярий.

Дженни... Филипп не думал о ней очень давно. Он не видел ее, не слышал ее голоса с тех пор, как в январе они поссорились. Дженни хотела, чтобы они поженились, начала говорить об этом в октябре, когда они вместе были на Майорке.

— Я не могу жениться, — сказал ей Филипп, — не думаю, что это произойдет в ближайшем будущем. Где мы будем жить? У меня, с матерью?

— Если бы мы с тобой были хотя бы помолвлены, — ответила она, — я чувствовала бы, что что-то значу для тебя, знала бы, что мы вместе, что мы пара.

И тут, конечно, всплыла на поверхность истинная причина:

— По-моему, мне не нужно спать с тобой, если это для тебя просто так. Не думаю, что это правильно, если у нас все несерьезно.

Дженни изводила его, требуя пообещать ей то, чего он не мог, а кроме того, не хотел выполнить. Расставание было для Филиппа мучительнее, чем он мог предполагать, но теперь оно представлялось ему самым мудрым из всех возможных решений. Странно сравнивать Дженни и Сенту, это такой контраст. По дороге домой Филипп поймал себя на том, что смеется в голос, представляя, как Сента говорит с ним о серьезных отношениях, о помолвке например. Представления этой девушки о постоянстве были такие, что Дженни, серой мышке из пригорода, и не снилось: абсолютная преданность, исключительность каждого партнера, идеальный, не имеющий себе равного, союз двух людей, отправляющихся в путешествие по жизни.

Когда вернулись Фи с мужем, Филипп с удивлением осознал, что знаком с Сентой всего две недели. Ровно столько Фи и Дарен были в отъезде, а когда он видел их в последний раз, Сента в сущности была для него обычной чужой девушкой в нелепом платье в рыжую крапинку, смотревшей на него через всю комнату как-то таинственно, а он, дурак, не сумел тогда правильно истолковать этот взгляд.

Ежедневное общение с Сентой заставило Филиппа на некоторое время поверить, что Дарен, ее двоюродный брат, наверняка гораздо более интересный и умный человек, чем ему казалось раньше. Да, видимо, Филипп ошибался относительно Дарена, ведь, наверное, до свадьбы естественно думать, что ни один мужчина не может быть достаточно хорош для твоей сестры. Однако теперь, оказавшись в компании своего новоиспеченного зятя, Филипп понял, что не ошибался нисколько. Коренастый, с выросшим к двадцати четырем годам животом, Дарен сидел перед телевизором и гоготал над каким-то сериалом, который ему нужно было обязательно смотреть даже в гостях. «Он настаивал на том, чтобы смотреть его, в те два воскресенья, когда мы были в путешествии», — пояснила Фи гордо, как мать, рассказывающая о том, что просит есть ее малыш.

Вернувшись, молодожены зашли на чай, хотя просто так чай в Гленаллан-Клоуз не пили. Кристин подала один из своих кулинарных шедевров — нарезанная ветчина и кольца спагетти. Потом она собиралась делать Фи прическу, радуясь, как ребенок, тому, что Фи в виде исключения согласилась на это. Филипп считал, что мать выглядит неплохо. Несомненно, после свадьбы она как будто помолодела и даже стала казаться счастливее. Но не потому, что завершение свадебных хлопот и замужество дочери стали для нее облегчением: ведь она один или два раза предлагала Фи (Кристин всегда только предлагала) подождать еще пару лет, прежде чем заводить семью. Наверное, мать изменилась благодаря новому другу, благодаря общению с ровесником. Розовая помада была нанесена умело, по краям не расплывалась, а волосы, вымытые золотистым оттеночным шампунем, приберегаемым прежде для клиентов, сверкали.

Кристин и Фи скрылись на кухне. Филипп услышал, как мать сделала дочери комплимент по поводу темно-синего джемпера и добавила, что забавно покупать свитер гернси на острове Гернси. Неторопливое объяснение Фи, что этот предмет одежды был назван в честь острова, так же как и джерси, вызвало возгласы удивления.

Черил, как обычно, где-то гуляла. Филипп остался с зятем один. В отсутствие телевизора Дарен оказался словоохотливым, стал говорить о спорте, о новой модели Фиата, о пробках на дорогах, и подробно рассказывал, где они с Фи провели медовый месяц. Утесы на острове Гернси — самые высокие из тех, что он когда-либо видел, наверняка они вообще самые высокие на всех Британских островах, хотя он и не мог бы назвать их высоту даже приблизительно. А течения в Ла-Манше чрезвычайно изменчивы — интересно, сколько пловцов потерпели неудачу в его водах? Филиппу, несколько раз бывавшему за границей в туристических поездках, пришло в голову, что Дарен — один из тех, кто всегда спросит экскурсовода, насколько тот или иной предмет древний или современный, насколько глубока эта река, насколько высоки эти горы, сколько кирпичей потребовалось, чтобы построить этот собор, и сколько людей расписывали его.

Уже напечатали свадебные фотографии, но слайдов еще, слава богу, не было. Филипп очень хотел поговорить с Дареном о Сенте. Сейчас, пока женщины на кухне, ему представилась такая возможность. Он, конечно, не собирался нарушать обещание, данное Сенте, и распространяться о своих отношениях с ней. В том, чтобы обсуждать ее, скрывая, что Сента для него не просто знакомая, будет даже что-то приятное. Но пока Дарен тарахтел без умолку, увлеченный выбранной им самим темой, и не давал Филиппу никакого шанса. Пришлось терпеливо ждать удобного случая. Филипп уже знал этот восторг, когда ему доводилось произносить имя Сенты при других людях или упоминать о ней вскользь, беспечно и равнодушно, в разговорах с матерью или Черил:

— Сента, ну, та девушка с какими-то не то пепельными, не то серебристыми волосами, которая была подружкой невесты, она наверняка хорошо получится на фотографиях, — а потом дерзко добавлять: - Никогда не скажешь, что эта Сента, подружка невесты, родственница Дарена, правда?

Отец Сенты приходился матери Дарена братом. В это трудно поверить: у них не было ни одной общей черты, ни цветом кожи, волос, глаз они не походили друг на друга. Сложенные совершенно по-разному, они еще и казались людьми разных рас. Волосы у Дарена были желтоватые, тонкие и жесткие, как солома, глаза — голубые, черты лица грубые, хотя и красивые, кожа румяная. Когда-нибудь его густо-красные щеки будут свисать на воротничок рубашки, а нос станет похож на крупную клубнику. Дарен был ничем не примечательный мужчина, валет в колоде карт.

Заполняя короткую паузу, повисшую, когда Дарен убирал в желтый конверт фотографии, Филипп сказал:

— Я не был знаком с твоей двоюродной сестрой, Сентой, до свадьбы.

Дарен поднял глаза. Он молчал несколько секунд и, как казалось Филиппу, смотрел на него с изумлением. У Филиппа мелькнула странная мысль, смешанная с чувством тревоги, что Дарен сейчас начнет отрицать, что у него есть кузина, или даже скажет: «Кто? Ты говоришь о Джейн, да? Она только говорит, что ее зовут Сента».

Но Дарен не удивился. Ни изумления, ни возмущения, ни чего бы то ни было в этом духе — просто заторможенная реакция, обычная для Дарена.

Он расплылся в хитрой улыбке:

— Тебе, значит, она нравится, да, Фил?

— Я ее не знаю, видел ее только один раз, — Филипп понял, что впервые солгал ради Сенты, и сам удивился, зачем это сделал. И тем не менее продолжил: — Она ведь твоя двоюродная сестра?

Такой вопрос оказался Дарену не по силам, и он ответил в каком-то замешательстве:

— Двоюродная, троюродная... не помню, чтобы я когда-нибудь интересовался всем этим. Знаю только, что моя мама — ее тетя, а ее отец — мой дядя, вот почему я считаю ее своей двоюродной сестрой. Правильно? — Дарен вернулся на более безопасную и проверенную позицию: — Ну давай же, Фил, признайся: она тебе нравится?

Проницательный взгляд и замысловатая улыбка — вот какой реакции ждал Дарен, и Филипп без лишних усилий оправдал его ожидания. Дарен подмигнул в ответ:

— Она странная, эта Сента. Посмотрел бы ты, где она живет, — это же настоящая крысиная нора, просто свалка. Когда нужно было уладить что-то насчет платьев и всякой всячины, Фи сказала, что ни за что в жизни не пойдет туда, и я не знаю, стоит ли ее осуждать. А ведь Сента могла бы замечательно жить с дядей Томом в Финчли. Лечиться ей пора.

Чувствуя, что выдает себя с каждый словом, Филипп все же не мог остановиться:

— Значит, Фи ее знает плохо?

— Пускай это тебя не беспокоит, старина: ее знаю я. Могу тебя туда провести, если нужно.

Он больше не тратил слов на Сенту, а вернулся к разговору о Гернси, своей страсти к высотам, глубинам, величинам и перепадам температур. Филипп послушал какое-то время, а затем извинился и ушел. Он должен быть у Сенты в девять, а еще нужно кое-что уладить наверху. Филипп подумал, что Фи, если останется, может после его ухода заглянуть в его комнату. Она никогда не входила туда, живя здесь, и ей незачем было заходить сейчас. Но Филиппа одолевали какие-то предчувствия — или обычные опасения. Статуя по-прежнему стояла в его комнате, ничем не накрытая, в углу, между платяным шкафом и окном.

Было без десяти девять, но еще не стемнело, и в тусклом свете мраморная кожа Флоры мерцала, как перламутр, и в то же время была очень похожа на настоящую, женскую. В жизни Флора была Сентой. Принадлежал ли этот спокойный и одновременно мечтательный взгляд, устремленный далеко за горизонт, только ей одной? А эти сомкнутые губы, выполненные в идеальной пропорции к прямому изящному носу? Сента, когда они ходили в ресторан, даже причесалась так же, как Флора: уложила волосы локонами и заколола на висках. Филипп почувствовал внезапное желание, которое, впрочем, счел глупым и быстро подавил, поцеловать эти мраморные губы, казавшиеся такими мягкими. Он снова завернул статую, на этот раз не в холодный и скользкий пакет, а в старый трикотажный свитер, и засунул в глубину шкафа.

Говоря о Сенте, ища и находя подтверждения ее слов, — Филипп казался себе предателем, но он действительно сомневался и боялся — ощущая на губах вкус ее мелодичного имени и слыша, что другие произносят его так бездумно, он наполнялся новой, еще более неистовой страстью. Невозможно больше ждать, он должен быть с Сентой. Он задыхался, когда сидел в машине и проклинал красный свет светофора. Филипп бежал по грязным ступенькам, его тело напряглось, он был возбужден, никак не мог попасть ключом в замок, — а потом повеяло ароматом дымящихся китайских палочек, дверь незаметно отворилась и впустила его в манящее, пыльное и загадочное владение.

ГЛАВА 6

Боярышник, с которого уже давно опали все цветы, превратился теперь в обычный зеленый куст. Под ним стояла статуя Купидона, держащего лук и колчан со стрелами. Филипп не мог хорошенько разглядеть ее, потому что в комнате по-прежнему не было бинокля. Всего остального тоже не было: миссис Райпл выполнила условия «Розберри Лон» и убрала книги по кулинарии, камин, всю мебель и напольное покрытие. Осталось совершенно голое пространство.

Купидон, Филипп знал, бог любви. Интересно, Арнэм руководствовался этим или ему просто понравилась статуя? Еще месяц назад Филипп был бы оскорблен, разгневан такой заменой, но прошедшие недели сильно изменили его. Он уже толком не помнил, зачем украл Флору. Его больше не занимали мысли об Арнэме, он стал абсолютно равнодушен к нему, даже скорее доброжелателен. Вся ярость куда-то исчезла. Встреть Филипп этого человека на улице, он поздоровался бы и спросил, как тот поживает. Почему, собственно, нет?

В эту субботу, вообще-то выходной день, у него было задание заехать сюда, внимательно осмотреть дом миссис Райпл и проверить, действительно ли все, как она говорила по телефону, — этим заказчикам никогда нельзя доверять — готово. В понедельник уже должны были прийти рабочие из «Розберри Лон». Филипп закрыл за собой дверь и спустился. Миссис Райпл ждала у лестницы:

— Я не смогу приготовить им чай.

— Ничего страшного, миссис Райпл, они и не будут этого ждать, — на самом деле, конечно, будут, но к чему спорить? Нет никакого смысла приближать неприятности и прямо сейчас говорить хозяйке о том, что, если она не сделает рабочим утром и днем чаю, то они попросят два получасовых перерыва, в одиннадцать и в три, чтобы сходить в кафе. — Думаю, они придутся вам по душе и вам понравится, как аккуратно они работают.

— Я не позволю им курить или слушать радио.

— Разумеется, — отозвался Филипп, решив, что пусть уж она сама поругается с рабочими. Он-то знал, кто победит в этой битве.

Дверь за ним захлопнулась с треском — неудивительно, что в доме на потолке трещины. Он пошел по дорожке к машине, где на переднем сиденье сидела Сента и ждала его.

Они впервые после того ужина в индийском ресторане ехали куда-то вместе, хотя, за исключением вечера, который Филипп не по своей воле провел дома с матерью, встречались каждый день. Нет никакого смысла ужинать где-то, говорила Сента, и было понятно, что для нее не так уж важна еда, хотя она любила шоколадные конфеты и вино. Сента никогда не готовила для него. Филипп часто вспоминал, как он, задолго до знакомства с Сентой, поинтересовался у Фи, почему эта девушка не может сама сшить для себя платье. Фи ответила, что если бы он знал Сенту, то не спрашивал бы. И вот теперь он знает ее, и вопроса не возникает. То же с готовкой или любой другой работой по дому. Утром Сента (она сама рассказывала) почти всегда лежит в постели, иногда до полудня или еще дольше. Ее жизнь без него была для Филиппа загадкой. В те редкие разы, когда он пытался дозвониться, Сента, будучи дома, не подходила к телефону, хотя он долго не вешал трубку, чтобы дать ей время подняться наверх, в холл.

Их уединенная совместная жизнь, когда по полвечера они проводили в постели, замечательна, это самое чудесное из всего, что с ним случалось, но все же Филипп осознавал, что такая жизнь неправильна, что она ненастоящая. Надо быть вместе для того, чтобы общаться, всюду сопровождать друг друга, а не только для того, чтобы заниматься любовью. Когда он приглашал Сенту заехать с ним в Чигвелл, чтобы уладить дела с миссис Райпл, а потом где-нибудь пообедать, может даже поехать на природу, то ожидал услышать отказ. И был удивлен и обрадован, когда она согласилась. Филипп получил большее удовольствие от того, что Сента, вторя его мыслям, сказала, что им следует проводить вместе все свободное время, все часы, когда они не работают.

— Но ты ведь не работаешь, Сента, — поддразнил ее Филипп.

— Я вчера ходила на пробы, — сказала она, — это довольно неплохая роль в одном фильме. Ее в итоге получила Миранда Ричардсон, но зато я понравилась режиссеру, он сказал, что я замечательная.

— Миранда Ричардсон!

Филипп был поражен. Проходить пробы наравне с Мирандой Ричардсон — это многое говорит о способностях актрисы. Он разузнал кое-что о Королевской академии драматического искусства, ведь Сента сказала, что училась там. Это — лучший театральный институт, все равно что Оксфорд.

Однако с недавних пор у Филиппа появились сомнения в том, что она говорит правду. Ужасно так думать о человеке, к которому относишься так, как он к Сенте, но тем не менее в глубине души он ей не верил. Подозрения зародились, когда Сента сказала, что днем обычно ходит в один клуб на Флорал-стрит, где тренируется и занимается балетом, чтобы быть в форме, и встречает там разных знаменитых актеров, актрис, танцоров. Однажды, рассказывала Сента, она и пара ее знакомых пили чай вместе с Уэйном Слипом.

Филипп не мог в это до конца поверить. Сента приукрашивает действительность, вот и все. Наверное, она как-то шла через Ковент-Гарден и на другой стороне улицы увидела Уэйна Слипа. Не исключено, что когда-то она и ходила в тренажерный зал и пробовала заниматься аэробикой. Ведь есть такие люди, для которых чистая правда слишком неинтересна и пуста, которым нужно слегка исказить то, что есть на самом деле. Нет, Сента не лгала, это нельзя назвать ложью. Наверняка она и о Филиппе рассказывала своим друзьям, кем бы они ни были. Но можно поспорить, что Сента не говорила, что ее парень живет с матерью в Криклвуде и работает младшим замерщиком в компании, которая делает новые ванные и кухни. В ее рассказах он наверняка был дизайнером интерьеров из Хэмпстеда.

Филипп улыбнулся этим мыслям, садясь в машину, и Сента, повернувшись к нему, спросила о причине веселья.

— Я просто чувствую себя счастливым. Здорово вот так ехать с тобой куда-то.

Услышав такой ответ, она прильнула к нему и поцеловала. Филипп почувствовал вкус ее мягких теплых розовых губ и подумал, не смотрит ли миссис Райпл в окно.

— Скоро мы будем вместе навсегда, — сказала Сента, — я уверена. По-моему, такова наша карма.

Несколькими днями ранее Сента составила гороскоп Филиппа и объяснила ему, что ключевая цифра его имени — восемь. Теперь она заговорила о нумерологии, рассказала, что цифра эта связана с Сатурном и означает мудрость, познание через опыт, стабильность, терпение и ответственность. Филипп свернул на улицу, где жил Арнэм, и показал Сенте его дом.

Она особо не заинтересовалась, на лице появилось выражение недовольства. Филипп почувствовал себя виноватым, потому что действительно, — в чем она его и упрекала, — совсем не слушал Сенту.

— Вы, люди-«восьмерки», часто холодны и скупы на эмоции с теми, кого любите и кому должны доверять.

— Холодны? — воскликнул он. — Скупы на эмоции? Ты, наверное, шутишь, да?

— А все потому, что вы боитесь показаться слабыми. Люди-«восьмерки» меньше всего хотят, чтобы о них думали, будто они слабые.

Они пообедали в сельском пабе и вскоре забыли о тайных шифрах вселенной, как это называла Сента. Потом оставили машину где-то на природе, в той части Эссекса, где тропинки узкие и куда редко кто-нибудь забредает. Сента повела Филиппа между деревьев, и они занялись любовью на траве.

Филипп спрашивал себя, любит ли он Сенту, влюблен ли. В тот первый раз она попросила его не говорить, что он ее любит и ни о чем подобном не рассуждать. Они всегда будут вместе, они должны стать единым целым, они нашли друг друга. Но влюблен ли он, любит ли? Да и знает ли он, что на самом деле означают эти слова, так часто и широко используемые, такие банальные, избитые?

Вожделение, похоть, если угодно, страсть, абсолютная и подавляющая необходимость владеть ею и овладевать снова и снова — все это было. Он думал о ней все время — в долгих поездках, у клиентов, которым «Розберри Лон» что-то перестраивала, на работе с Роем, дома с матерью и сестрой, даже в своей постели (хотя, возвращаясь из Килбурна в Гленаллан-Клоуз за полночь, он обычно был таким уставшим, что мог только спать). Иногда он мысленно разговаривал с ней, открывал ей свои чувства и страхи. Так почему-то никогда не получалось наяву: она хотя и не перебивала, но, казалось, не слушала его. А вместо необходимого ответа следовало или молчание, или реплика о загадочном смысле противоположностей, или какое-нибудь странное утверждение, что им, душам, составляющим единое целое, для общения слова не нужны.

Как он может быть ее второй половиной, родственной душой, если даже не уверен в том, что любит ее?

В конце июня Кристин и Черил уезжали отдыхать. Филипп был рад, что, когда порвал с Дженни и отказался от поездки в Грецию, куда они собирались, не заказал путевку вместе с матерью и сестрой. Теперь у него впереди две недели наедине с Сентой.

Немного обидно, что придется остаться в Гленаллан-Клоуз. Но кто-то должен жить там, чтобы кормить Харди и гулять с ним. Филипп признался себе, что, хотя и ходил в квартирку Сенты каждый вечер, хотя ему нравилось бывать там, потому что там жила она, хотя он и стремился туда так, что от волнения захватывало дух, тем не менее не смог привыкнуть к дому на Тарзус-стрит, не принял его. Грязь и неприятные запахи не перестали раздражать Филиппа. Что-то зловещее было в этом доме, в том, что никогда никого там не видно, не слышно ни единого звука, за исключением музыки наверху и топота ног танцующих людей. Действительно следовало начать беспокоиться о том, где живет Сента. Если он и впрямь человек-«восьмерка» — Филипп улыбнулся, вспомнив об этом, — его, конечно, должно волновать, что девушка живет в таком районе, в таком отвратительном доме. По вечерам по Тарзус-стрит шатаются пьяные, слоняются мальчишки, а бродяги лежат на тротуарах или дремлют у чьих-то дверей. Почему же Филиппа это не беспокоит? Не потому ли (какая ужасная мысль!), что Сента существует во всем этом так же органично, как и прочие местные жители?

Однажды, часов в девять вечера, уже свернув на улицу, где жила Сента, Филипп заметил странного вида девушку, которая шла по тротуару ему навстречу. Она словно плыла в своем черном платье до земли. Голова ее была обвязана, как у африканок, чем-то из красной полосатой ткани. Девушка коснулась его руки, когда он вылезал из машины, улыбнулась, и только потом Филипп узнал в ней Сенту. Долю секунды он с ужасом думал, что эта какая-то проститутка пристает к нему.

Кристин и Черил ехали в Корнуолл. В последнее время Филипп редко думал о сестре — хватит уже быть мудрым и ответственным! — но сейчас ему стало интересно, как же Черил справится с этой своей привычкой, о которой он мог только догадываться, когда будет вместе с матерью в Ньюквее. Выпивку или наркотики, в общем-то, можно достать везде, размышлял Филипп. Восстанавливая в памяти встречу на грязной улице с переодетой Сентой, которую было не узнать, он подумал, не подтверждение ли это его невысказанным опасениям. Неужели Черил зарабатывает деньги проституцией? Когда он вспомнил, как быстро сестра вернула ему пять фунтов, на сердце стало тяжело: ведь с того момента, как Черил их одолжила, прошла лишь ночь и утро.

Филипп вез мать и сестру на вокзал Пэддингтон. Кристин была в хлопковом платье в цветочек и белом кардигане, который она связала зимой. Издалека ошибки в узоре были не заметны. Филипп сказал матери, что она выглядит славно (ее слово). Контраст между ней и Черил в джинсах, футболке с Микки Маусом и черной кожаной куртке вызывал улыбку. Сестра больше не выглядела ни как девушка, ни как молодая женщина, ни даже как человеческое существо. Кожа на лице натянутая и грубая, в глазах горечь. Пострижена Черил была почти налысо.

— Тебе сделали «ежик», — вот и все, что сказала Кристин.

— Не знаю, что такое «ежик». Это называется «замша».

— Думаю, стрижка славная, раз тебе самой нравится,— дальше этого Кристин никогда не заходила в своей критике.

Оставив их с чемоданами на площади перед вокзалом, Филипп поехал назад в Криклвуд: места для парковки было уже не найти. Он гадал, что же будет с сестрой. Черил ничему не учится, у нее нет ни работы, ни перспективы получить ее, она ужасно невежественна, у нее нет парня или хотя бы хорошей подруги, а есть, видимо, какая-то сильная зависимость (от чего — Филипп боялся узнать). Впрочем, как теперь обычно и бывало, эти тяжелые раздумья быстро уступили место мыслям о Сенте. Филипп выгуляет Харди и сразу же отправится в Килбурн, чтобы провести все оставшееся время с ней. Он хотел уговорить Сенту поехать ночевать в Гленаллан-Клоуз.

Для разнообразия Филипп наградил Харди хорошей прогулкой, которую тот вполне заслужил. В последнее время бедному псу приходилось довольствоваться быстрыми пробежками по кварталу. Сегодня же Филипп повез его в Хэмпстед-Хит, и они гуляли по лесу между Спэниардз-роуд и Вэйл-оф-Хит в сторону Хайгейта. Июнь выдался прохладным, сухим и серым. Яркая зелень травы, более темный и густой цвет листьев радовали глаз и странным образом умиротворяли. Харди бежал впереди, иногда останавливаясь, чтобы засунуть свою любопытную морду в кроличью нору. Филипп думал о Сенте, представлял ее тело, белое, как мрамор, слишком большую грудь, соски, не коричневатые, не розовые, а бледно-жемчужные, и тот розовато-бронзовый пучок волос внизу живота, растущий как огненные цветы...

Он вспоминал лицо Сенты, ее глаза, языческие, как у Флоры, ее голос и слова. Теперь он с легкостью думал о тех маленьких глупых выдумках, которыми она его кормила: что красит волосы, что была на кинопробах, что пила чай с Уэйном Слипом. Или что ее мать — исландка, которая умерла, рожая ее. Ведь Фи как-то говорила, что у матери Сенты молодой ухажер. Это уже чересчур для умершей при родах.

Сента фантазировала, это правда, но фантазии эти не приносили никому вреда. Что-то она сочинила, чтобы поразить его воображение, и это было очень-очень лестно. Если такая девушка, как Сента, хочет произвести на него впечатление, то это огромный комплимент. Филипп где-то читал, будто фантазии — единственное, что есть у людей, чья жизнь однообразна и пуста и для которых окружающая действительность слишком бедна. Вдруг он ощутил желание защитить Сенту — и почувствовал себя нежно любящим человеком. Да, теперь он нисколько не сомневался в том, что любит ее.

Неожиданно спокойно осознав все это, Филипп показался себе очень опытным. Может, в этой Сентиной нумерологии что-то есть и он один из тех, кто учится на ошибках и становится мудрее? Ему бы не хотелось, чтобы Сента долго дурачила его своими фантазиями, хотя ведь ни обмана, ни разочарования он не чувствует, и это прекрасно. Сента не вводила его в заблуждение, и, если говорить по справедливости, наверное, и не собиралась, а просто хотела казаться эффектнее и притягательнее, чем была на самом деле. Невозможно, думал Филипп, быть еще более эффектной. А что касается обаяния, то ему больше нравилось думать о Сенте как о маленькой девочке с доброй любящей душой (она же у нее действительно такая!) и в то же время как о страстной любовнице, которой все-таки свойственны обыкновенные женские сомнения и неуверенность.

По пути на Тарзус-стрит он прошелся по магазинам, купил еду в китайском ресторане — если она не будет, он съест. Купил печенье, фрукты, две бутылки вина и большую коробку конфет «Терри Мунлайт». На Сенту он так

125

ПОДРУЖКА НЕВЕСТЫ

не тратился, как на Дженни, потому что они почти не ходили никуда. Но сорить деньгами на покупки для Сенты ему нравилось.

На тротуаре перед ее домом старик в женском плаще, подвязанном веревкой, рылся в куче полиэтиленовых мешков. Игнорируя предупреждения на фонарных столбах (мусор на улицах — загрязнение окружающей среды), местные жители сваливали отходы за сломанную ограду, там уже выросла дурно пахнущая гора. Старик вытащил полбуханки хлеба, положил в пакет и снова принялся что-то искать — возможно, заплесневевший сыр или остатки мяса. Филипп видел, как бродяга вертит в руках темно-красные липкие кости того, что раньше было куриным крылышком. Филипп нес дорогую еду, и ему стало жаль старика больше обычного. Он поискал в карманах мелочь и протянул ему.

— Спасибо, начальник. Да благословит вас Бог.

Получив фунтовую монету, бродяга продолжил свои поиски в груде мешков мусора. Нужно было дать пятерку? Филипп взбежал по лестнице и вошел в дом, безмолвный и грязный. Прошлой ночью шел сильный дождь, и было видно, что кто-то прошагал в мокрых ботинках по выложенному плиткой полу к лестнице, оставив в пыли следы рифленых подошв.

Аромат китайских палочек сегодня сильнее, чем всегда. Филипп ощутил его уже на лестнице, ведущей в подвал, где этот запах боролся с неизменной и пропитавшей все кислой вонью. За дверью ждала она. Иногда, и сегодня был именно такой день, Сента надевала старое выцветшее сине-розовое кимоно с вышитей на спине розовой птицей с длинным изогнутым хвостом. Волосы она собрала наверху и закрепила на макушке серебряным гребнем. Сента протянула руки и заключила Филиппа в свои неторопливые, нежные, самые чувственные в мире объятия, прикоснулась к нему губами сначала легко и изящно, а потом был глубокий, всепоглощающий долгий поцелуй.

На окнах по-прежнему были раскрашенные ставни, и беспокойный свет июньского дня и бледного солнца не проникал в комнату. Включенная лампа освещала постель, такую смятую, будто Сента только что вылезла из нее. В блюдце тлела сандаловая палочка и горела свеча. Вся комната отражалась в зеркале, холодная, пыльная, фиолетово-золотая, и казалось, что определить время суток невозможно. На улице грохотали машины, цокали по тротуару женские каблуки, слышно было, как едет велосипед или катят детскую коляску.

Филипп открыл вино. Сенте есть не хотелось, да она и не ест мяса. Она сидела по-турецки на постели, выбирала из коробки конфеты и отпивала из мутного темно-зеленого бокала, одного из двух имевшихся у нее в хозяйстве. Филипп вина не любил. Ему не нравились ни его вкус, ни воздействие: у него начинала кружиться голова, а во рту появлялась неприятная горечь.

Филипп вообще считал, что алкоголь — это довольно противно, и делал редкое исключение, выпивая полпинты портера. Но Сента хотела, чтобы они пили вино вместе, и Филипп понимал, что ей будет неприятно пить одной. Впрочем, это не проблема, когда бокалы цветные и нельзя увидеть, вино в них или вода. Он наливал и себе, но в удобный момент незаметно выплескивал содержимое бокала в кадку с единственным в доме растением, чем-то вроде стойкого фикуса. Он, переживший отсутствие света, влаги и внимания, благодаря винной диете стал теперь давать побеги.

Сента согласилась пойти поужинать, хотя, как всегда, не хотела выходить из дома. В итальянский ресторан на Фэрнхед-роуд они шли пешком, обнимая друг друга за талию. На обратном пути Сента стала очень ласковой, иногда останавливалась, чтобы обнять его и поцеловать. Филипп чувствовал силу ее желания, как излучение, как вибрацию. Он раньше часто видел на улицах парочки, которые явно не обращали внимания на окружающих, были полностью поглощены друг другом, целовались, обнимались, по-видимому радуясь тому, как они неповторимы и неподражаемы. Сам он никогда не вел себя подобным образом и порой даже неодобрительно смотрел в сторону таких людей, но сейчас оказался готов на все, стал страстным влюбленным в такой же паре, прославляющей удовольствие поцелуев на улице, в свете фонарей, в полумраке, у стены, в темном дверном проеме.

Они вернулись на Тарзус-стрит около десяти. Там, в комнатке в подвале, она не могла больше ждать. Сента жаждала его и его любви, над верхней губой и на лбу у нее блестел пот, на белой мраморной коже появился лихорадочный румянец. И в постели она была ласковее и щедрее, чем когда-либо, уступала, вместо того чтобы подавлять, отдавала, а не отбирала. Все движения, казалось, она делала для его наслаждения, ее руки, губы и язык служили ему, она задерживала и оттягивала свой финал до тех пор, пока экстаз не наступит у него. Волна радости, сначала тихая, скручиваемая в крошечные барашки, потом все нараставшая и, наконец, с грохотом обрушившаяся, как огромная башня, хлынула на Филиппа и накрыла всю комнату, заставив зеркало содрогнуться, а пол — задвигаться. Он застонал от блаженства, стон перешел в крик ликования, когда она овладела им, прижала, вызвав мгновенное волнообразное движение — и получила от него свою собственную победу.

Филипп лежал и думал: в следующий раз я подарю ей то, что подарила мне она, она будет первой, от полноты счастья я сделаю для нее то, что она сделала для меня. Он не мог тогда знать, что через секунду или две ничтожный проступок, неправильно подобранное слово уничтожит такую возможность.

Ее волосы разметались по подушке, касались его лица серебристыми кончиками. Они сверкали, как длинные, хрупкие полоски стекла. Румянец на ее щеках потускнел, и лицо снова стало белым, чистым, без морщин, а кожа — мягкой, как внутренняя сторона гладкого лепестка цвета слоновой кости. В ее широко раскрытых глазах как будто были капсулки с зеленой жидкостью, окрашивающие их, как водоросли воду. Он проводил пальцами по ее длинным локонам, чувствуя острую, естественную жесткость каждого волоска.

Он повернул лампу и наклонил абажур так, чтобы свет падал на их лица, на их полные страсти глаза. Свет теперь лился на голову Сенты. Филипп стал всматриваться внимательнее, поднял одну из ее серебряных блестящих прядей и воскликнул, не подумав, не сделав даже маленькой паузы:

— Твои волосы рыжие у корней!

— Конечно, рыжие. Я же говорила тебе, что обесцветила их. Точнее, мне их обесцветили, — голос Сенты не был сердитым, только чуть раздраженным. — Надо снова этим заняться. Нужно было это сделать еще на прошлой неделе.

— Тебе действительно их обесцветили? И покрасили в серебристый?

— Я ведь говорила, Филипп. Ты что, не помнишь?

Он усмехнулся, спокойный, беспечный, довольный. Он рассмеялся, качая головой:

— А я не поверил тебе тогда, если честно, ни одному слову не поверил.

Все произошло очень стремительно.

Сента вскочила, встала на четвереньки, как зверь: губы сжаты, волосы свисают. Не хватало только выгнутого кошачьего хвоста. Ее глаза округлились, заблестели, из-за стиснутых зубов прорывалось шипение.

— Да в чем дело? — испугался Филипп.

— Ты мне не доверяешь! Ты мне не веришь! — это был уже другой голос, низкий, охрипший, дрожащий от ярости.

— Сента...

— Ты мне не доверяешь! Как можем мы быть единым целым, как сможем мы соединиться, стать одной душой, если ты мне не доверяешь? Если ты мне не веришь? — ее голос становился все выше и походил уже на вой сирены. — Я отдала тебе всю себя, рассказывала о самом сокровенном, раскрыла тебе всю душу, а ты — ты просто положил на все это, смешал с грязью, ты убил меня!

Она полезла на него с кулаками, целясь в лицо, в глаза. Филиппу, мужчине, который на фут выше и вдвое тяжелее, потребовалось некоторое время, чтобы усмирить Сенту. Она корчилась от боли в его хватке, металась в разные стороны, шипела, изворачивалась, чтобы укусить его за руку. Он почувствовал, как острые зубы сдирают кожу, как пошла кровь. Он и не знал, что Сента такая сильная. Ее сила пульсировала — это напоминало провод под огромным напряжением. И внезапно, как если бы вдруг выключили электричество, все прекратилось.

Сента ослабла и рухнула, как умирающий, как животное, которому свернули шею. И, перестав сопротивляться, задрожала. Из глаз хлынули слезы, она зарыдала, потом попыталась задержать дыхание, но стала задыхаться, как астматик, и снова зашлась в страдальческом плаче. Филипп обнимал ее. Он чувствовал себя глубоко несчастным.

ГЛАВА 7

Он не мог ее покинуть. Остался на ночь. На дне бутылки было еще немного вина, и он дал ей выпить из зеленого бокала все оставшееся. Сента почти ничего не говорила, только плакала и прижималась к нему. Но, к удивлению Филиппа, сразу же заснула, выпив вина. Он укрыл ее одеялом.

К Филиппу сон пришел не так быстро. Он слышал, как наверху начинают танцевать. Раз-два-три, раз-два-три... Звучала музыка, «Вальс Теннесси» — вроде Леар, да? Филипп редко запоминал названия, но у матери дома были такие пластинки. Ночью в комнате Сенты всегда становилось холоднее. За окном лето, и ночь, вероятно, сырая и теплая, но здесь от стен тянуло промозглым холодом. Конечно, ведь квартира находится в подвале. Чуть погодя он встал, отворил ставни и открыл окошко наверху. Как только пропадал запах ароматических палочек, кислая вонь этого дома возвращалась.

Их лица и очертания свернувшихся тел под сбившимся, будто связанным в узел фиолетовым одеялом отражались в тусклом зеркале так, что казалось, будто это старая, запачканная темная картина, писанная маслом. По-прежнему было слышно, как наверху танцуют: раз-два-три, раз-два-три, топ-топ-топ, топ-топ-топ — от стены, где было окно, в другую часть комнаты, даже зеркало начало дрожать, потом к двери и снова к окну. Этот ритм и музыка наконец убаюкали Филиппа, и он уснул.

Утром ему нужно было пойти домой и посмотреть, как там Харди. Утром все всегда по-другому. Через открытое окно проникали свежесть и легкий, приятный аромат зелени, идущий, быть может, из одного из тех садиков, не занятых разобранными на части автомобилями и всяким хламом. Филипп приготовил растворимый кофе, поставил на стол хлеб с маслом, апельсины. Сента сидела угрюмо и тихо. Ее глаза были сонные и опухшие. Филипп боялся, что у него будет фингал под глазом, там, где она задела его кулаком, и мутное, запачканное зеркало показало ему налитые кровью белки и возникающий синяк. Укушенное запястье распухло, следы от зубов на нем побагровели.

— Через пару часов вернусь.

— Ты точно хочешь вернуться?

— Сента, конечно, хочу. Ты же знаешь, что хочу. Слушай, извини за то, что говорил, что не верю тебе. Это было бестактно и глупо.

— Это не было бестактно. Мне стало ясно, что ты совсем меня не понимаешь. Ты не чувствуешь так, как чувствую я. Всю жизнь я искала тебя, а когда нашла, поняла, что это моя карма. Но такое не для тебя, я тебе просто подружка.

— Я смогу тебя убедить в обратном, если даже для этого понадобится целый день. Почему бы тебе не поехать со мной? Это гораздо лучше. Не хочется сидеть в этой комнате весь день. Поехали.

Сента не захотела. Поднимаясь по лестнице, Филипп сердито подумал, что обидели его, а не ее. Дантист, пломбировавший ему зуб, сказал как-то, что укус человека опаснее, чем укус животного. Конечно, это нелепо — рана не представляет никакой опасности. Просто Филипп думал, как бы ее спрятать, пока она не затянется.

Харди дождался прогулки и даже получил гораздо больше корма, чем полагается собаке такого размера, — хозяин чувствовал, что виноват перед ним. Филипп принял ванну, наклеил на запястье пластырь, потом снял его. Застань Сента его за этим занятием, она сказала бы, что он суетится из-за пустяков или старается привлечь внимание к тому, что она сделала. В любом случае, на глаз пластырь не приклеишь. Рой, конечно, отпустит несколько колких замечаний по этому поводу, но сейчас Филипп не мог об этом думать.

Может, стоит покупать больше вина? С одной стороны, это порадует Сенту, но, с другой стороны, если он не будет ничего с собой приносить, появится лишний повод, чтобы выбираться куда-нибудь. День был великолепный, на небе ни облачка, солнце уже в зените. Он думал о перспективе провести весь день в комнате в подвале с унынием. Впервые с тех пор, как они вместе, Филипп не чувствовал никакой страсти к Сенте и не видел перед собой прежнего образа, не испытывал необходимости за-

РУТ РЕНДЕЛЛ

ниматься с ней любовью. Наверное, это естественно после вчерашней сцены.

Вернувшись к дому на Тарзус-стрит, он на секунду остановился, чтобы заглянуть в ее окно, прежде чем подняться по лестнице к входной двери. Сента снова закрыла ставни. Он вошел и спустился в подвал. Сегодня в комнате не пахло благовониями. Сента снова лежала в постели и крепко спала. Филипп был разочарован и немного раздражен. Знай он, что Сента будет спать, он пробыл бы дома подольше, занялся бы «воскресными делами», поиграл бы с Джеффом и Тедом в теннис, как раньше, или поехал бы поплавать в Суис-коттедж. По меньше мере, принес бы с собой газету, почитал бы.

Он сел на единственный в этой комнате стул и стал смотреть на Сенту. Постепенно нежность, что-то вроде жалости к Сенте пробудили в нем сильное желание прикоснуться к ней. Филипп разделся и лег рядом, одной рукой обняв ее, свернувшуюся калачиком.

Сента проснулась в начале второго. Они оделись и пошли в бар. Сента была спокойна и молчалива, поглощена какими-то своими мыслями и совершенно не вникала в то, что говорил Филипп. Его страсть на время погасла, зато удовольствие находиться в ее обществе только усилилось. Он все удивлялся тому, что когда-то не считал ее красивой. В баре не было ни одной женщины, которая могла бы сравниться с Сентой. Она надела свое серое серебристое платье с помятой розой на груди и серебряные туфли на невероятно больших каблуках, которые внезапно сделали ее высокой. Волосы она зачесала за уши, надела длинные серьги будто бы из прозрачных капель, как на хрустальной люстре. Мужчины оборачивались, чтобы пялиться на ее голые белые ноги, тонкую талию и большую грудь, подчеркиваемые облегающим платьем. Филипп гордился тем, что он с ней, и почему-то немного нервничал.

На обратном пути Сента рассказывала о всяких странных оккультных и астрологических штуках, интересовавших ее: о гармонии, о многослойных колеблющихся частотах, об удивительной синхронности вселенной и о диссонирующих системах. Филипп слушал скорее ее голос, чем сами слова. Должно быть, это в театральном училище она научилась говорить таким тоном и таким голосом, почти сопрано. Он вспомнил, как в свое время сомневался, что Сента действительно окончила академию драматического искусства. Как же трудно, как сложно, когда не знаешь, чему верить, а чему нет!

Когда они вошли в дом, Филипп испугался: а как пройдет остаток дня? Можно ли быть с Сентой обычным человеком? Можно ли просто сидеть с ней рядом и заниматься чем-то кроме секса, как, к примеру, его родители? Она ведь потащит его в постель, а он боялся, что не сможет. Филипп вздохнул с облегчением, когда Сента села на кровать, кивнула ему на старый плетеный стул и сказала, что хочет поговорить, потому что ей нужно кое-что ему сообщить.

— Что я значу для тебя, Филипп?

Он ответил просто и честно:

— Все.

— Я тебя люблю, — отозвалась Сента.

Она произнесла эти слова так бесхитростно и ласково, так просто, естественно и по-детски искренне, что они запали Филиппу в душу. Раньше Сента просила его не признаваться в любви, говорила, что и сама не станет этого делать, поэтому теперь он понимал: пришло время, когда слова любви уместны. Он наклонился и протянул к ней руки. Она в ответ покачала головой, глядя, как показалось Филиппу, куда-то вдаль, как Флора, и прикоснулась к его руке, нежно провела пальцем по запястью.

— Я настаивала на том, чтобы мы не произносили этих слов, пока не будем полностью уверены. Что ж, теперь я уверена. Я люблю тебя. Ты моя вторая половина, моя жизнь была неполной пока я не встретила тебя. Извини за то, что прошлой ночью тебя поранила, я была не в себе от страдания. Я ударила и укусила тебя, просто потому что хотела таким образом избавиться от мук, от боли. Понимаешь, Филипп?

— Конечно, понимаю.

— И ты любишь меня так, как я тебя?

Это, по-видимому, был торжественный момент. Требовались сосредоточенность на лице и полная серьезность. Филипп произнес твердо и размеренно, словно давая клятву:

— Я люблю тебя, Сента.

— Я хотела бы, чтобы этого было достаточно. Но этого мало, Филипп. Ты должен доказать свою любовь, и я должна доказать свою. Все утро, пока тебя не было, я размышляла об этом. Лежала здесь и думала о том, что мы должны совершить что-то невероятное, чтобы доказать друг другу свою любовь.

— Хорошо, — отозвался Филипп, — согласен. Что ты хочешь, чтобы я сделал?

Сента молчала. Взгляд ее ясных зеленоватых глаз вернулся из пустоты, чтобы встретиться с его взглядом. Это не будет похоже на предложение Дженни о помолвке, думал Филипп, это не в духе Сенты. И она точно не попросит купить ей что-нибудь. Ощущая тошноту, он надеялся, что она не собирается просить его вскрыть вену и смешать его кровь со своей. Это было бы на нее похоже, и он согласился бы, но испытывал бы к этому отвращение.

— Я думаю, жизнь — это одно большое приключение. Ты ведь тоже так считаешь? — начала Сента. — Мы одинаково смотрим на мир, это так, я знаю. Жизнь ужасна, прекрасна и тяжела, но большинство людей проживают ее всего лишь обыкновенно. Когда мы с тобой занимаемся любовью, наше сознание на какие-то мгновения просветляется и в эти секунды все кажется ясным и замечательным. Наши чувства сильны так, словно с нами происходит все неиспытанное, новое и совершенное. В общем, так должно быть всегда, мы можем научиться достигать этого не при помощи вина или наркотиков, а живя на пределе разума, каждый день проживая каждой ниточкой сознания.

Филипп кивал. Нечто похожее Сента уже говорила, когда они шли сюда. Самое ужасное, что он почувствовал сонливость. Больше всего ему, хорошо пообедавшему и выпившему пинту пива, хотелось бы сейчас лечь с Сентой в постель и прижать ее к себе, пока к ним обоим не придет сон. Признание в любви осчастливило Филиппа, и к нему потихоньку возвращалась страсть, пока еще тихая, что-то вроде вялого вожделения, которое может подождать, пока придет и уйдет сон, а тело согреется и расслабится. Филипп улыбнулся Сенте и протянул к ней руку.

Она отдернула руку и подняла указательный палец:

— Некоторые говорят, что для того, чтобы прожить полную жизнь, нужно совершить четыре поступка. Знаешь какие? Я тебе скажу. Посадить дерево, написать хотя бы одно стихотворение, заняться любовью с кем-нибудь своего пола и кого-нибудь убить.

— Первые две — ну, на самом деле первые три — вещи, мне кажется, не имеют никакого отношения к последней.

— Пожалуйста, Филипп, только не смейся. Ты слишком много смеешься. Есть вещи, над которыми смеяться не стоит.

— Да я и не смеюсь. Не думаю, что когда-нибудь сделаю что-то из этого списка, но, надеюсь, это не будет означать, что я не жил. — Он взглянул на Сенту, наслаждаясь чертами ее лица, большими чистыми глазами, губами, на которые он никогда не уставал смотреть. — Когда я с тобой, Сента, тогда, мне кажется, я действительно живу.

Это было приглашение заняться любовью, но Сента оставила его без внимания. Очень тихо, по-театральному сосредоточенно она произнесла:

— Я непременно докажу свою любовь, убив кого-нибудь ради тебя, а ты должен убить кого-нибудь ради меня.

Впервые с того момента, как они вернулись в эту душную комнатушку со спертым, но манящим запахом постели и мешка грязного белья, Филипп полностью отдавал себе отчет в происходящем. Он поднялся и открыл ставни и окно. Опираясь на оконную раму и вдыхая свежий воздух с Тарзус-стрит, он бросил через плечо:

— Ах, конечно! И кто у тебя на уме?

— Это не обязательно должен быть кто-то конкретный. На самом деле, даже лучше, если наоборот. Просто кто-нибудь ночью на улице. Вот, вполне сойдет. — Сента указала на некрасивую женщину за окном, обычную бродяжку, которая сидела на тротуаре, прислонившись спиной к ограде дома, прямо напротив прохода в подвал. — Кто-нибудь вроде нее. Да кто угодно! Важно сделать — сам поступок ставит тебя вне человеческого общества.

— Понятно.

Бродяжка была похожа на мешок с тряпьем, который бросили сюда, чтобы его забрали уборщики мусора.

В голове не укладывалось, что это — живое существо, человек, у которого есть какие-то чувства, который может радоваться счастью и испытывать боль. Филипп медленно отошел от окна, но на стул не сел. Он облокотился о сломанную раму зеркала. Лицо Сенты ничего не выражало, но было напряженным и сосредоточенным. Ему вдруг показалось, что она говорит, как актер — явно не очень талантливый, — произносящий заученную роль.

— Я буду знать, что ради меня сделал ты, и ты будешь знать, что сделала ради тебя я, но никто больше. Мы должны будем посвятить друг друга в эти страшные тайны. Нужно понимать, что каждый из нас значит для другого больше, чем весь мир вокруг, и, если ты сможешь совершить это для меня, я сделаю то же для тебя.

— Сента, — начал Филипп, пытаясь быть терпеливым, — я же знаю, что ты несерьезно. Я знаю, что все это — твои фантазии. Ты, может, думаешь, что обманываешь меня, но это не так.

Ее лицо переменилось, глаза устремились на него. Она по-прежнему говорила спокойно, но в то же время настороженно:

— Что это — все?

— Ну, не важно. Я об этом знаю, и ты знаешь.

— Я не знаю. Что это — все?

Ему не хотелось говорить, не хотелось перечить, но, похоже, этого не избежать.

— Ладно, раз просишь, я скажу. То, что ты наговорила про свою мать, про поездки по всяким странам, про пробы и Миранду Ричардсон, — все это, я знаю, фантазии и грезы. Я не хотел говорить тебе об этом, но что мне еще делать, когда ты предлагаешь убить кого-нибудь, чтобы доказать нашу любовь?

Все время, пока Филипп объяснялся с Сентой, он готовился к тому, что придется отражать ее атаку, подобную той, что случилась прошлой ночью. Но Сента была спокойна, как статуя, она скрестила руки на груди и пристально и невозмутимо смотрела на него:

— Ты не веришь тому, что я говорю, Филипп?

— Как же я могу верить, когда ты такое рассказываешь? Конечно, кое-чему я верю ...

— Хорошо. Чему ты не веришь?

Филипп толком не ответил ей:

— Слушай, Сента, я не против того, что у тебя есть свои фантазии: многие люди фантазируют, таким образом они делают свою жизнь интереснее. Я не против того, что ты выдумываешь что-то о своей семье и актерской карьере, но, когда ты начинаешь говорить об убийствах, — это так противно и бессмысленно! Сегодня воскресенье, мы могли бы сейчас где-нибудь отдыхать, на улице отличная погода, а мы вот сидим здесь, в этой, если уж совсем откровенно, противной дыре, и ты говоришь о том, как бы убить эту несчастную старуху за окном.

Сента превратилась в музу трагедии, хмурую и мрачную. Она как будто собиралась сообщить ему ужасные новости о своей семье или сказать, что все, кого она любила, погибли:

— Я говорю полностью, совершенно, от начала и до конца серьезно.

Филипп почувствовал, что лицо его исказилось, глаза сщурились, и он нахмурился, силясь угадать ход ее мыслей:

— Не может такого быть.

— Ты тогда говорил серьезно, что любишь меня, сделаешь ради меня все что угодно?

— В пределах разумного — да, — ответил он угрюмо.

— В пределах разумного! Меня просто тошнит от этого! Неужели ты не понимаешь, что наши отношения не должны строиться на разумном — они должны быть за гранью разумного?

— Да, ты действительно говоришь серьезно, — едко заметил Филипп, — или думаешь, что говоришь серьезно. В твоем сегодняшнем настроении это одно и то же.

— Я готова кого-нибудь убить, чтобы доказать тебе свою любовь, и ты должен сделать то же самое.

— Сента, ты сумасшедшая, вот что.

Ее голос теперь был твердым и отстраненным:

— Никогда больше не говори так.

— Не буду. Я правда не хотел. Господи, Сента, давай поговорим о чем-нибудь другом. Пожалуйста. Давай займемся чем-нибудь. Неужели нельзя забыть об этом глупом разговоре? Не понимаю, как мы его начали.

Сента встала и подошла к Филиппу. Он почувствовал, что заслоняет лицо руками, и устыдился.

— Я тебя не обижу, — она говорила с презрением. Положив свои детские руки ему на плечи, Сента уставилась на Филиппа. На каблуках она была выше и без труда могла смотреть прямо в глаза. — Ты отказываешься, Филипп. Да?

— Конечно, отказываюсь. Ты, может, не знаешь (ты ведь пока меня и не знаешь толком), но я ненавижу саму идею убийства, насилие в любой форме, если уж на то пошло. Меня не только тошнит от этого — насилие наводит на меня скуку. Я не то что не могу видеть, например, сцены насилия по телевизору, — мне просто не хочется, мне не интересно. А ты вот заявляешь, что хочешь, чтобы я кого-нибудь убил. Я что, преступник, по-твоему?

— Я думала, что ты моя потерянная вторая половина.

— Ну не говори ерунды! Вся эта муть о душах, кармах, роке — чепуха, чушь собачья. Не пора ли тебе повзрослеть и начать жизнь в реальном мире? Ты тут рассуждаешь о жизни. Ты что, думаешь, что живешь, когда торчишь в этой мерзкой трущобе и спишь по полдня? Выдумываешь сказки, чтобы заставить других поверить в то, какая ты умная и замечательная? Я думал, что уже все выслушал — рассказы о поездках в Мексику, Индию (куда там еще?), о матери-исландке, о «Летучем голландце», — а теперь я слышу, что должен убить какую-то бедную старую бродяжку, чтобы доказать свою любовь.

Она зашипела, как кошка, и оттолкнула его с такой силой, что Филипп пошатнулся. Он ухватился за край позолоченной рамы, чтобы удержаться на ногах, и на секунду подумал, что сейчас весь этот огромный качающийся опасный лист зеркала с грохотом свалится вниз. Но дрогнула только цепочка, крепившая его к стене, и успокоилась, когда Филипп оперся о зеркало и схватил его двумя руками. Когда он обернулся, Сента бросилась на кровать лицом вниз и теперь извивалась в странных конвульсиях. Как только он прикоснулся к ней, она перевернулась на спину, села — и завопила. Это было ужасно: короткие отрывистые визги вырывались из ее широко открытого рта, искривленного, как у рычащей тигрицы.

Филипп сделал то, о чем знал и читал, — дал ей пощечину. Это мгновенно заставило Сенту замолчать. Она побелела, как полотно, стала давиться, задыхаться, подняла обе руки, чтобы закрыть лицо. Через секунду, дрожа всем телом, она прошептала сквозь пальцы:

— Дай воды.

Она говорила слабо и задыхаясь, словно больная, так что на какое-то мгновение Филипп испугался. Он вышел из комнаты и пошел по коридору мимо других подвальных помещений туда, где находилась уборная и рядом с ней то, что осталось от ванной комнаты. Там, над ванной, был единственный медный кран, перевязанный тряпьем, торчавший из зеленой, покрытой плесенью, стены. Филипп набрал кружку воды, залпом выпил ее —

145

вкус был мертвый, металлический, — потом снова наполнил. Он вернулся к Сенте, которая сидела на кровати закутавшись в одеяло, как будто на улице зима. За окном по-прежнему можно было увидеть спину старухи, теперь уже в какой-то куртке цвета хаки. Бродяжка не подала виду, что слышала крики: она, наверное, много чего слышала за свою жизнь, вот и стала такой невозмутимой.

Филипп поднес чашку ко рту Сенты и помог ей напиться, как помогают больным. Он обнял ее свободной рукой и ощутил дрожь, охватившую ее тело, и лихорадочный жар. Сента медленно пила маленькими глотками, пока на дне не показался осадок. Она высвободила шею, отклонила голову и забрала кружку. Сента проделала все это тихо и спокойно, поэтому следующее ее действие, совершенно неожиданное, оказалось шокирующим. Она швырнула кружку через всю комнату, и та вдребезги разбилась о стену.

— Убирайся отсюда вон! — вдруг закричала Сента. — Убирайся из моей жизни! Ты разрушил мою жизнь, я ненавижу тебя, я не желаю тебя больше видеть!

ГЛАВА 8

Машина Дарена — старый драндулет, у которого только один бок мог представлять какую-то ценность для любителей старых автомобилей, — стояла у обочины с открытой передней дверцей. На ступеньках дома в солнечном свете спал Харди. Пес проснулся, когда появился Филипп, и суетливо забегал вокруг него. Филипп вспомнил, как Фи говорила, что в воскресенье днем придет забрать оставшиеся вещи. Вот и она, спускается по лестнице с грудой одежды в одной руке и медвежонком в другой.

— Что это у тебя с глазом? Ты что, дрался?

— На меня кто-то напал, — ответил он, пытаясь соврать минимально; но продолжение было не столь правдивым. — Меня приняли за кого-то другого.

— Я со вчерашнего утра звонила раз пятьдесят.

— Меня не было дома, — сказал Филипп, — меня давно не было дома.

— Я так и поняла. Я подумала, что ты, наверное, уехал. Он выглядит ужасно, твой глаз. Это случилось в пабе?

Мать никогда не расспрашивала его ни о чем и ничего не выясняла, так что Филипп не понимал, почему подобное позволяет себе сестра. Фи пошла в машину, вернулась и спросила, довольно резко:

— Сколько бедная собака сидела тут одна, взаперти?

Он не ответил.

— Помочь тебе с вещами?

— Хорошо. То есть спасибо. Я думала, что ты будешь здесь, Фил.

Фи поднималась по лестнице впереди него. В комнате, где теперь жила одна Черил, платяной шкаф был открыт, одна из двух одинаковых кроватей была завалена платьями, пиджаками, пальто, юбками. Однако первым, что бросилось в глаза Филиппу, первым, что он на самом деле увидел, было платье, лежавшее на полу. Платье подружки невесты, которое сняла с себя Сента в тот вечер, когда они впервые занимались любовью.

— Ей, должно быть, действительно понравилось это платье, да? — спросила Фи. — Наверняка она была за него благодарна. Видишь, она просто сняла его и бросила здесь. Похоже, оно промокло.

Филипп ничего не ответил. Он вспоминал. Фи подняла испорченное платье, замызганное, со сморщившейся сетчатой тканью и юбкой с оторванным подолом.

— Я, конечно, понимаю, оно ей, может, не понравилось. Выбирала ведь я, а не она. Но разве нельзя подумать о моих чувствах? Каково это — прийти и увидеть, что оно вот так вот валяется в куче. Бедняжка Стефани! Она ночи напролет сидела дошивала его.

— Сента, наверное, просто не подумала об этом.

Фи сняла со шкафа чемодан, начала собирать и складывать вещи.

— Она очень странная. Я попросила ее быть подружкой невесты только потому, что мать Дарена меня упрашивала, говорила, что иначе Сента почувствует себя оторванной от всех. Я уверена, она вовсе не почувствовала бы себя так. Ее семья живет очень обособленно. Мы ведь звали и отца, и мать Сенты, но они не пришли, даже никак не ответили на приглашения, которые мы им послали.

Филипп произнес с деланным безразличием:

— Мне говорили, что у Сенты мать иностранка, которая давно умерла. По-моему, кто-то что-то напутал.

Произнося ее имя так небрежно, Филипп почувствовал странное волнение. Он ждал, что Фи станет все отрицать, и внимательно наблюдал за ней, думал, что вот сейчас она обернется, поднимет верхнюю губу, наморщит нос и будет смотреть на него так, как всегда, когда ей говорят что-то невероятное. Но она просто сложила платье и сказала:

— Остается только забрать его. Наверное, надо его почистить: может, пригодится кому-нибудь. Мне-то оно ну очень мало. — Фи закрыла чемодан, застегнула его. — Ну да, что-то в этом роде. Мать Сенты умерла при родах. Она была непонятно откуда. Из Гренландии, что ли? Нет, из Исландии. Дядя Дарена служил в торговом флоте, корабль встал на рейде (так это называется?) в этой Исландии, и там они познакомились. Ее семья была против, потому что он не офицер, или что-то в этом духе. Так или иначе, но они все-таки поженились. Когда он должен был снова идти в море, она родила ребенка — то есть Сенту —

149

ПОДРУЖКА НЕВЕСТЫ

и умерла от какого-то ужасного осложнения или чего-то там еще.

Значит, все правда? Филипп ужаснулся и вместе с тем страшно обрадовался, почувствовал облегчение и одновременно смятение. Не надо больше ничего спрашивать. Впрочем, Фи ответила и на незаданный вопрос:

— Дядя Том — вроде так я должна теперь его называть — вернулся и забрал ребенка. Родственники этой исландки страшно разозлились, так говорит мать Дарена, они думали оставить ребенка у себя. Дядя Том привез Сенту домой, а вскоре женился на тете Рите. Эта та, которая теперь живет с молодым парнем. Понесешь чемодан, Фил? А я возьму зимнее пальто и две куклы.

Они погрузили все в машину. Филипп заварил чай. Было тепло и солнечно, так что чай пили в саду.

— Жаль, что мама отдала Флору, — сказала Фи. — Может, это прозвучит глупо, но, по-моему, она придавала этому месту своего рода шик.

— Да, ее явно не хватает, — отозвался Филипп.

Его забавляла мысль о том, чтобы поставить Флору сюда или куда-нибудь еще. Почему бы не соорудить для нее альпийскую горку? С тех пор как они переехали, никто не занимался садом, только иногда косили траву. Газон, окруженный с трех сторон забором, и бетонная поилка для птиц в центре — вот и весь сад. Филипп попробовал представить Флору среди камней: у ног ее цветы, а позади виднеются невысокие кипарисы... Но как все объяснить Кристин?

— Заезжай к нам, поужинаем вместе, — предложила Фи. — Я, конечно, не говорю, чтобы ты не ел мамину стряпню, но, по крайней мере, тебе не придется готовить себе все время.

Филипп сказал, что приедет, договорились на четверг. К тому времени он увидит Сенту три раза, так что можно пропустить один вечер, как это было заведено прежде. После того как Фи уехала, Филипп пошел гулять с Харди к Брент-Резервуару. Он вышел из дома через черный ход, ключ от двери положил в карман.

Сента сказала, чтобы он убирался, что он «разрушил ее жизнь». Филипп воспринял это не слишком серьезно. Конечно, теперь он понимал, что ошибся. Сента, естественно, взбесилась, оттого что ей не верят. Это все-таки была правда — вот что самое удивительное. Все наверняка было действительно так, как говорила Сента, потому что если происхождение ее матери и история ее собственного рождения не выдуманы, то, значит, и рассказы о путешествиях, театральном образовании и встречах со знаменитостями тоже правдивы. Разумеется, она обиделась и расстроилась, когда он, усомнившись в ее честности, сказал ей об этом, да еще так цинично.

Положение довольно неловкое. Нельзя же признаться в том, что расспросил обо всем сестру и только тогда поверил. Надо все обдумать. Гнев Сенты можно понять, а он, Филипп, вел себя как тупой олух, полностью соответствующий ее представлениям о людях заурядных, твердо решивших прозябать в обычном мире. Может, именно истерика и терзания из-за того, что ни единому ее слову не верят, и заставили Сенту считать, что любовь нужно доказать? Загвоздка в том, что он не может вспомнить, что же было раньше: его обвинения и недоверие или ее требование убить кого-нибудь. Он все исправит. Нельзя терять время. Харди — домой, и обратно на Тарзус-стрит.

Заснуть и проспать до позднего вечера — вот этого Филипп точно от себя не ожидал. Но прошлой ночью он почти не сомкнул глаз, а в ночь на субботу спал не больше двух-трех часов. Вернувшись с прогулки, Филипп покормил Харди, съел ломоть хлеба с сыром, пошел наверх переодеться, и прилег, чтобы подремать минут десять. Когда он проснулся, было уже темно. Светящиеся цифры на его электронных часах показывали двенадцать тридцать одну.

Встречу, извинения и мольбы о прощении придется отложить до завтра. Ну, на самом деле до сегодняшнего вечера, сказал себе Филипп, снова проваливаясь в сон. Харди, которого на этот раз не заперли на кухне, лежал, свернувшись клубком, у него в ногах.

Он и разбудил Филиппа: подполз и стал лизать хозяину ухо. Будильник не звенел, было всего семь часов. Комнату залил мягкий, подернутый дымкой солнечный свет. Уже в этот ранний час в воздухе чувствовалась предстоящая дневная жара: легкий туман и безоблачное небо, дышащее покоем и безмятежностью. Такое старики называют устойчивой погодой. Казалось, что если дождь и холода бывают, то где-то на другой планете.

Филипп принял ванну, побрился, вывел Харди в сад, решив, что для утренней прогулки этого достаточно. Пройденных вчера километров должно хватить еще на пару дней. Филипп надел чистую рубашку и костюм, в котором работникам «Розберри Лон» полагалось ездить к заказчикам. Ему нужно посмотреть, как идет ремонт кухни в Уэмбли, и составить смету для проекта ванной комнаты в Кройдоне. Уэмбли отсюда недалеко, но работы начинаются в полдевятого. Филипп стал искать ключи в кармане джинсов, которые надевал вчера.

Связок ключей у него вообще две: на одной ключи от машины, на другой — от дома, от офиса и, в последний месяц, от квартиры на Тарзус-стрит. Последний, с ужасом обнаружил Филипп, исчез.

Ключи от дома и офиса на месте. С простого кольца безо всяких брелоков не мог соскочить один ключ. Сента забрала? Филипп сел на кровать. Ему стало холодно, несмотря на разлитое в воздухе тепло, ладони вспотели. Он понял, что произошло. Это же так очевидно: Сента попросила воды и, пока он ходил в ванную, сняла с кольца ключ.

Днем, в обеденный перерыв, он попробовал позвонить Сенте из телефонной будки. Никогда раньше не удавалось до нее дозвониться, не удалось и сейчас. Филипп определенно нарушил правила «Розберри Лон», спросив миссис Финнеган, хозяйку дома в Кройдоне, можно ли воспользоваться ее телефоном. Кто-нибудь вроде миссис Райпл поднял бы крик, отказал и прочел бы нотацию, но миссис Финнеган лишь поставила условие звонить через коммутатор и потом оплатить этот разговор. Но это не имело никакого значения, ведь никто так и не ответил.

Филипп обмерил крошечную спальню, из которой хозяйка хотела сделать ванную комнату с ванной во всю длину, биде, унитазом и туалетным столиком со шкафчиками, выслушал все протесты, очень вежливо спорил, улыбался и согласился, когда она сказала, что он очень молод и не пригласить ли еще одного специалиста? Миссис Финнеган с любопытством разглядывала его синяк. На часах было уже пять пятнадцать. Хуже времени не найти, чтобы ехать по Лондону.

Без двадцати семь он доехал до Хэрроу-роуд и свернул в пригород. На Каиро-стрит остановился у бара, купил вина, чипсов, мятной жвачки и тех шоколадных конфет, которые там были. Теперь, когда он был почти на месте, его охватило мучительное волнение, с каждой минутой усиливающееся.

Старик в женском плаще сидел на тротуаре спиной к ограде, за которой виднелось окно Сенты. На нем по-прежнему был этот плащ, хотя день стоял очень жаркий, тротуар белел от солнечного света и раскаленный асфальт чуть не плавился. Седой небритый старик с желтоватым лицом спал, уронив голову на груду лохмотьев, которые обычно подкладывал под спину, как подушку. На коленях у него лежали объедки: подгоревший ломтик хлеба, круассан в целлофановом пакете, банка с остатками джема. Филипп подумал, что даст старику, если тот проснется, еще один фунт. Он не знал, почему этот старый бродяга, несчастный и брошенный, задел его за живое. В конце концов, он видел много бездомных, этот не единственный. Бродяги и нищие в большом количестве собирались здесь и на соседних улицах, потому что рядом был центр матери Терезы.

Двери домов, где много квартир, сдаваемых внаем, часто оставляют незапертыми. Но Филипп никогда не видел, чтобы в доме Сенты дверь была открыта, не увидел этого и сейчас. Никакого звонка не было. Да, это не такой дом, где у входной двери ряд кнопочек с аккуратными карточками, на которых написаны имена жильцов. Бронзовое дверное кольцо давно почернело. От соприкосновения с ним пальцы становились липкими. Филипп стучал и стучал.

Сента забрала ключ, потому что не желает его видеть. Она не хочет, чтобы он приходил. Это наверняка так, но Филипп не решался признаться себе в этом. Он нагнулся и заглянул в щель для почты. Все, что он увидел, — это телефон на столе и темный коридор, ведущий к лестнице в подвал. Он спустился и заглянул в окно подвала: ставни закрыты. И это в такую жару! Сенты, наверное, нет дома. Кинопробы, клуб, где она встречает знаменитостей, — все это правда.

Филипп сделал шаг назад, на тротуар, поднял голову и впервые окинул взглядом весь дом. Раньше-то он всегда слишком торопился и не останавливался, стремясь побыстрее попасть внутрь и увидеть Сенту.

Крыша была плоская, черепичная, с чем-то вроде ограждения. Только оно и оживляло некрасивый фасад из темного кирпича: три ряда глубоко вдающихся в стену окон с простыми плоскими прямоугольными рамами. На одном из подоконников на втором этаже стоял покореженный ящик для растений, некогда покрашенный золотой краской, чешуйки которой кое-где до сих пор держались. В нем росли какие-то чахлые растения, привязанные к колышкам.

Филиппу показалось, что старик проснулся и наблюдает за ним. Какое-то суеверное чувство родилось у него к этому бродяге. Филипп поймал себя на мысли, что если отвернется от него, то никогда больше не увидит Сенту. А если подаст что-то существенное, это пригодится старику в том таинственном центре помощи, где пособия выдают в соответствии с размером собранной милостыни. Кто-то однажды сказал (Филипп тогда посмеялся), что подаяние бедным — это то, что мы уносим с собой, когда умираем. И хотя Филипп едва ли мог позволить себе подобное, он вынул из кошелька пятифунтовую купюру и вложил ее в руку, уже протянутую навстречу.

— Поешьте хорошенько, — сказал он, конфузясь.

— Вы благородный человек, начальник. Да благословит Бог вас и ваших близких.

Странное это слово, «начальник», думал Филипп, возвращаясь к машине. Откуда оно? От названия должности начальника тюрьмы или работного дома? Филипп дрожал, хотя в машине было жарко и душно. Старик все еще сидел на тротуаре, разглядывая пятерку с удовлетворением и даже, как могло показаться, с чувством собственного достоинства. Филипп поехал домой, сварил кофе, сделал тосты с фасолью, съел яблоко и пошел с Харди гулять по кварталу. Где-то в половине десятого он попробовал позвонить Сенте, но трубку снова никто не снял.

На следующее утро пришла открытка с видом на гору Сен-Мишель с южного побережья Корнуолла. Кристин писала: «Там мы не были и, думаю, не будем, потому что автобусных экскурсий туда не возят. Просто я выбрала самую красивую открытку. Жаль, что ты не здесь и не можешь наслаждаться жарой вместе с нами. С любовью, мама и Черил». Однако Черил к открытке даже не прикоснулась, все было написано рукой Кристин. Неожиданно Филипп вспомнил, кто именно говорил о том, что деньги, которые мы отдаем бедным, мы забираем с собой, когда умираем. Джерард Арнэм. Наверное, он произнес это во время ужина в бифштексной: тогда мать рассказала о Стивене и привела его слова: «Ну, с собой туда ничего не заберешь».

Когда Кристин перестала получать известия от Арнэма, чувствовала ли она себя так, как Филипп сейчас? Ну нет, ерунда. Сента всего лишь раздражена, дуется, хочет его проучить. Ну, продлится это, может, еще несколько дней, надо быть готовым к этому и просто ждать. Вероятно, лучше всего не пытаться снова попасть в ее дом: как уехал оттуда, так и не приезжать.

Однако, возвращаясь от заказчика из Аксбриджа, Филипп почувствовал, как неодолимо его тянет на Тарзус-стрит. Было намного жарче, чем в прошлый вечер, гораздо более влажно и душно. Оставив окна в машине открытыми, он думал: по закону подлости, если я закрою окна и запру машину, она меня не пустит, а если окна будут открыты, то пустит и придется возвращаться, чтобы их закрыть.

Старик исчез, всё, осталась только тряпка, завязанная на ограде у подвала. Филипп поднялся к входной двери, постучал дверным кольцом. Он стучал раз десять. Отступив назад, он посмотрел вниз, в подвальные окна, и ему показалось, будто ставни дрогнули. На мгновение Филипп подумал, что ставни на самом деле открыты, а просто Сента — или кто-то другой — затворила их, услышав шаги. Наверное, померещилось. Наверное, это самообман. Во всяком случае, ставни были закрыты.

В среду Филипп не стал приезжать, и это было самое трудное из всего, что ему когда-либо приходилось делать в жизни. Он больше не мог жить без нее. Конечно, эта была тоска не только по сексу, хотя и по нему тоже. Продолжавшаяся жара усиливала боль. Он лежал на кровати голый, наполовину накрывшись простыней, и вспоминал о том дне, когда Сента легла в эту постель. Филипп уткнулся лицом в подушку, схватил ее и застонал. Когда он заснул, впервые за долгие годы ему приснился мокрый сон: он занимается с ней любовью на кровати в квартире на Тарзус-стрит, он глубоко в ней и вскрикивает от счастья и удовольствия на пути к ликованию в совместном оргазме. Филипп сразу же проснулся, стал всхлипывать и перевернулся на другой бок, ощутив липкую влагу у бедра.

И это было еще не худшее. Хуже было то, что он, будучи физически удовлетворенным, знал, что все это сон, что на самом деле ничего не произошло. Филипп встал очень рано и сменил простыни. Он думал: я должен увидеть ее, так больше продолжаться не может, представить еще один такой день невозможно. Она меня уже достаточно наказала, я знаю, что был не прав, знаю, что поступил нехорошо, бестактно, даже жестоко, но не может быть, чтобы она хотела продолжать меня мучить, должна же она дать мне возможность все объяснить, извиниться.

Просто анекдот, правда, — обычный дом на обычной захолустной лондонской улице, а в него никак нельзя попасть. Он не заколочен досками, у него самые обыкновенные двери и окна. Когда Филипп ехал по Лондону на очередную встречу с миссис Финнеган в Кройдон, его неожиданно посетила странная мысль: в доме, кроме Сенты, никто не живет. Вся эта огромная хибара пустует, лишь Сента снимает комнату в своем подвале. Туда можно проникнуть, думал он, можно просто разбить подвальное окно.

Рой набросал приблизительный проект душевой размером со средний шкаф.

— Я хочу, чтобы была ванна, — сказала миссис Финнеган.

— В таком случае вам придется пожертвовать половиной спальни, а не четвертью.

— У меня должна быть такая спальня, чтобы в нее поместились две небольшие кровати или в крайнем случае одна двуспальная.

— А вы не хотите поставить двухъярусную кровать?

— В вашем возрасте еще позволительно так рассуждать, но большинству моих друзей за шестьдесят.

Филипп спросил разрешения позвонить. Хозяйка согласилась, если только платить будут те, с кем он будет разговаривать. Он хотел посоветоваться с Роем. Рой, в последнее время общительный и, на удивление, всем довольный, попросил передать этой старой глупой вонючке, чтобы она переехала в дом побольше.

— Нет, лучше не это. Предложи ей сидячую ванну. Они на самом деле ничего. Это такая роскошь — иметь ванну, особенно, когда ты одной ногой в могиле... — он здорово смеялся над собственной шуткой, — а другой — на куске мыла.

Филипп попробовал дозвониться через коммутатор на Тарзус-стрит. Сента наверняка когда-нибудь поднимает трубку, должна, по крайней мере. А если с ней захочет связаться ее агент? Что, если одно из тех прослушиваний или какая-нибудь проба оказались успешными? Сента не отвечала. Филипп предложил миссис Финнеган поставить сидячую ванну — хозяйка сказала, что подумает. Должен же быть способ проникнуть в дом. Она что, никогда не оставляет дверь открытой? А как же газовщики, или те, кто снимает показания электросчетчиков, или почтальоны с посылками? Или она знает, что в это время может прийти он?

Филипп уже освободился. Было поздно возвращаться в офис, но, вообще говоря, слишком рано, чтобы закончить рабочий день. Но он-таки решил закончить. А как же те субботы, когда он работал и ему за это не платили? На часах без двадцати пять, а он в Западном Хэмпстеде, в десяти минутах езды от Тарзус-стрит, даже с учетом пробок. Сента наверняка не ждет его в пять.

Со стороны парка Хэмпстед-Хит он слышал грохот. Миссис Финнеган сказала, что скоро гроза и она-то очистит воздух. Яркое дерево молнии выросло из-за крыши театра «Трисайкл» и разбросало ветви по багровому небу. Филипп сохранит в памяти эти капли дождя на белом тротуаре Тарзус-стрит, черные, большие, как старые пенни. Старик вернулся на свое место, но теперь занялся мусорным баком, из которого, как пузыри, свисали набитые пакеты из «Теско». Филипп стоял на улице и смотрел на дом. На этот раз он заметил, что на окнах нет занавесок, только на одном — том самом, с ящиком, полным увядших растений, — были закрыты ставни, такие же, как у Сенты.

Возможно, в прошлый раз он их просто не заметил. Трудно вспомнить. Неужели Сента и вправду живет здесь одна? Может, она вообще вселилась сюда незаконно? Филипп не собирался сегодня подходить к двери, но нагнулся, чтобы заглянуть в подвал, и постучал в окно. Ставни, конечно, были закрыты. Он постучал сильнее, подергал раму. По тротуару шли мужчина и женщина. Они не обратили на Филиппа никакого внимания. А может, он самый настоящий грабитель, который ломится в дом, чтобы что-нибудь украсть и перевернуть все вверх дном! Но прохожие сделали вид, что ничего не замечают.

Филипп поднялся по лестнице и, словно забыв о своем намерении, постучал. Он стоял у двери, стучал и стучал. Ужасный раскат грома, казалось, сотряс все дома, в том числе и этот. Рядом кто-то закрыл окно в подвале. Дождь обрушился стремительным потоком прямых блестящих струй воды. Филипп стоял на крыльце, у самой двери, дождь хлестал его острыми холодными струнами, осыпал серебряными брызгами. Он машинально продолжал стучать, хотя был уже уверен, что дома никого нет. Разве можно стоять внутри и спокойно слушать, как колотят в дверь? Сам бы он не вынес этого.

Когда дождь немного стих, Филипп побежал к машине. Он заметил старика, сидящего у лестницы, еще более высокой, чем в доме Сенты. Бродяга прятался от дождя на крыльце с крутой крышей и деревянными опорами и обгладывал куриные кости. Сента никогда не уходила из дома надолго. Филипп решил дождаться ее возвращения. Как можно было еще неделю назад сомневаться, влюблен ли он! Был ли он совершенно слеп или просто не имел никакого представления о собственных чувствах? Влюблен ли он! Пройди она сейчас по улице, Филипп не удержался бы и бросился к ее ногам. Невозможно не упасть к ее стопам, не начать обнимать и целовать их, рыдая от радости, что он просто увидел ее, что снова с ней, пусть даже она откажется с ним разговаривать!

Прошло два часа, а Филипп все сидел и думал о Сенте, представлял себе, как она появится, как покажется издалека и будет медленно приближаться... После двух часов таких грез он вышел из машины, вернулся к дому и постучал. Еще будучи у миссис Финнеган, Филипп подумал, что можно разбить окно. На бетонном парапете, между оградой и спуском в подвал, он увидел кирпич, схватил его, но, к счастью, в ту же секунду оглянулся, чтобы посмотреть, не следит ли за ним старик, и заметил прогуливавшегося неподалеку полицейского в форме. Он бросил кирпич на землю около подвала, пошел в машину и поехал до Килбурн-хай-роуд.

Филипп съел в «Макдоналдсе» гамбургер, а потом выпил две пинты пива в «Бидди Маллиган». Приближалась половина девятого, но по-прежнему было светло как днем. Дождь перестал, хотя гром до сих пор грохотал где-то. Миссис Финнеган ошиблась: гроза не разрядила атмосферу. Вернувшись на Тарзус-стрит, Филипп снова стал стучать в дверь и колотить в окно. Окинув дом взглядом, на этот раз с противоположной стороны улицы, он увидел, что ставни на окне на втором этаже закрыты. Возможно, эти ставни закрыты всегда, а ему просто чудилось, что они оставались открытыми до сегодняшнего дня? Кажется, он медленно сходит с ума. Может, это все иллюзия — и что она, Сента, здесь живет, и что здесь вообще кто-то живет, и что он, Филипп, когда-то ее встречал, занимался с ней любовью, любил... Может, это просто часть галлюцинаций? Вероятно, у него шизофрения. В конце концов, как узнать, что такое шизофрения, пока она не проявится у тебя самого?

Дома он обнаружил несчастного Харди под обеденным столом, где тот прятался от грозы, дрожал и скулил. Миска с водой была пуста. Филипп наполнил ее, достал корм, а когда Харди отказался есть, взял его на колени и попробовал успокоить. Было ясно, что Харди нужна только Кристин. Когда вдали загрохотало, Филипп вздрогнул, а затем затрясся всем телом. Я больше не могу так, думал он. С Харди под мышкой он пошел в другую комнату, к телефону, и набрал номер.

Занято.

Такого раньше никогда не случалось. Значит, кто-то ответит рано или поздно? Кто-то у телефона. В худшем случае, кто-то снял трубку, чтобы звонящие слышали гудки. Филипп ощутил прилив надежды. Пустой надежды. Последний раскат грома было слышно по крайней мере десять минут назад. В темневшем небе между стаями плывущих облаков открывались просветы. Он понес Харди на кухню и посадил напротив миски с едой. Как только пес начал осторожно есть, раздался звонок.

Филипп пошел к телефону, закрыл глаза, сжал кулаки и стал молиться: пусть это будет она, пусть это будет она. Поднял трубку, сказал «алло» — и услышал голос Фи. И, прежде чем она успела сказать пару слов, вспомнил:

РУТ РЕНДЕЛЛ

— О господи, я же должен был приехать к вам с Дареном на ужин.

— Что стряслось?

— Я совсем закрутился на работе, приехал поздно, — как же хорошо он научился в последнее время врать. — Я забыл. Прости, Фи. Мне очень жаль.

— Тебе должно быть смертельно жаль. Я тоже работаю, к твоему сведению. А я в обеденный перерыв пошла по магазинам, испекла пирог.

— Давай я приеду завтра! Я его завтра съем!

— Завтра мы едем к матери Дарена. Так где ты пропадал? Что с тобой происходит? В воскресенье ты был какой-то странный, глаз у тебя подбит и вообще. Чем ты там занят, с тех пор как уехала мама? Я чуть с ума не сошла, пока сидела здесь и ждала.

Мы с тобой оба сошли с ума, Фи.

— Я уже сказал, что мне жаль. Действительно жаль. Можно я приеду в субботу?

— Наверное, да.

Впервые в жизни Филипп так ждал телефонного звонка, чтобы услышать один-единственный, дорогой ему, долгожданный голос. А услышал другой. Оказалось, что это очень мучительно. Он почувствовал, как глаза наполняются слезами, и устыдился, хотя в доме никого, кроме Харди, не было. А если Сента не прячется от него? Вдруг с ней что-то случилось? Сам того не желая, Филипп вспомнил Ребекку Нив, которая пропала без вести и тоже когда-то не отвечала на звонки. Тарзус-стрит — настоящая трущоба по сравнению с районом, где жила Ребекка. Ему представилась эта улица ночью, большой пустой дом...

Но линия была занята. Он попробует позвонить еще, а если в трубке по-прежнему будут гудки, он спросит на коммутаторе, из-за того ли занята линия, что кто-то разговаривает. Мысль о том, что минуту-две он сможет услышать ее голос, казалась невыносимой. Филипп сидел, склонившись над телефоном, и жадно хватал воздух. Допустим, он поговорит с ней. Тогда через пять минут — нет, меньше, чем через пять минут, — он снова сядет в машину, доедет до Криклвуда, потом по холму Шут-Ап, а это уже совсем рядом с Тарзус-стрит. Филипп набрал номер.

Линия была свободна. Раздались знакомые длинные гудки — такие же, как когда он звонил от миссис Финнеган, такие же, какие он слышал раз тридцать-сорок за последние дни. Четыре гудка — и наступила тишина. Зазвучал мужской голос.

«Здравствуйте. Это Майк Джейкопо. К сожалению, сейчас мы не можем вам ответить, но, если вы оставите свое сообщение, имя и номер телефона, мы свяжемся с вами, как только сможем. Пожалуйста, говорите после сигнала».

С первого же слова — речь такая неестественная, а артикуляция такая четкая — Филипп понял, что это автоответчик. Сигнал прозвучал: один-единственный резкий гудок. Он положил трубку и подумал, записался ли для этого Джейкопо его тяжелый вздох.

ГЛАВА 9

Фи и Дарен покупали квартиру, взяв огромную ссуду, выплачивать которую надо будет сорок лет. Им дали ее только потому, что они очень молоды. Филипп, сидя в их небольшой светлой гостиной с видом на новый торговый центр, удивлялся тому, как они могут примириться с самой мыслью о сорока годах: это же как сорок звеньев железной цепи.

Квартира находилась в Западном Хэндоне, где живет большая индийская община и в бакалейных магазинчиках продаются индийские лепешки, пряности и мука особого помола. Здания по большей части были новые, но очень убоги. В каком-нибудь другом районе они не смогли бы себе позволить купить квартиру, даже если ссуду пришлось бы выплачивать больше половины жизни. Первые несколько лет, объяснял Дарен, ее в любом случае не придется выплачивать — только проценты. В доме была гостиная, спальня, кухня и душевая, примерно такого же размера, как Филипп предложил миссис Финнеган. Фи бегала туда-сюда, как настоящая хозяйка, варила картошку и смотрела за пирогом через стеклянную дверцу новой духовки. Дарен сообщил, что вот уже месяц как он не принимает ванну. Он говорил об этом смеясь, и

Филипп представил себе, как зять радуется собственной шутке и пересказывает ее всем на работе.

— Нет, серьезно. Я помешан на душе. Теперь меня ни за какие коврижки не загонишь в ванну. Индийцы никогда не принимают ванну, ты об этом знал? Фи, что тебе сказал тот парень из магазина, как там его, у него такое странное индийское имя?

— Джелаль. Его зовут Джелаль. Он сказал, что индийцы смеются над нами, как мы плещемся в собственной грязной воде.

— Если подумать, — продолжал Дарен, — это и вправду так. Ну, для тех, у кого есть ванна, — тут он затараторил, стал приводить цифры, у скольких семей в Британии есть ванны, у скольких их две или три, у скольких ни одной. — Пока ты у нас, не хочешь сходить в душ, Фил?

Филипп не приезжал на Тарзус-стрит, с тех пор как услышал голос на автоответчике. Ночь на пятницу была бессонной. Филипп не сомневался, что Майк Джейкопо — любовник Сенты. Они живут вместе — вот что значило это «мы» на пленке. Джейкопо в отъезде, или они поссорились, и, чтобы задеть любовника или показать, что ей на него плевать, Сента навязалась Филиппу и привела его в ту укромную комнату в подвале. На три недели. Потом Джейкопо вернулся, и она спровоцировала ссору, чтобы избавиться от Филиппа. В этой версии было несколько слабых мест, но Филипп всю пятницу и субботу свыкался с ней, немного корректировал, пока в субботу, ближе к вечеру, ему не пришло в голову, что Джейкопо вполне может оказаться обычным жильцом, возможно, с первого этажа. «Мы» не обязательно подразумевает его и Сенту. Это может быть он и кто угодно еще.

И вот теперь, в квартире у Фи и Дарена, Филипп чувствовал, что наверняка может развеять все сомнения, если просто задаст прямой вопрос. Но если он спросит о Сенте, они обо всем догадаются. На самом деле, думал Филипп, не желаю я ничего знать об этом Джейкопо, я просто хочу вернуться к Сенте, хочу ее увидеть, поговорить с ней. Дарен рассказывал о новом «лендровере», о футболе и футбольных хулиганах в Германии. Они ели пирог и очень сладкий бисквит, пропитанный вином и залитый густыми взбитыми сливками, а потом Дарен достал цветные слайды, по крайней мере сотню, и Филипп вынужден был их смотреть.

Фотографии со свадьбы — те самые, сделанные стариком-фотографом, от которого пахло табаком, — были готовы, и Филипп стал разглядывать Сенту в платье подружки невесты. Будет ли это минимальным расстоянием, на которое он теперь приблизится к ней, — фотография, где запечатлены четыре человека, которую он рассматривал в присутствии двоих других? Дарен сидел рядом с Филиппом, а Фи смотрела через плечо. Он чувствовал, как колотится сердце, и думал, слышен ли этот стук остальным.

— Видно, что она училась играть на сцене, — заметил Дарен.

Сердце Филиппа будто стало биться громче и сильнее:

— Правда? — выдавил он и понял, что говорит осипшим голосом.

— Это видно. Когда она закончила школу, то пошла в этот театральный институт. Она немного выпендривается, да? Ты только посмотри, как она стоит.

Фи попросила Филиппа приехать еще, пообедать с ними в воскресенье, обещала приготовить жаркое из баранины. Филипп подумал, что не выдержит, и ответил, что у него дома полно дел, много незаконченной работы. Утром он жалел, что отказался от приглашения, ведь перед ним уже маячил пустой день одинокого человека, но Фи звонить не стал. Он пошел с Харди в парк и гулял, стараясь придумать, как бы проникнуть в здание на Тарзус-стрит, исключая взлом. Потом, вечером, он набрал номер Сенты и еще раз услышал сообщение на автоответчике. Ничего не сказав, Филипп повесил трубку и стал изо всех сил пытаться что-нибудь придумать. Через пару секунд он снова поднял трубку, набрал номер, а после сигнала произнес: «Это Филипп Уордман. Не могли бы вы попросить Сенту мне позвонить. Я имею в виду Сенту Пелхэм, которая живет в подвале. Не могли бы вы попросить ее перезвонить мне, это срочно».

Кристин и Черил вернутся в среду. Филипп не мог смириться с мыслью, что скоро рядом будут люди, с которыми придется разговаривать, рассказы колторых придется слушать. Он не спал, лежал в темноте, слыша, как дождь слегка поглаживает оконное стекло, и думал о том, что Сента была с ним откровенна и честна, и о том, как считал ее рассказы выдумками. Ночью дождь усилился, утром тоже лило. По наполовину затопленным улицам он поехал в Чигвелл, чтобы выяснить, нет ли у рабочих трудностей с ванной миссис Райпл.

Теперь он даже не взглянул из окна на сад Арнэма. Филипп потерял всякий интерес к этому человеку. Он потерял интерес ко всему и ко всем, кроме Сенты. Она занимала его мысли, поселилась в памяти и будто легла в его постель, откуда пристально заглядывала в душу. Филипп стал медлителен, двигался, как зомби. Резкий отрывистый голос миссис Райпл, все время жаловавшейся, был для него лишь шумом, чем-то вроде надоедливой мухи. Хозяйка была недовольна мраморной столешницей туалетного шкафчика: там был дефект в прожилке, крошечный брак, но она хотела, чтобы весь кусок мрамора заменили. Филипп пожал плечами и сказал, что подумает, что можно сделать. Рабочий подмигнул ему, и Филипп нашел в себе силы подмигнуть в ответ.

В прошлый раз с ним была Сента. Она поцеловала его в машине, стоявшей за домом миссис Райпл, а позже, за городом, они занимались любовью на траве, скрытые от всех взоров деревьями. Он должен ее вернуть, он доведен до отчаяния. Филипп опять подумал, не разбить ли окно, не оторвать эти ставни, не выломать ли их, если нужно. Он представил себе, как врывается в комнату, представил Сенту, которая ждет его там, согнувшись на кровати, увидел ее отражение в зеленом зеркале. И вообразил себе еще такую картину: он входит через разбитое окно и разломанные доски, а комната пуста.

Тарзус-стрит и в солнечную погоду довольно скверное место, но в дождь просто отвратительное. Один из неизменных мешков с мусором лопнул, и все его содержимое, в основном бумага, валялось на тротуаре и на проезжей части, обрывки летали в воздухе и причудливо приземлялись. Дождь прилепил на фонарный столб обертку от печенья так, как обычно приклеивают объявления муниципалитета. Острые концы ограды проткнули страницы книги в бумажной обложке. По воде шлепала углами мокрая газета, а в центре улицы лежали спичечные коробки и картонные упаковки из-под сока. Филипп вышел из машины и перешагнул через лужу, в которой плавала баночка из-под йогурта. Дом не изменился, только ящик с цветами на окне был переполнен водой, она уже струилась ручьем по темной мокрой кирпичной стене. Ставни наверху и ставни Сенты, как и прежде, были закрыты.

Он стоял под дождем и пристально смотрел вверх. А что еще ему было делать? Филипп стал замечать разные мелочи, на которые сначала не обратил внимания. В углу окна слева на последнем этаже прилеплена наклейка «Гринпис». На раскрашенной раме ставень на втором этаже рядом с небольшим карандашным рисунком какая-то надпись. Но расстояние слишком большое, чтобы можно было разглядеть, что написано и что нарисовано. На последнем этаже, в окне посередине, на подоконнике, чуть справа, стояла зеленая винная бутылка. Дождь продолжал равномерно падать, цвет неба в точности совпадал с оттенком крыши. На козырьке крыльца не хватает одной черепицы.

Филипп поднялся по лестнице и громко постучал, стараясь не наступить в кучу собачьих экскрементов на второй ступеньке. Спустя какое-то время заглянул в щель для почты. На этот раз помимо телефонного аппарата и коридора, ведущего к лестнице в подвал, он увидел кое-что еще. На столе, около телефона, лежали два конверта.

Вернувшись домой, Филипп снял костюм, повесил его сушиться, вытер голову полотенцем, вспоминая, как в день их знакомства Сента попросила полотенце, чтобы высушить волосы. Он приготовил яичницу с беконом, но, когда положил ее на тарелку вместе с ломтем хлеба с маслом, есть ему расхотелось. Зазвонил телефон, и сердце больно застучало в груди. Подняв трубку, Филипп решил, что лишился голоса: вместо «алло» он что-то сдавленно прохрипел.

— С тобой все в порядке? — спросила Фи. — Говоришь как-то странно.

— Все отлично.

— Я позвонила узнать, купить ли что-нибудь в среду к приезду мамы. Ну, хлеба там, ветчины, чего-нибудь еще.

Вопрос, который ему очень хотелось, просто не терпелось задать, был заменен на другой, с виду менее существенный:

— Сента училась в Королевской академии драматического искусства?

— Чего?

Филипп повторил. Его начинало подташнивать.

— Я не знаю, — ответила Фи, — откуда мне знать?

— А ты не спросишь Дарена? Пожалуйста.

— Зачем тебе?

— Пожалуйста, Фи, просто спроси у него.

Он услышал, как Фи повторяет вопрос Дарену, заносчиво, саркастически. Казалось, они спорят. Неужели Фи нужно было выйти замуж, чтобы понять, что ее голубок довольно медленно соображает? Она вернулась к телефону.

— Дарен говорит, что как-то ходил с братом посмотреть на нее в одном спектакле. Это было не такое здание... ну, ты понимаешь, просто большой дом. Где-то на западе... Илинг, Эктон.

— Академия находится рядом с Британским музеем, в Блумсберри. Он уверен, что это не там?

— Он говорит, точно в Илинге. Да к чему все это, Фил? Что происходит? Ты все время расспрашиваешь о Сенте.

— Я совершенно не расспрашиваю.

— Дарен говорит: хочешь ее номер телефона?

Что за насмешка! Он помнит этот номер лучше, чем свой, лучше, чем дату своего рождения, чем собственный адрес!

— Не на этот вопрос, а на тот, первый, отвечаю — да. Если можешь, принеси в среду хлеба и чего-нибудь к ужину.

Фи смеялась, прощаясь с ним.

Филипп стал размышлять. Для него было открытием, что кто-то может быть честным и одновременно привирать, вот ведь что все это означало. Сента говорила правду — и искажала ее. Там, где действительность была подходящей, Сента не привирала, а там, где не хватало блеска или трагедии, — сочиняла. Не делает ли и он того же? Не поступаем ли мы все именно так? И какое место в этой системе отвести словам Сенты о том, что Филипп должен доказать свою любовь? Это очередная фантазия или настоящее требование настоящего поступка?

Некоторое время спустя он набрал ее номер. На этот раз автоответчик не был включен. Гудки, гудки, гудки.

Был поздний вечер. В пасмурном небе без звезд и луны, слегка туманном, дымчато-красном, виднелись очертания крыш. В холодном неподвижном воздухе ощущалась сырость. На углу, где Тарзус-стрит пересекалась с Сизария-роуд, стояли трое парней, наверное ровесники Филиппа. Один растафарианец, двое других — белые, непонятного вида. У одного серьги в правом ухе: Филипп заметил, как они вспыхнули в свете фар. Эти трое обернулись, чтобы посмотреть на него, на его машину, на то, как он из нее выходит. Они ничего не делали, просто стояли.

Старика нигде не было видно. С тех пор как погода переменилась, Филипп не встречал его. На улице так и валялись обрывки газет, картонные коробки, прямоугольные пакеты из-под сока, из которых все еще торчали соломинки. Свет фонарей покрывал мокрую липкую мостовую, ограду, блестящие горбы машин зеленоватой глазурью. По разбитому бетону с Самария-стрит брела, преследуя какую-то неведомую цель, собака, возможно, та самая, что оставила кучу на ступеньках. Она исчезла в подвале соседнего дома. Изредка с платанов на землю падали капли.

Филиппа вдруг посетило странное чувство. Как будто внутренний голос спросил: что ты делаешь, стремясь найти любовь, страсть, может, даже спутницу на всю жизнь в этом ужасном месте? Какая женщина, когда у нее есть выбор, есть альтернатива, станет жить в этой отвратительной клоаке северо-восточного Лондона, в этой тошнотворной дыре? Непрошеное сомнение исчезло так же быстро, как появилось. Осматривая дом уже усталым взглядом, Филипп заметил, что сквозь закрытые ставни на среднем окне первого этажа пробиваются полоски яркого света.

Он взбежал по ступенькам. Входная дверь была открыта. Ну да, она заперта не на замок, а на щеколду. Просто в голове не укладывается! Изнутри доносились звуки музыки, какой-то вальс. Немного похоже на то, что он иногда слышал поздно ночью, лежа в постели с Сентой. «Голубой Дунай». Пока он стоял на пороге, музыка оборвалась и послышались смех и аплодисменты. Он открыл дверь и вошел. Музыка в комнате слева (это оттуда сквозь ставни пробивался свет) снова заиграла, теперь танго, «Ревность». Раньше Филипп не замечал, что здесь есть двери, открывающиеся в холл, ему и в голову не приходило, что за ними наверняка комнаты. Он ведь никогда не думал ни о чем, кроме того, что идет к Сенте. Этот коридор, конечно, прямо над ее комнатой.

Он, должно быть, что-то произнес, хотя сам этого не почувствовал. Может, громко вдохнул, или под ногами скрипнула половица, но дверь внезапно распахнулась, и раздался крик мужчины:

— Какого черта тебе здесь надо?

Филипп потерял дар речи и окаменел, пораженный как видом двух людей, стоящих в комнате, так и оскорбительным грубым тоном мужчины. Пара была в вечерних туалетах. В первую секунду мужчина и женщина показались Филиппу похожими на Фреда Астера и Джинджер Роджерс в каком-то фильме тридцатых годов, который иногда показывают по телевизору, но потом он увидел, что сходства нет никакого. Женщине за пятьдесят, у нее длинные седые волосы и неприятное морщинистое, хотя и живое лицо; округлую фигуру облегает поношенное красное шелковое платье. Бледнолицый мужчина с соломенными волосами выглядит в целом довольно элегантно, несмотря на то что небрит и непричесан. И он всего на четыре-пять лет старше Филиппа.

— Извините, я искал Сенту — Сенту Пелхэм, она живет внизу, — к Филиппу вернулся голос. — Дверь была открыта.

— Господи, она, наверное, опять ее не закрыла, — сказала женщина, — вечно она забывает, это такое ужасное легкомыслие!

Мужчина подошел к магнитофону и приглушил звук.

— Она ушла на вечеринку. А вы, собственно говоря, кто?

— Филипп Уордман, ее приятель.

Женщина усмехнулась:

— А, тот самый, который оставил сообщение на нашем автоответчике.

Значит, это Майк Джейкопо. Филипп спросил, слегка запинаясь:

— А вы… вы ведь… вы здесь живете?

Женщина представилась:

— Я Рита Пелхэм, это мой дом. Мы какое-то время были в отъезде, на севере, на конкурсе.

Он совершенно не понял, о чем речь, но понял, что это мать Сенты, по крайней мере, женщина, которую Сента называет матерью, а Джейкопо — тот молодой любовник, о котором рассказывала Фи. Филипп почувствовал замешательство. Как бы то ни было, единственное, что имело значение, — это то, что Сенты нет дома, она ушла на вечеринку.

Джейкопо снова сделал погромче. Танго заиграло. Они двигались обнявшись, плотно сжав ладони и подняв головы. Рита качнулась назад, в петле рук Джейкопо, ее волосы дотронулись до пола. В танце они проплыли в дверь, и мужчина ударом ноги закрыл ее. Про Филиппа забыли. Он вышел и закрыл входную дверь на щеколду.

Тарзус-стрит была пуста. Растафарианец и двое стоявших с ним исчезли. Как и магнитола из машины, которую Филипп оставил незапертой, и плащ с заднего сиденья.

Только дома, уже в постели, ему пришло в голову, что можно было остаться и ждать в машине, пока Сента вернется, хоть всю ночь, если потребовалось бы. Но его слишком потрясла кража: украли магнитолу и плащ «Барберри», который он покупал в кредит и за который до конца еще не расплатился. А может, удалось бы уговорить Риту Пелхэм или Джейкопо впустить его, Филиппа, в комнату Сенты и ждать там? Нет, они не согласились бы, конечно нет.

То обстоятельство, что дом принадлежит Рите, которая там живет, меняло дело. Это означало, что Сента, как и он, живет с матерью. Филипп понимал, что не все так просто, но хотя бы похоже на правду. Узнанное помогало многое расставить по местам. Сента живет вместе с матерью, следовательно, не на ней вина за ветхость, грязь и вонь.

Филипп спал, ему снилась Сента. Во сне он был в ее комнате, даже не в комнате, а внутри зеркала, и смотрел оттуда на кровать со сваленными в кучу фиолетовыми подушками и одеялом, на плетеный стул с разбросанными вещами, на окно с закрытыми ставнями и на подпертую стулом дверь, ведущую в коридор и пещеры мусора. Он сидел в зеркале, как в цистерне с зеленоватой водой, в которой плавали крошечные, как точки, букашки, слегка колыхались зеленые ветки, и ползущая улитка оставляла серебристый след на другой стороне стекла. Сента показалась на пороге, открывая дверь, она сбила стул. Она подошла к зеркалу и заглянула в него, но не заметила Филиппа. Она не увидела его, даже когда их лица почти прижались друг к другу, разделенные лишь мокрым неровным полупрозрачным стеклом.

Погуляв утром с Харди по Гленаллан-Клоуз вокруг Кинтейл-вэй, на обратном пути, в Лохлевен-гарденс, Филипп встретил почтальона и забрал у него почту. Пришла очередная открытка от матери, которая сегодня уже возвращается, и письмо для нее от одной из сестер. В этот раз на открытке была изображена какая-то улица в Ньюквее и написано следующее: «Я, возможно, приеду до того, как ты получишь эту открытку, так что не буду ничего рассказывать. Крестиком помечено окно нашего номера, но Черил говорит, я ошиблась, потому что мы живем на четвертом этаже. С любовью, мама».

Филипп поставил письмо от сестры Кристин на камин. Им нечасто приходили письма: знакомые и родственники звонили по телефону, если хотели пообщаться. А почему ему не написать Сенте? Адрес на конверте можно напечатать, чтобы она не догадалась, от кого письмо. Вчера утром он не думал об этом, но теперь все изменилось. Рита и Джейкопо живут на Тарзус-стрит и получают почту: он же видел два конверта, лежащие у телефона. Если Сенте придет письмо, кто-то из них наверняка передаст его ей, и она по крайней мере вскроет конверт. Но, увидев, что внутри, не выбросит ли она его?

Магнитолы в машине теперь нет, и Филипп полностью погрузился в свои мысли, пока ехал в Уэст-Энд, в главный офис. Что написать, чтобы Сента не выкинула письмо сразу?

Филипп почти никогда не писал писем. Трудно вспомнить, когда это было в последний раз. Любовных посланий он не сочинял вообще никогда, а ведь задуманное письмо должно быть именно таким. Обычно, когда он брался за ручку или — что случалось гораздо чаще — диктовал Люси, машинистке, работавшей с ним, Роем и еще двумя сотрудниками, выходило что-то вроде: «Уважаемая миссис Финнеган! Мы подтверждаем получение Вашего чека на сумму в тысячу фунтов в счет аванса за проведение оговоренных работ. Если у Вас появятся какие-то вопросы, Вы найдете меня в любое время в указанном демонстрационном зале...» И все-таки он сможет написать любовное послание. Филипп знал, что сможет: в голове уже звучали первые фразы, извинения и просьбы о прощении. Это не унизительно, это не тяжело, ведь он едва справляется с переполняющей его тоской... Но Сента велела ему доказать свою любовь...

Рой вошел в тот момент, когда Филипп печатал на машинке Люси адрес на конверте.

— Пишем любовные послания в рабочее время? Понятно, — у Роя было хорошее настроение.

Уму непостижимо, как близко люди могут подобраться к истине, и при этом совершенно случайно. Филипп снял конверт с валика. Несомненно, Рой считал, что это письмо к миссис Райпл, поэтому и сказал:

— Заказ на тот новый кусок мрамора уже получили. Ты не позвонишь старой кошелке, не скажешь, что к полудню ей его привезут?

Филипп попробовал позвонить с аппарата Люси. Несколько минут было занято. Он просмотрел «Дейли Мейл», прочитал статью об Ирландской республиканской армии, о собаке, спасшей хозяина, который тонул в канале Гранд-Юнион, и еще одну, где сообщалось об убийстве пожилой женщины в Саутхолле. Филипп снова набрал номер миссис Райпл.

— Алло, с кем я говорю?

Ее голос вырвался из трубки, как ударная волна, предложение будто состояло из одного длинного слова, а не из пяти. Филипп представился и передал сообщение Роя.

— Очень вовремя, — отозвалась миссис Райпл, — меня не будет. Я уеду.

Филипп сказал, что перезвонит. Вдруг его осенила мысль, взявшаяся из воздуха, из ниоткуда, мысль огромной важности, окончательное решение всех проблем. Он был так ошеломлен, что говорил с миссис Райпл неопределенно, неуверенно, не мог подобрать самых простых слов.

— Что вы сказали?

Филипп собрался и произнес:

— Миссис Райпл, мне необходимо посоветоваться с коллегой. С вашего позволения, я перезвоню через пять минут.

Будто опасаясь, что кто-то услышит его мысли, Филипп закрыл дверь. Снова взял газету и еще раз взглянул на заметку об убийстве женщины из Саутхолла. Почему же раньше ему не пришло в голову? Это же так просто, всего лишь очередной шаг в игре! Вот ведь чем это было для Сенты — игрой, но такой, в которой и он должен участвовать. Ему даже понравилась идея тайной игры не для всех, когда играют двое, но и они толком не знают стратегию друг друга. Тогда все кажется еще более захватывающим.

Сента — фантазерка, которая говорит и правду тоже. Филиппу было по-прежнему трудно с этим свыкнуться, но он уже понял ее точный расчет. Открылась еще одна сторона ее натуры. Сенте нужен возлюбленный — муж? — с такой же выдуманной жизнью. За то недолгое время, что они были вместе, он, возможно, уже не оправдал ее надежд: не рассказывал о своих приключениях и подвигах. А ведь она знала, что он сочиняет, и ждала именно этого. Сента сама сочиняла, такой она вела образ жизни. Внезапно Филипп понял, какой он глупый и бесчувственный. Он оказался слишком туп, он не откликнулся на ее призыв, простодушный призыв поделиться фантазиями, он сам причина всех своих страданий и этих худших десяти дней своей жизни.

Дверь открылась, вошла Люси. Именно она подняла трубку, когда зазвонил телефон, и держала ее на расстоянии вытянутой руки, чтобы уберечься от звуковой волны чудовищной силы: от голоса миссис Райпл лопались барабанные перепонки.

Письмо он сочинял, сидя за столом в гостиной. Ему все время что-то мешало. Сначала Харди захотел гулять. Филипп дошел с ним до Кинтейл-вэй, вернулся и начал снова: «Дорогая Сента...»

Звучало сухо. «Любимая Сента...» — хотя он никогда в жизни не называл никого «любимым», этот вариант ему нравился больше. «Любимая Сента. Я безумно по тебе скучал, я не знал раньше, что это такое — скучать по кому-либо. Пожалуйста, давай больше не будем так расставаться». Он хотел написать о том, как они занимались любовью и как ужасно для него лишиться этого, но постеснялся. Их секс был прекрасен, свободен, ничем не скован — но как найти для этого слова...

Услышав, как в замке поворачивается ключ, Филипп подумал, что это, должно быть, Кристин, хотя еще рано. Он забыл, что обещала зайти Фи. Она принесла хлеба, ветчины, датских пирожных, корзинку клубники и коробку сухих сливок.

— Кому пишешь?

Филипп быстро закрыл письмо телепрограммой, но уголок все же виднелся. Правде никто не поверит, и он бодро ответил:

— Конечно, Сенте Пелхэм.

— Ну пиши, пиши. Удача может и улыбнуться. Я сейчас вспомнила: я отдала в чистку платье, то, которое она так любезно бросила на пол, так вот, мне его вернули в отличном виде. Скажи маме, что я забрала и ее зимнее пальто. Повешу в шкаф.

Филипп подождал, пока сестра закроет за собой дверь.

«Любимая Сента. Я пытался с тобой встретиться, даже не знаю, сколько раз я приходил к твоему дому. Сейчас я, конечно, понимаю, почему ты не хотела меня впускать, не желала видеть. Но, прошу тебя, не надо больше так, мне очень больно.

Я много размышлял о том, что ты попросила меня сделать. Я думал о тебе все эти дни, мне кажется, мои мысли не были заняты никем и ничем, кроме тебя, и я, естественно, думал о том, что, как ты сказала, я должен сделать, чтобы доказать свою любовь. Лично я считаю, что доказательство — это мое страдание и мои переживания с того дня, как я ушел, а ты забрала у меня ключи от своей квартиры...»

Может, убрать это? А то звучит как упрек, как хныканье. На улице зашумел двигатель: приехала мать. Филипп снова прикрыл письмо и пошел к двери. Кристин была одна, без Черил. Мать загорела, ее румяное лицо стало бронзовым, волосы выгорели на солнце. Она выглядела молодо и привлекательно. Филипп раньше не видел ее в этом льняном платье натурального цвета — оно проще и одновременно утонченнее, чем все, что Кристин обычно носит. Из дома выскочил Харди и бросился ей навстречу, тявкая от радости.

С собакой на руках она поднялась на ступеньку и поцеловала Филиппа.

— Ты сказал, чтобы я ехала на такси, — я так и сделала. Меня очень славно довезли, но взяли больше чем пять фунтов. Я таксисту сказала, что, по-моему, несправедливо, что те часики, тот счетчик или как там это называется, работает, даже когда машина стоит в пробке. Он должен выключаться, когда такси не едет, — я так и сказала, а он только усмехнулся».

— А что с Черил?

— Забавно, что ты спрашиваешь. Она ведь была со мной в такси всего десять минут. Мы проезжали по той улице, где много славных магазинов, и она вдруг попросила остановиться и высадить ее. Водитель остановил машину, Черил сказала: «Пока, увидимся» — и ушла. И, должна тебе сказать, я подумала, как это странно, потому что все магазины уже закрыты.

Эджвер-роуд, подумал Филипп.

— Хорошо провели время в Корнуолле?

— Спокойно, — ответила Кристин, — очень спокойно. — Так она всегда говорила, когда ее спрашивали, как прошло Рождество. — Я в основном была одна. — Она не жаловалась, просто рассказывала, как все было. — Черил хотела отдыхать сама по себе. Ну, она молодая девушка, ей не нужна старая перечница, которая ходила бы за ней по пятам. Смотри, как Харди рад меня видеть! Он действительно прекрасно выглядит. Милый, ты хорошо за ним ухаживал, — Кристин посмотрела на излучающего обожание пса, а потом ласково и с легкой тревогой на сына. — О тебе так не скажешь, Фил. Ты будто осунулся.

— Все нормально.

Из-за дезертирства Черил ему пришлось остаться с матерью, вместо того чтобы закончить письмо. Филипп не мог взять и пойти наверх и в первый же вечер оставить Кристин одну. Оглядываясь на те ужасные десять дней, он думал: какая чудовищная расточительность, мы могли бы быть вместе все те ночи, каждую ночь, если бы я не был таким дураком...

В пол-одиннадцатого он вернулся к письму. Кристин решила лечь спать пораньше, потому что, заглянув в ежедневник, обнаружила, что завтра в девять у нее мытье головы, стрижка и сушка. Филипп сидел на кровати, на коленях держа письмо. Под письмом лежала телепрограмма, а под ней — старый школьный атлас.

«Любимая Сента, я так по тебе скучал...» Он перечитал написанное и остался доволен. В любом случае, он понимал, что лучше написать не мог: «Не знаю, почему я поднял такой шум, когда ты сказала, что мы должны сделать, чтобы доказать друг другу свою любовь. Ты же знаешь, я готов на все ради тебя. Конечно, я сделаю то, о чем ты просила. Я сделал бы это пятьдесят раз, только для того, чтобы снова тебя увидеть, я сделал бы это. Я люблю тебя. Ты уже должна знать об этом, но я повторю еще. Я хочу, чтобы ты знала, что я докажу тебе. Я люблю тебя. Со всей любовью навсегда-навсегда, Филипп».

ГЛАВА 10

Сента не ответила.

Он знал, что письмо она наверняка получила. Не доверяя почте, по пути на работу Филипп сам отвез конверт на Тарзус-стрит и просунул его в щель для писем. Потом заглянул внутрь и увидел, что письмо лежит на полу — не на половике, потому что половика и не было, а на грязных черно-красных плитках. В доме было довольно тихо, ставни на подвальном окне и еще на двух окнах на верхних этажах закрыты. Телефон на столе скрывали кипы листовок, бесплатные журналы и ненужная почта.

Как только мысль о том, чтобы написать Сенте, посетила его, или, скорее, как только мысль о том, что ей написать, пришла к нему, от былого несчастья не осталось и следа, и душу Филиппа заполнила надежда. Эйфория была совершенно безосновательная. Просто написав и отослав письмо, Сенту нельзя было вернуть. Одной частью своего сознания Филипп это понимал, но в другой, видимо, в основном затрагивающей чувства, были уже решены все проблемы, был положен конец страданиям. На работе Филипп был весел, почти так же, как до того воскресенья, когда он наговорил Сенте гадостей и она его выгнала.

Как будет выглядеть ее возвращение? Об этом он не думал. Конечно, она позвонит. Но ведь она никогда раньше не звонила ему, ни разу. Он не мог себе представить, что она напишет ответ. Может, стоит пойти к ней, как в старые добрые времена? С тех пор прошло меньше двух недель, но все же это уже были старые добрые времена. Четверг пролетел, а Филипп так и не съездил на Тарзус-стрит. В пятницу он звонил Сенте с работы и опять попал на автоответчик Джейкопо. Он оставил такое же сообщение, как и в прошлый раз, попросил, чтобы Сента перезвонила. Но теперь он добавил, чтобы она позвонила сегодня вечером, и продиктовал свой номер. Ему пришло в голову, хотя это и казалось странным, что Сента может не знать его номера. А в этом доме вряд ли найдется телефонная книга.

Кристин повела Харди на вечернюю прогулку. Филиппу не хотелось выходить из дома. Он сказал матери, что ждет звонка из главного офиса от арт-директора. Кристин верила всему, что он говорил, даже тому, что у такой фирмы, как «Розберри Лон», есть арт-директор, что этот мифический персонаж может работать в пятницу допоздна и ему необходимо советоваться с такими простыми сотрудниками, как Филипп. Пока мать гуляла с собакой, Филипп испытал худшее из того, что может испытать человек: провел часы у телефона в ожидании, пока позвонит о н а — та, в которую ты безумно влюблен. Он снял наконец трубку — и услышал голос сестры.

Фи хотела спросить, сделает ли ей Кристин прическу в воскресенье вечером. Фи любила подкрасить отдельные пряди в пепельный цвет. Филипп обычно не знал расписания матери, но случайно услышал, как она говорит по телефону подруге, что к шести вечера в воскресенье поедет делать химию женщине, у которой артрит и потому она не выходит из дома. Фи сказала «хорошо», сказала, что перезвонит попозже, когда Кристин вернется. А Филипп знал, что, если Сента не позвонит к тому времени, он по-прежнему при каждом звонке будет надеяться, что это она. Он не сможет удержаться, он бросится к телефону и схватит трубку.

Так все и случилось. Сента не позвонила, но позвонила Фи, и Филипп снова почувствовал ту же надежду и ее крушение. Сента все не звонила, и в полночь он наконец лег спать.

В субботу утром Филипп поехал на Тарзус-стрит. Старик в женском плаще раздобыл где-то деревянную тележку или тачку, в которой были все его пожитки, разложенные по пластиковым пакетам. Он лежали, как подушки кричащих цветов: красные — из «Теско», зеленые — из «Маркс-энд-Спенсер», желтые — из «Селфриджез» и бело-голубые — из «Бутс-энд-Кемист». Старик полулежал на самом верху этой горы, как какой-нибудь император в колеснице, и ел бутерброд (что-то ужасно жирное на белом хлебе), на котором его пальцы оставляли черные следы.

Он помахал бутербродом Филиппу. Бродяга никогда не выглядел так бодро. Он усмехнулся во весь рот, так что стали видны зеленоватые нездоровые зубы.

— Посмотрите, что я достал! Это все ваш щедрый подарок, начальник, — старик пнул ногой деревянный бок тележки. — У меня теперь свой транспорт. Бегает как лошадка.

После этого Филипп не мог не дать бродяге фунтовую монету. Возможно, он получит что-то взамен.

— Как вас зовут?

Ответ был уклончивым:

— Все зовут меня Джоли.

— Вы всегда здесь?

— Здесь и на Сизарии, — он произнес так: «Си-сарии», — и там до Илберт-стрит.

— Вы когда-нибудь видели, чтобы из того дома выходила девушка?

— Девчушка с седыми волосами?

Филиппу показалось странным такое описание, но он кивнул.

Старик прекратил жевать.

— Вы ведь не легавый?

— Я? Конечно, нет.

— Вот что я тебе скажу, начальник. Она сейчас дома. Она пришла десять минут назад.

Ничуть не стыдясь, старик протянул руку. Филипп не знал, верить бродяге или нет, но дал ему еще фунт. Проблеск надежды — вдруг дверь опять открыта — вскоре угас, но когда Филипп нагнулся, чтобы посмотреть в окно подвала, то заметил, что ставни слегка приоткрыты. Можно перелезть через невысокую штукатуреную стену, служившую лестнице балюстрадой, присесть на корточки и заглянуть в ее комнату. От предвкушения вида ее комнаты после двух недель воздержания — за исключением снов, тех снов — сердце Филиппа стало биться быстрее, он почувствовал, как кровь стучит в венах. Комната была пуста. На плетеном стуле висело серебряное платье Сенты и пара сиреневых колготок, поношенных, ненужных, нестираных — это было видно по тому, что они до сих пор хранили контуры ее ног и стоп. На постели по-прежнему были фиолетовые простыни и наволочки.

Филипп не стал стучать в дверь. Старик следил за ним, ухмылялся, хотя и не злорадствовал. Филипп попрощался: сказал «до встречи», несмотря на то, что не был уверен, увидится ли с ним снова. Он ехал домой, говорил себе, что не нужно возвращаться, что он справится, что нужно думать о жизни без нее, не сдаваться. Но в свою комнату он поднялся, еле волоча ноги, и, прислонив стул к двери, вынул из платяного шкафа Флору. Ее лицо, завитые волосы, отстраненная улыбка и гипнотизирующие глаза больше не напоминали ему Сенту. Он почувствовал что-то новое и чуждое. Ему хотелось сломать статую, ударить ее молотком, разбить вдребезги — и растоптать осколки, измельчить их в пыль. Для человека, который ненавидит насилие в любых проявлениях, это было постыдное желание. Филипп просто спрятал Флору обратно в шкаф. Потом, лежа на постели лицом вниз, он почувствовал, как его охватывают мучительные рыдания без слез. Он плакал — а глаза оставались сухими — в подушку, зарывшись в нее на случай, если мать войдет в комнату.

Только во второй половине дня в воскресенье Филипп распрощался с надеждами. Приехала Фи: она договорилась с Кристин, что та после обеда сделает ей прическу. И Черил была дома — Филипп видел ее впервые после возвращения из Корнуолла. Но сестра не задержалась надолго. Съев или, скорее, поклевав обед, приготовленный матерью (лучше, чем обычно: фаршированная жареная курица, картофельное пюре из порошка и действительно свежие бобы), она встала из-за стола и минут через пять ушла из дома. В те несколько минут, что они были одни, Черил попросила Филиппа одолжить ей пять фунтов. Пришлось отказать: у него не было пяти фунтов. Еще Филипп сказал, может и напрасно, что Черил не стоит рассчитывать на деньги и в воскресенье. Он сел за стол, где напротив него стояло стеклянное блюдце с двумя дольками консервированных персиков, и подумал: я больше никогда не увижу Сенту, все... все кончено, конец, всему конец. Больше всего пугало то, что он не мог себе представить, как переживет еще одну неделю. Наступит ли следующее воскресенье, будет ли он жив, выдержит ли? Переживет ли пытку еще одной такой неделей?

Когда вся посуда была уже перемыта, Кристин и Фи заняли кухню. Кристин никогда не брала с дочерей денег за прическу, но позволяла заплатить за использованные средства. Теперь они с Фи спорили, сколько Фи должна заплатить.

— Да, но, дорогая, ты нам купила эту прекрасную ветчину, и клубнику, и сливки, а я вернула тебе деньги только за хлеб, — говорила Кристин.

— Мам, клубника — это подарок, это для меня удовольствие, ты же знаешь.

— А делать тебе мелирование, дорогая, — это удовольствие для меня.

— Давай тогда так: назови мне цену краски, я еще хочу кондиционер, его тоже можешь посчитать, и еще мусс, которым ты пользуешься, и вычти, сколько хочешь, за ветчину, она стоит фунт двадцать два, а я заплачу тебе, что останется.

Филипп сидел в гостиной, держа Харди на коленях и уставившись в «Санди Экспресс». Он не читал, а просто делал вид, что читает. Кристин вошла в комнату с банкой из-под чая, где она держала мелкие деньги.

— Знаешь, я готова поклясться, что здесь было не меньше семи с половиной фунтов до того, как я уехала, а сейчас только тридцать пенсов.

— Я не устраивал налетов, — ответил Филипп.

— Жаль, что я не заглянула в нее в среду. Я до сих пор думаю, может, это случилось вчера днем, пока тебя не было, а я вышла погулять с Харди вокруг квартала и оставила дверь незапертой. Я, конечно, знаю, что нужно дверь запирать, но по-прежнему считаю, что у нас славный район. Меня не было всего десять минут, но, знаешь, этого достаточно, чтобы кто-то вошел, быстро все осмотрел и что-нибудь взял. Думаю, это был какой-нибудь несчастный, без гроша в кармане, доведенный до отчаяния человек. Я могу только посочувствовать... Мы здесь для милости Господней, я всегда так говорю.

РУТ РЕНДЕЛЛ

Филиппу казалось, что он прекрасно знает, кто может быть этим доведенным до отчаяния несчастным бедняком без гроша в кармане. Кража состоялась как раз перед обедом, а не вчера. Когда-то он встревожился бы, почувствовал бы, что должен что-нибудь предпринять, по крайней мере рассказал бы Кристин то, что знает. Но теперь он не беспокоился ни о ком, кроме себя. И все же опустошил свои карманы и отдал всю мелочь матери. Он на секунду подумал, где сейчас Черил, в какие дела она втянута с теми семью с половиной фунтами. Что можно купить на эту жалкую сумму? Ни героина, ни травки, ни крэка. Бутылку виски? Да, вполне. Что-то вроде растворителя? Но он не мог себе представить, чтобы сестра нюхала клей.

Волосы Фи, когда все было готово, представляли собой каску из раздутого мерцающего меда со светлыми полосками. Даже Филипп, который мало что понимал в этих вещах, знал, что мать до сих пор продолжает делать прически, которые были модными в ее молодости. Она даже обращалась к ним по именам («Итальянец», «Улей»), как будто эти названия были вечными и их понимали все поколения, а не только те, чья молодость пришлась на шестидесятые. Фи выглядела довольной. Если она и подозревала Черил в краже содержимого банки, то Филиппу ничего об этом нс сказала.

Когда Фи уехала, Кристин начала складывать в сумку вещи, необходимые ей для завивки волос той женщине, которая не могла выходить из дома. Между делом Кристин рассказывала Филиппу, как ее мать делала химическую завивку в двадцатые годы, как волосы накручивали на железки в электрическом аппарате и сушили локонами, как женщины сидели весь день, прикованные к этому устройству, как к духовке. Ему было жаль, что Кристин уходит, ему не хотелось оставаться наедине с собой и своими мыслями. Это глупо, это выглядело так, как когда он был маленьким и не хотел, чтобы мама уходила, хотя всегда кто-то оставался за ним приглядывать.

Еще месяц назад Филипп вздыхал с облегчением, когда мать говорила, что уходит. Меньше года назад он очень хотел, чтобы она вышла замуж за Арнэма. Он спросил Кристин и сам удивился своему вопросу (мать, будучи странно тактичной, никогда не спрашивала его об этом):

— Когда вернешься?

Кристин посмотрела на него в изумлении:

— Филипп, я не знаю. Это займет часа три. Постараюсь все сделать хорошо для милой старушки.

Он больше ничего не сказал, пошел к себе, наверх. Как только он переступил порог комнаты, в дверь позвонили. Кристин открыла почти сразу же. Она, наверное, уже стояла у двери, собираясь уходить.

— А, здравствуй, дорогая. Как у тебя дела? Ты к Черил?

Ответа не было слышно. Если он ничего не услышал, не увидел, то как же он догадался? Он же не спускался по лестнице, затаив дыхание и стиснув руки!

Мать объясняла:

— Черил нет дома, но она скоро вернется. Мне самой уже пора уходить, и... о, боже, я уже опаздываю. Может, войдешь и подождешь Черил здесь?

Филипп спустился. К тому моменту Сента уже вошла и стояла в коридоре. Никто не проронил ни слова, они смотрели друг на друга, не отрывая глаз. Если Кристин это и показалось странным, она не подала виду — просто вышла и закрыла за собой дверь.

Филипп молча приблизился к Сенте. Она тоже сделала шаг ему навстречу, и они бросились в объятия друг друга.

Обнимая ее, ощущая ее запах, наслаждаясь вкусом ее мягких, влажных и соленых губ, чувствуя давление ее груди, он на минуту подумал, что может упасть в обморок от восторга. Но вместо этого ощутил прилив сил и энергии, какое-то внезапное невероятное удовлетворение. Взял Сенту на руки и поднял ее. Но на полпути вверх по лестнице она стала сопротивляться, вырвалась и побежала в его комнату.

Они лежали в его постели — как в самый первый раз. Они никогда не занимались любовью так великолепно, получая такое бесконечное удовольствие, — ни в первый раз, ни даже в ее комнате в подвале, купаясь в роскоши исполнения всех прихотей. И вот они лежат рядом, и Филипп словно купается в нежности к Сенте. Упрекнуть ее в чем-то невозможно. Ужасные поездки на Тарзус-стрит и то, как он колотил в дверь, как вглядывался в окна, пытался дозвониться, — все это теперь похоже на сон, очень отчетливый и реальный, не исчезающий еще какое-то время после пробуждения, тревожащий тебя, а потом постепенно забывающийся.

— Я люблю тебя, Сента, — сказал Филипп, — я люблю тебя. Я действительно люблю тебя.

Сента повернулась к нему и улыбнулась. Провела своим маленьким пальчиком с ногтем молочного цвета по его щеке вниз, к уголку рта:

— Я люблю тебя, Филипп.

— Замечательно, что ты пришла. Это самое замечательное, что ты могла сделать.

— Только так и можно было поступить.

— Знаешь, я встречался с Ритой и Майком Джейкопо.

Сента была невозмутима.

— Они передали мне твое письмо, — сказала она и обвилась вокруг него так, чтобы тела полностью соприкоснулись. В каком-то смысле это был еще один половой акт: Сента будто стремилась слиться с Филиппом в единое целое. — Я ничего им не сказала. Да и с чего бы? Они мне никто. К тому же они снова уехали.

— Уехали?

— Они ездят по разным конкурсам бальных танцев. Они так и познакомились. Недавно завоевали какой-то серебряный кубок.

Ее легкое хихиканье вызвало у него ответный смех.

— Ах, Сента, Сента! Мне хочется повторять твое имя снова и снова. Сента, Сента. Знаешь, так странно — будто ты и не оставляла меня. В то же время я словно только сейчас начинаю осознавать, что ты вернулась, и мне хочется смеяться и кричать от счастья.

Когда она заговорила, он почувствовал ее дыхание на своей коже.

— Извини меня, Филипп. Ты простишь меня?

— Мне нечего прощать.

Голова Сенты лежала у него на груди. Он посмотрел на макушку и увидел, что рыжие корни волос покрашены в серебристый свет. На мгновение что-то холодное прикоснулось к его счастью, и совершенно некстати пришла мысль: ей было хорошо без меня, она занималась своими делами, красила волосы. Ходила на какую-то вечеринку...

Сента подняла голову и посмотрела на него:

— Не будем сегодня говорить о том, что мы сделаем друг для друга. Мы ничего не испортим, просто обсудим все завтра.

Фантазировать было не в характере Филиппа. Он никогда, занимаясь любовью с одной девушкой, не представлял себе другую, более красивую и сексуальную, никогда, лежа ночью в постели, не вызывал в уме образы обнаженных женщин в фантастических позах, которыми он наслаждается в выдуманной непристойной обстановке. Он никогда не представлял себя ни успешным богатым и влиятельным человеком, у которого роскошный дом и большая быстрая машина, ни искушенным путешественником, исколесившим весь мир, ни финансистом, ни промышленным магнатом. Воображение никогда не заводило его дальше ковра напротив стола директора-распорядителя «Розберри Лон», стоя на котором он принимал поздравления и новости, касающиеся своего стремительного продвижения по службе. У него было обостренное чувство настоящего, реальности.

Выдумать что-то и доставить Сенте удовольствие (вот ведь что предстояло сделать) — задача непосильная. Первую неделю после примирения Филипп все время чувствовал необходимость что-то придумывать. Он ощущал этот тяжелый груз, даже когда был всем доволен, когда, к примеру, был с Сентой на Тарзус-стрит и в этот абсолютный покой, предполагающий абсолютную беспечность, вторгалась безмолвная, смотрящая в упор опасность. Она и вправду смотрела на него, она действительно казалась живым существом, проникавшим в его сознание в самый неподходящий момент, и как будто стояла над ним, скрестив руки и угрожая.

Поступок, который Филипп должен совершить, пусть и на словах, невозможно больше откладывать. Нельзя уходить от него, надо придать ему какую-то форму, придумать сценарий с двумя актерами: один — это он сам, а другой — жертва.

— Нам действительно нужно доказать свою любовь, Филипп. Мучений в разлуке недостаточно: это происходит со всеми обыкновенными людьми. — Сента всегда настаивала на том, что они не обыкновенные люди, а чуть ли не боги. — Мы должны доказать друг другу, что готовы преступить обычные человеческие законы. Даже больше: доказать, что ни во что их не ставим, что они просто-напросто для нас не важны.

Сента много размышляла в одиночестве и решила, что они с Филиппом — реинкарнация какой-то известной пары влюбленных из прошлого. Какой именно пары, она пока не поняла, или, как она говорила, истина еще не открылась ей. А еще за время, что они были в разрыве, Сента ходила на прослушивания и получила роль в авангардной театральной постановке. Роль незначительная, меньше двадцати реплик, но на самом деле не такая уж второстепенная, ведь женщина, которую ей предстоит играть, в конце концов оказывается тайным агентом, которого на протяжении пятнадцати сюрреальных сцен пьесы разыскивают все остальные герои.

Филипп ощущал тревогу, что на этой стадии их отношений было явно излишним. Ему просто хотелось радоваться вновь обретенной любви, быть может, строить разумные, осмысленные планы на будущее, думать о возможной свадьбе. Стремился ли он и в самом деле жениться? В этом он был не вполне уверен, но знал, что нет другой женщины, которую он мечтал бы видеть своей женой. А Сента ставила его в очень неловкое положение, когда просила вспомнить, кем он был в прошлой жизни: Александром Македонским, святым Антонием или Данте.

К тому же Филипп все-таки недопонимал: роль в авангардной постановке — это вымысел или реальность.

Вымысел, он почти уверен. То, что Сента нередко говорит о себе правду, еще не значит, что она честна всегда, он уже удостоверился в этом. Самой большой ее фантазией было то, с чем ему предстоит теперь совладать, и Филипп изо дня в день откладывал свой ход в этой довольно неприятной и глупой игре. И чем дальше он медлил, тем больше думал об этом, тем противнее ему становилось. Убийство — это так чудовищно, это, несомненно, худший поступок из всех, какие человек может совершить, — потому-то Сента и твердит об убийстве — так что даже просто говорить, что ты совершил его, пусть это и вымысел на самом деле, неправильно и безнравственно. Филипп едва ли осознавал, что именно вкладывает в эти слова, но собственное отношение к убийству было для него однозначным.

Станет ли нормальный здравомыслящий мужчина говорить женщине, что кого-то убил, заявлять, что это его рук дело, в то время как на самом деле он совершенно невиновен? И, если на то пошло, может ли человек, признавшийся в убийстве, быть невиновным? Филипп понимал, что должен суметь убедить Сенту в том, что именно эта ее фантазия — глупость, что о ней и думать не стоит. Если они любят друг друга так сильно, то должны уметь говорить о чем угодно и все друг другу объяснить. Ошибка, думал Филипп, здесь общая. Он знал, что он не бог, но, когда возражал, Сента отвечала так: ты поймешь, бог ты или нет, только со временем, когда тебе будет объявлена правда.

— Мы Арес и Афродита, — говорила она, — эти древние боги не умерли, когда появилось христианство. Они лишь спрятались и время от времени возрождаются в избранных. Мы с тобой как раз избранные, Филипп. Мне открылось это во вчерашнем сне, где мы с тобой стояли в слепящем свете на оси земного шара, одетые в белое...

Филипп не был уверен, что знает, кто такие эти Арес и Афродита, хотя и предполагал, что они существуют только в человеческом воображении. Может, в воображении таких девушек, как Сента? Она объяснила ему, что эти боги (их также называют Марсом и Венерой, сказала Сента, что несколько прояснило ситуацию) многих смертных лишили жизни, мало беспокоясь об убийствах тех, кто когда-то оскорбил их или помешал самим фактом своего существования. Филипп силился припомнить кого-либо, кто обидел его или тем более досадил ему своим существованием, и не мог. Когда-то, не так давно, в эту категорию попал бы Джерард Арнэм, но теперь сама мысль о том, чтобы причинить ему вред, казалась Филиппу невероятной.

В понедельник — то есть больше чем через неделю после того, как Сента вернулась к нему, — Филипп решил, что, какими бы ни были последствия и нравственные мучения, он не может больше откладывать этот важный шаг. Стоит его предпринять — и всем трудностям конец. Сента увидит, что он доказал своею любовь, сама сыграет в такую же игру, чтобы доказать свои чувства, а когда все будет позади, они смогут наслаждаться друг другом, и светлыми итогом станет общий дом, помолвка и даже свадьба. Филипп успокаивал себя: истинная сила любви вскоре избавит Сенту от необходимости все время фантазировать. Эта замечательная мысль пришла к нему легко, без каких бы то ни было усилий.

День выдался на редкость свободный. По дороге на работу Филипп купил несколько утренних газет. Возвращаясь из Уэмбли после осмотра отремонтированных квартир, он купил еще вечернюю газету. Первая кипа оказалась бесполезной. Спустя год журналисты вернулись к делу Ребекки Нив. Тело так и не нашли, и теперь отец и сестра пропавшей вместе учреждали что-то под названием «Фонд Ребекки Нив». Они просили делать пожертвования: из собранных средств будет финансироваться центр, в котором женщинам станут преподавать самооборону и боевые искусства. На фотографии Ребекка была в том самом зеленом вельветовом спортивном костюме, в котором ушла из дома в последний день. Условное изображение этого костюма будет эмблемой фонда.

В «Ивнинг Стэндард» напечатали материал о судьбе Ребекки и двух других девушек, пропавших без вести за последний год. Кроме того, в газете была короткая заметка, которая оказалась как раз тем, что Филипп искал. Он прочитал ее, сидя в машине на парковке торгового центра на Брент-Кросс, куда заехал, чтобы купить Сенте вина, клубники и шоколадных конфет.

«На участке сноса здания в Кенсал-Райз, северо-западный Лондон, найдено тело мужчины, опознанного как Джон Сидней Крусифер, шестидесяти двух лет, бродяги, без постоянного места жительства. Полиция рассматривает версию убийства».

Сента как-то сказала ему, что такой вот заметки будет достаточно, показав на старуху, сидевшую спиной к ограде дома на Тарзус-стрит. Единственная трудность, если полиция найдет убийцу и его имя появится в газетах. Филипп не хотел думать, что Сенте не важно, кого посадят в тюрьму за преступление, которое он, Филипп, совершил. Но нет, глупости. Что значит «не важно»? Это ведь только ее фантазии. Она может и не подавать виду, что понимает, что на самом деле он никого не убивал, но будет знать, что он невиновен. Сента уже знает, должна знать, что обещание, данное ей, — всего лишь очередной шаг в игре. Как бы то ни было, она газет не читает: Филипп никогда не видел, чтобы она изучала или хотя бы бегло просматривала какой-то номер.

Этот Джон Крусифер подойдет. Не стоит беспокоиться о подробностях, не нужно даже волноваться (вероятность так мала!), что убийство станет событием национального масштаба. Но дело в том, что Сента не желает разрушать иллюзии, не дает дневному свету реальности проникнуть в свой мрачный мирок. Ей нужно фантастическое, и хотя бы раз она должна получить то, чего хочет. Филипп все еще сидел в машине на парковке, и ему стало стыдно, когда он подумал о предстоящем разговоре с Сентой, когда представил, как он все это рассказывает и видит, как она довольна. Филипп будет лгать, Сента — принимать ложь за правду, и они оба будут отдавать себе в этом отчет.

На самом деле все оказалось хуже, чем можно было себе представить. Сначала Филипп съездил домой поужинать, а потом, около половины восьмого, поехал на Тарзус-стрит. Не в первый раз в течение дня он тщательно репетировал свой рассказ Сенте. С собой у него была еще колонка из «Ивнинг Стэндард», вырезанная парикмахерскими ножницами Кристин, и в кармане фунтовая монета для Джоли.

В его отношении к этому бродяге оставалось что-то мистическое. Старик будто был назначен стражем Сенты и их любви, но на самом деле все не совсем так: скорее Филиппу нужно было задабривать его подарками, чтобы сохранить прочными отношения с Сентой. Останови Филипп поток фунтовых монет, он почувствовал бы в Джоли некоторую враждебность, даже злобу, которая, несомненно, могла бы навредить ему и Сенте. Прошлой ночью Филипп пробовал заговорить с ней об этом — изо всех сил пытался изобразить полет фантазии, чтобы соответствовать ее выдумкам, — а она стала рассказывать о плате для перевозчика и куске хлеба для собаки, охраняющей вход в преисподнюю. Филипп мало что понял, но радовался тому, что Сента довольна.

В тот вечер Джоли не было. Ни самого бродяги, ни его тележки, нагруженной разноцветными подушками. Его отсутствие почему-то казалось дурным предзнаменованием. Филипп поймал себя на том, что с трудом противостоит соблазну отложить свой рассказ до другого раза. Но кто знает, когда снова появится такая возможность? Случай может представиться только через несколько недель. Нет, придется сегодня, прекратить самокопание, остановить мучительный самоанализ и просто все рассказать.

Филипп разговаривал с Сентой холодно, совсем не так, как обычно, и вдруг сказал, что сделал то, чего она хотела. Ее лицо резко оживилось. Глаза цвета морской волны, зеленые и прозрачные, как вода, вспыхнули. Она схватила его за руки. Почувствовав, что не может проглотить комок в горле, Филипп передал ей вырезку.

— Что это?

Он заговорил как на иностранном языке, вслушиваясь в каждое слово и будто проверяя, правильно ли он его произносит:

— Почитай и узнаешь, что я сделал.

— А! — Сента с удовольствием вздохнула, прочитав заметку два или три раза, и расплылась в улыбке: — Когда это произошло?

Он не думал, что понадобятся такие подробности:

— Прошлой ночью.

— Когда ты от меня ушел?

— Да.

Эта сцена напомнила ему любительскую постановку «Макбета», виденную еще в школе.

— Я смотрю, ты последовал моему совету, — проговорила Сента. — Как это было? Ты ушел отсюда и поехал на Хэрроу-роуд? Тебе, наверное, повезло, и ты увидел, что он там слоняется?

Филипп испытал жуткое чувство отвращения — не к Сенте, но к самой теме разговора. Это было физическое омерзение, такое же сильное, как если вдруг наступишь на собачье дерьмо или увидишь шевелящуюся массу личинок мясной или сырной мухи.

— Давай просто будем считать, что все уже сделано, — выдавил он, чувствуя, что каменеет.

— Как это произошло?

Он избавился бы от этой мысли, если бы мог. Он закрыл бы глаза на то, что она, несомненно, взволнована, на ее огромное и какое-то даже сладострастное любопытство. Сента облизнула губы, раскрыла рот, будто задыхаясь, притянула его к себе.

— Как ты его убил?

— Не хочу об этом говорить, Сента, не могу, — Филипп содрогнулся, словно на самом деле совершил что-то жестокое, словно вспомнил вонзающийся нож, струю крови, крик, борьбу, агонию и окончательную победу смерти. Он терпеть не мог все это и ненавидел злорадный интерес к этому других людей. — Не спрашивай, я не могу.

Она взяла его руки и перевернула ладонями вверх:

— Я понимаю. Ты душил ими.

Это не лучше мыслей о ноже и крови. Филиппу показалось, что его руки дрожат в ее ладонях. Он заставил себя кивнуть и ответить:

РУТ РЕНДЕЛЛ

— Я задушил его, да.

— Было темно?

— Конечно. Был час ночи. Не спрашивай об этом больше.

Он видел, что Сента не понимает почему он отказывается рассказать подробнее. Она ждала, что он опишет и ту ночь, и пустую безмолвную улицу, и доверие беспомощной жертвы, и то, как хищно он ухватился за представившуюся возможность. Ее лицо потухло, как бывало всегда, если ее что-то расстраивало. Все воодушевление исчезло, все чувства притупились, и взгляд Сенты будто обратился внутрь, туда, где идет работа разума. Руками, маленькими, как у девочки, она схватила две толстые пряди своих серебристых волос и откинула их за плечо. Ее глаза снова посмотрели на Филиппа и наполнились светом.

— Ты сделал это для меня?

— Сама знаешь. Мы же договорились.

По всему ее телу от головы до пят пробежала дрожь — может, настоящая, а может, сыгранная. Филипп вспомнил, что Сента актриса. Такие вещи ей необходимы, придется с этим жить. Она положила голову ему на грудь, словно слушая, как бьется сердце, и прошептала:

— Теперь я непременно сделаю то же для тебя.

ГЛАВА 11

У Филиппа не было мысли следить за Черил, когда они выходили из дома. Он ехал куда-то с сестрой впервые с того дня, когда вся семья навещала Арнэма, но тогда с ними были еще мать и Фи. Вдвоем они никуда не уезжали со смерти отца.

Был субботний вечер, и Филипп собирался на Тарзус-стрит. Почему-то матери, которая никогда не задает вопросов, труднее говорить, что вернешься только к завтрашнему вечеру, чем той, которая допытывается и во все вмешивается. Но он легко сообщил Кристин об этом, и она улыбнулась простодушно и ничего не подозревая:

— Хорошо тебе провести время, дорогой.

Скоро все раскроется. Стоит только объявить о помолвке, и тогда можно будет спокойно говорить, что он переночует у Сенты. Филипп уже садился в машину, когда подбежала Черил и попросила подвезти:

— Мне нужно на Эджвер-роуд, туда. Давай быстро, поедешь в объезд и высадишь меня у Голдерс-грин.

Это большой крюк, но он согласился из любопытства. Что-то будоражащее было в том, что у сестры есть секрет от него, а у него — от нее. Не успели они повернуть за угол, на Лохлевен-гарденс, как Черил попросила взаймы:

— Только пятерку, и тогда можешь меня высадить прямо на Эджвер-роуд.

— Я не одалживаю тебе денег, Черил, хватит. — Филипп выждал несколько секунд, она ничего не сказала, и тогда спросил: — Так что там будет на Голдерс-грин? Что за сделка?

— Там будет приятель, у которого я смогу одолжить денег, — довольно беспечно ответила она.

— Черил, что происходит? Я должен тебя спросить. Ты во что-то ввязалась, я же знаю. Домой приходишь только ночевать, у тебя совсем нет друзей, ты всегда одна и постоянно пытаешься достать денег. У тебя серьезные неприятности, ведь так?

— Это тебя не касается, — знакомая задумчивость и мрачность появились в голосе сестры, и вместе с ними безразличие, граничащее с грубостью. Все это говорило о том, что расспросы Черил не волнуют и вмешиваться бесполезно: она может ответить, ни в чем не признаваясь.

— Это меня касается, если я даю тебе взаймы, ты должна это понимать.

— А ты ведь и не собираешься мне ничего одалживать. Ты сказал, что больше не будешь, вот и заткнись.

— Ты можешь хотя бы сказать, что за дела у тебя сегодня вечером?

— Хорошо, только сначала ты скажи, что у тебя за дела. Можешь не волноваться, я все знаю: ты едешь к этой Стефани, да?

Убежденность сестры в том, что она знает о его делах, мгновенно заставила Филиппа предположить, что и он, наверное, заблуждается, думая о пристрастии Черил к наркотикам или выпивке. Если Черил могла ошибаться, а она ведь ошибалась, то, значит, и он мог. Филипп не стал спорить с сестрой и видел, как она торжествует. Он высадил ее на Голдерс-грин, около станции, где автобусы делают круг. Он собирался ехать по Финчли-роуд, но, провожая взглядом сестру, направившуюся к Хай-роуд, решил поехать за ней и посмотреть, что она будет делать. Ему казалось очень странным, что Черил взяла с собой зонтик.

Дождь прошел, но, похоже, снова собирается. Те немногие люди, которых он видел на улице, несли зонты, но для Черил это что-то неслыханное. Что ей защищать от дождя? Уж точно не короткие колючие волосы. И не джинсы, и не блестящую синтетическую куртку. Черил с зонтом выглядела так же нелепо, как, например, Кристин выглядела бы в джинсах. Филипп оставил машину в переулке. Выйдя на улицу, он уже подумал, что потерял Черил, но потом все-таки увидел ее вдалеке на широком тротуаре у поворота на Хай-роуд.

Когда зажегся зеленый, Филипп перебежал Финчли-роуд. Как и положено в середине лета, еще не стемнеет часа два, но небо было угрожающе затянуто тучами. Когда откроются магазины, машины встанут в два ряда и автобусы будут медленно ползти между ними, на этой торговой улице, где нет ни одного кинотеатра или паба, станет многолюдно, но сейчас здесь пустынно. Только Черил идет по тротуару, очень близко к домам. Впрочем, нет, здесь не только Черил. Филипп, к своему огорчению, осознал, что улица кажется пустынной потому, что не видно обычных опрятных людей, внушающих доверие. Вот трое панков пялятся в витрину магазина принадлежностей для мотоциклов. По другой стороне идет мужчина в кожаной куртке, высокий, худощавый, с волосами, заплетенными в косичку.

На секунду Филипп подумал, что Черил начнет приставать к этому мужчине. Он шел ей навстречу, но держался гораздо ближе к краю тротуара, и, как только приблизился, Черил отпрянула от витрины. К тому времени Филипп уже расположился в дверях офиса ипотечной компании на противоположной стороне улицы, там, где стояли панки. Он ведь не раз спрашивал себя, не проституцией ли Черил зарабатывает деньги, — мысль необычайно горькая и противная. Впрочем, так можно было бы объяснить внезапное появление у сестры денег, но не постоянные просьбы дать немного в долг. Сейчас Филипп понял, что ошибся — по крайней мере, в этом случае, — потому что Черил отвернулась, когда одетый в кожу мужчина шел мимо. Она пропустила его и теперь осторожно оглядывалась по сторонам. Она, несомненно, хотела убедиться в том, что улица действительно пуста.

Черил не могла его заметить, в этом Филипп был уверен. Она пристально смотрела на панков, которые отошли от витрины и глазели с другой стороны улицы на нее, но смотрела без какого-либо интереса. Тогда Филипп кое-что понял. Прежде чем Черил совершила то, что пролило свет на цель ее визита сюда, он осознал, что сестре не важно, будут ли за ней следить эти ребята, на которых она так похожа. Черил и эти трое не только вместе пренебрегают законами, но и объединены молчаливым сговором против заведенного порядка. Панки — последние, кто может настучать на Черил.

Но за какое злодеяние?

Убедившись, что за ней никто не наблюдает, Черил юркнула к одному из магазинов, бутику одежды. Филипп увидел, как она наклонилась перед стеклянной дверью и, по-видимому, вставила что-то в широкую металлическую, покрашенную серебряной краской щель для почты. Что она делает? Взламывает замок?! Филипп подавил вопль протеста, закрыв рот рукой.

С такого расстояния и в таком освещении ничего нельзя было толком рассмотреть. Филипп видел лишь спину и наклоненную голову Черил, которая, казалось, что-то протыкает. Улица была по-прежнему пуста, но в направлении станции проехала машина. Филипп слушал гулкую тишину, ощущал бесконечное пульсирующее движение автомобилей вдалеке. Черил резко дернула правой рукой, попятилась, по-прежнему сидя на корточках; потом вскочила и вытащила что-то из щели. Тогда Филипп все увидел, все понял.

Используя зонт как крючок, Черил сняла какую-то вещь с вешалки или с полки. То ли свитер, то ли блузку, то ли юбку — трудно сказать: Черил быстро свернула добычу и засунула под куртку. Филипп был ошеломлен, заворожен увиденным, чувства на время притупились. Нельзя сказать, что он за то, чтобы сестра повторила операцию, но увидеть все это снова ему определенно хотелось.

Филипп подумал, что увидит, и незамедлительно, потому что Черил подошла к другому бутику, через несколько домов, и встала там, прижав нос к стеклу. Но потом развернулась и побежала, в очередной раз поразив его своей непредсказуемостью. Она устремилась не на Финчли-роуд, как можно было бы ожидать, а в противоположном направлении, перебежала дорогу и бросилась в переулок около железнодорожного моста. Филипп сначала хотел погнаться за ней, но передумал и вернулся к машине.

Так, значит, вот в чем дело... Безумная пагубная привычка воровать вещи из магазинов? Но он где-то читал, что клептомания — чепуха, что ее в действительности не существует... А что Черил делает с краденым?

Филипп подумал рассказать обо всем Сенте, но почти сразу же отбросил эту мысль. Проезжая по северному Лондону к Уэст-Энд-лейн, подумал об этом опять. Ведь их с Сентой отношения подразумевают взаимное доверие и возможность рассказать друг другу о любых сомнениях и страхах. Если они всегда будут вместе, если пойдут по жизни рука об руку, то должны изливать друг другу душу, делиться тревогами.

Он поехал к Сенте через Сизария-гроув, мимо большой мрачной церкви из грубого серого камня, где на западной паперти иногда на ночь располагался Джоли. Но паперть была пуста, а железные ворота на кладбище заперты на висячий замок и обмотаны цепью. В детстве Филипп боялся таких мест, церквей или зданий, построенных в подражание мрачным сооружениям средневековья, обходил их стороной или пробегал мимо, отводя взгляд. Сейчас он вспомнил об этом, и память о страхе мгновенно ожила — но не сам страх. Под темными стволами и острыми жесткими листьями деревьев виднелись могильные плиты, дюжина, не больше. Филипп зачем-то притормозил, заглянул за ограду, а потом дал газу, повернул за угол и остановился у дома Сенты.

На окнах наверху было закрыто больше ставень, чем раньше. Свет шел только из подвала, но этого было достаточно, чтобы сердце Филиппа стало биться быстрее. Перехватывающее дыхание чувство вернулось. Он взбежал по лестнице и вошел в дом. Откуда-то неслась музыка, но не та, под которую танцуют Рита и Джейкопо. Она доносилась с лестницы в подвал. Это было так необычно, что Филипп на секунду испугался, вдруг Сента не одна, и замешкался перед дверью, слушая музыку бузуки, не решаясь войти. Сента, наверное, услышала его шаги, потому что открыла дверь и тотчас же бросилась к нему в объятья.

Конечно же кроме нее в комнате никого не было. Филипп был растроган тем, как Сента все приготовила:

на бамбуковом столике стояли еда и вино, играла музыка, комната убрана и свежа, фиолетовые простыни заменены на коричневые. На Сенте было платье, которого он раньше не видел: черное, короткое, тонкое и облегающее, с глубоким овальным вырезом, открывавшим белую грудь. Филипп обнял ее и поцеловал, нежно и долго. Маленькие руки, теплые, с холодными кольцами, гладили его волосы и шею. Он шепнул:

— Мы одни?

— Они уехали куда-то на север.

— Мне больше нравится, когда мы одни.

Сента наполнила бокалы вином, Филипп рассказал ей о Черил. Он иногда думал, что изменяет Сенте, ведь глубоко внутри в нем живет странное безосновательное неверие: он не надеется, что Сенте может быть интересно то, что он будет рассказывать о своей семье, о делах. Филипп ожидал, что она, занятая своими мыслями, захочет вернуться к тому, что волнует ее. На самом же деле Сенте было интересно и действительно нравилось слушать, она слушала внимательно, сложив руки на груди и глядя ему в глаза. Когда в своем рассказе он дошел до того момента, как Черил просовывает зонтик в щель для писем, на лице Сенты появилась улыбка, которую можно было бы принять за улыбку восхищения, если не знать истинной причины.

— Как ты думаешь, Сента, что предпринять? Например, должен ли я кому-нибудь рассказать? Стоит ли сказать ей самой?

— Тебе правда интересно, что я думаю, Филипп?

— Конечно. Поэтому я и рассказываю об этом тебе. Мне нужно знать твое мнение.

— По-моему, тебя слишком тревожат законы, мнение общества и тому подобное. Такие люди, как мы с тобой, особенные люди, выше закона, разве не так? Или, скажем, вне его.

Всю жизнь его учили быть законопослушным гражданином, уважать избранную власть, правительство. Его отец, пусть он и игрок, был тверд в понятиях честности и добросовестности в делах. В том, чтобы устанавливать свои правила, Филипп видел что-то анархическое.

— Черил, если попадется, не будет вне закона, — ответил он.

— Мы смотрим на мир разными глазами, Филипп. Я знаю, ты научишься видеть его так, как я, но пока этого не произошло. Я имею в виду, ты взглянешь на мир как на нечто полное мистики и магии, словно расположенное в другой плоскости, совсем не в той, скучной и практичной, в которой живет большинство людей. Когда ты окажется со мной там, ты увидишь мир удивительных тайных сил, где возможно все, где нет никаких преград. Там нет полицейских, там нет законов. Ты начнешь видеть то, чего раньше не замечал: призраки и чудеса, видения и духов. Ты сделал шаг навстречу этому миру, когда убил для меня того старика. Ты знал об этом?

Филипп посмотрел на нее озадаченно, совсем не тем счастливым взором, как несколько секунд назад. Он прекрасно понимал, что Сента не высказывала какую-то там позицию, не отвечала на какой-либо вопрос. Ее расплывчатые слова можно было истолковать как угодно, они не имели никакого отношения к реальности, к правилам и ограничениям, к порядочности, нормам поведения, принятым обществом, к уважению к закону. Она хорошо говорит, думал Филипп, она высказывает мысли замечательно четко, то, о чем она говорит, не может быть чепухой. Это ощущение родилось из его собственной неспособности понять Сенту. Филипп кое-что уяснил — но не все. Это было одновременно интересно и тревожно. Он почувствовал, что, солгав (как он сам, рассказав об убийстве бродяги), очень быстро все забываешь, что-то будто стирает ложь из памяти. Филипп отдавал себе отчет в том, что если Сента не приняла бы все на веру, а простодушно спросила, что он делал ночью в прошлое воскресенье, то он ответил бы, что уехал от нее и лег дома спать. Это было бы естественно, это была бы правда.

Солнце пробивалось сквозь щели в старых ставнях, оставляя на потолке золотые полосы и ими же раскрашивая коричневое одеяло. Первое, что увидел Филипп, проснувшись поздним воскресным утром, была нить солнечного света, растянувшаяся на его руке, лежащей на покрывале. Он отдернул руку и, перевернувшись на бок, потянулся к Сенте. Сенты не было. Она ушла.

Она удивила его опять. Он сел в постели, уже охваченный страхом того, что она его бросила и он никогда не встретится с ней, как увидел на подушке записку: «Скоро вернусь. Мне нужно было уйти, это важно. Дождись меня. Сента». Почему она не написала «с любовью»? Какая разница. Она же оставила записку. Дождаться? Да он прождал бы целую вечность!.

На часах было начало двенадцатого. Просто обычно Филипп всегда недосыпал, никогда не спал больше пяти-шести часов. Неудивительно, что он так устал и заснул как убитый. Даже вроде бы окончательно проснувшись, он был еще сонный и лежал и думал о Сенте, успокоенный и счастливый, потому что сознание его, занятое Сентой, было свободно от тревог и страхов. Но что-то не давало остаться беззаботным: прокралась мысль о Черил. Вдруг чудовищность увиденного поразила Филиппа. Он испытал тогда сильное потрясение — теперь оно прошло. Он сразу же почувствовал, что нельзя это так оставить, нельзя притворяться, что ничего не видел, надо поговорить с Черил. В противном случае когда-нибудь неизбежно позвонят из полиции и сообщат, что Черил арестована по обвинению в краже. Может, лучше сначала рассказать обо всем матери?

Филипп уже не мог просто лежать на кровати. Он встал, сумел кое-как умыться в грязном углу, где был туалет и капающий, перевязанный тряпьем медный кран над ванной. Вернувшись в комнату, Филипп отворил ставни и открыл окно. Сента говорила, что держит окна запертыми, чтобы не залетали мухи. Да, как только оконная рама поддалась, большая мясная муха прожужжала мимо щеки Филиппа. Но что поделать: в комнате ведь просто невозможно дышать. Стоял погожий сияющий летний день — невероятно после такой промозглой пасмурной недели. Короткие тени на бетоне были серыми, а солнечный свет — обжигающим и ослепительно белым.

Затем произошло нечто новое, что взволновало Филиппа и принесло ему огромное удовольствие: он заметил, как Сента подходит к дому. На ней были джинсы и кроссовки — что-то из ряда вон выходящее, он же никогда не видел Сенту в брюках. Узнал бы он ее, не наклонись она к ограде и не посмотри сквозь прутья? Она просунула между ними голову, потом в тоске протянула Филиппу руку тыльной стороной ладони, будто хотела взять его руку в свою. Потом отдернула ее и спустилась по ступенькам. Внимательно вслушиваясь, Филипп различал каждый ее шаг: Сента идет по коридору, вниз по проходу, вниз по лестнице.

Вошла она неторопливо. Закрыла за собой дверь с чрезмерной осторожностью, словно в доме все спят. Филипп подумал, можно ли говорить о белокожем человеке, на щеках которого никогда не проступает румянец, что он бледен. Кожа Сенты казалась зеленовато-серебристой. Кроме джинсов и кроссовок на ней была какая-то свободная хлопковая блузка темно-красного цвета с черным кожаным поясом. Волосы под плоской вельветовой мальчишеской кепкой были заплетены или завязаны на макушке. Сента сняла кепку, бросила на кровать и встряхнула волосами. В мутном грязном зеркале Филипп видел, как она смотрит на него, как губы ее расплываются в улыбке, видел ее спину, волосы, спадающие на плечи огромным серебряным веером.

Сента протянула ему руку, он взял ее ладонь в свою и потянул к себе, к краю постели. Она откинула волосы, повернулась и приблизила свое лицо к нему, поцеловала в губы, довольно холодные для такого теплого дня.

— Где ты была, Сента?

— Ты ведь не волновался, Филипп? Прочитал мою записку?

— Конечно, да, спасибо, что оставила. Но ты так и не ответила, куда ходила, а написала только, что это очень важно.

— Да, важно. Это было очень важно. Ты не догадываешься?

Почему он сразу подумал о Черил? Почему предположил, что Сента была у сестры и сказала ей о том, о чем он предпочел бы промолчать? Филипп не ответил. Сента говорила тихо, почти касаясь губами его кожи.

— Я уезжала, чтобы сделать то же, что ты сделал для меня. Я доказала свою любовь к тебе, Филипп.

Странно, как от любого упоминания об этих поступках друг для друга ему становилось не по себе. Не просто не по себе — он чувствовал отвращение, желание сразу же отпрянуть, отдалиться. В те несколько секунд Филипп подумал: она, наверное, собирается навязать мне свою философию, но я тоже научу ее своей, пора прекратить эти фантазии.

— Правда? Тебе не нужно мне ничего доказывать.

Но Сента никогда не слышала того, чего не хотела.

— Я сделала то же, что ты. Я убила человека. Вот почему я ушла так рано. Знаешь, я специально тренировалась, чтобы вставать, когда захочу. Я проснулась в шесть Пришлось встать чуть свет, потому что ехать далеко. Филипп будет беспокоиться, подумала я, оставлю ему записку.

Несмотря на бурю растущего негодования, Филиппа тронуло это тепло и доброта и забота о нем. Он ощущал что-то удивительное, но в то же время пугающее. Сейчас Сента любит его сильнее, чем до разрыва, ее любовь неизменно крепнет. Он осторожно взял ее лицо в свои ладони, чтобы снова поцеловать, но она вырвалась.

— Нет, Филипп, ты должен меня выслушать. То, что я скажу, очень важно. Я ехала в Чигвелл — на метро, понимаешь, это же очень далеко.

— В Чигвелл?

— В общем, да. В Грэндж-Хилл, это следующая станция. Она ближе всего к дому Арнэма. Ты уже догадался, да? Я убила для тебя Джерарда Арнэма. Я убила его сегодня в восемь утра.

ГЛАВА 12

Он и вправду поверил ей, наверное, на какую-то долю секунды, но время это показалось вечностью. Филипп был потрясен, и с головой произошло что-то странное: появился гулкий звон в ушах, краснота и вращающиеся круги перед глазами. Когда разум вернулся к нему, он немного успокоился. Дурак, говорил он себе, дурак. Ты что, до сих пор не понял, что она живет в мире фантазий?

Филипп облизнул пересохшие губы, слегка встряхнулся. Сердце тяжело стучало и как будто билось о ребра. Сента, как ни странно, не замечала ни этих сотрясений, ни его попыток найти опровержение страшным словам и ухватиться за действительность, ни трещин в рассуждениях, из которых лезли наружу и ухмылялись жуткие кошмары.

— Я за ним следила. Два раза на прошлой неделе я ездила в тот дом, который ты мне показывал. Я узнала, что по будням он каждое утро ходит гулять с собакой в лес. Я подумала, что он ходит туда и по воскресеньям, но чуть позже, — так оно и оказалось. Я ждала его в лесу, спрятавшись за деревом, и увидела, как он идет с собакой.

Если какие-то сомнения в том, что все это выдумка и оставались, то последняя фраза Сенты рассеяла их полностью. Джерард Арнэм с собакой! Филипп вспомнил, как в тот роковой день мать сказала, что Джерард не любит собак, поэтому не стоит брать с собой Харди. И тогда Филипп решил задать Сенте вопрос, как полицейский, который пытается нащупать то, чего лжец, возможно, не продумал.

— С какой собакой?

— Маленькой такой, черной, — последовал незамедлительный ответ: подробности были у нее наготове. — Скотч-терьер, так они называются? Будь это большой свирепый доберман, Филипп, я, наверное, не смогла бы сделать того, что сделала. Я выбрала Арнэма потому, ну, потому что он твой враг. Ты говорил об этом, вот и я остановилась на нем.

Филипп захотел спросить, как выглядит Арнэм, но вспомнил, что было в предыдущий раз, когда он усомнился в правдивости слов Сенты, и стал думать, как сформулировать вопрос по-другому.

— Знаешь, интересно, что девушка, если встретит в лесу незнакомого мужчину, сильно испугается, — продолжала Сента, — а мужчина ничуть не боится, когда к нему подходит девушка. Я подошла, держась за глаз, сказала, что что-то в него попало, он болит и я ничего не вижу, что мне страшно. Хитро я придумала, да?

— Он ведь очень высокий, — Филипп гордился собой: он помнил подобный ход в каком-то телесериале. — Ему, должно быть, пришлось нагнуться, чтобы заглянуть тебе в глаз.

— Да, пришлось, пришлось, — Сента закивала довольно. — Он нагнулся и поднял мое лицо к свету, чтобы посмотреть, что там в глазу. — Тут Филипп улыбнулся, ведь догадка его подтвердилась: Арнэм-то не выше пяти футов росту, а то и ниже. — Он стоял ко мне так близко, как ты сейчас. Я знала, куда нанести удар. И вонзила стеклянный кинжал ему в сердце.

— Что вонзила? — переспросил Филипп, чувствуя, что его уже забавляет эта изобретательность.

— Неужели я никогда не показывала тебе свой венецианский кинжал? Он из муранского стекла, острый как бритва. Когда вонзаешь его, рукоятка отламывается и остается только след. Жертва даже не истекает кровью. У меня было два таких, но первый я использовала на что-то еще, теперь вот и второго нет. Я купила их в Венеции, когда путешествовала. Но мне жаль собаку, Филипп. Она подбежала к мертвому хозяину и заскулила. Это было ужасно.

Он никогда не был в Венеции, мало знал об этом городе и еще меньше — о муранском стекле. Пришлось сдержаться, чтобы не спросить, надела ли Сента карнавальную маску с клювом и черный плащ.

— Завтра сообщение об этом будет во всех газетах, — говорила она, — я их не часто просматриваю, но завтра обязательно куплю какую-нибудь, чтобы прочитать. Нет, не так! Я лучше поднимусь к Рите и Джейкопо и посмотрю новости по телевизору.

Но сначала она примет у них ванну. Крови скорее всего нет, но в любом случае она не чувствует себя чистой после того, что совершила. А чтобы кровь была не видна, она надела темно-красную блузку. Если пятна и есть, но, наверное, совсем мелкие: Сента тщательно осмотрела все вещи, пока ехала в поезде.

Филипп пошел за ней наверх, сначала на первый, потом на второй этаж. Раньше он никогда не был в этой части дома. Там то же безнадежное запустение, убожество и пыль. Он окинул взглядом комнату: незаправленная кровать завалена пластиковыми мешками, из которых торчит одежда. У стен громоздятся картонные коробки из-под банок с консервами. Мухи, жужжа, вьются вокруг лампочек, на которых нет абажуров. Сента пошла в ванную — там стены и потолок были ярко-зеленые, а линолеум разноцветный. Снятую одежду она бросила в кучу на пол.

Произошло непредсказуемое: Филипп обнаружил, что не испытывает к ней никакого влечения. Он смотрел на раздетую, несомненно красивую девушку — и ничего не чувствовал. Она была даже не как картина, даже не как фотография — она была так же асексуальна, как каменная Флора. Филипп закрыл глаза, потер их кулаками, снова открыл и посмотрел, как Сента погружается в воду — и опять ничего не ощутил. Лежа в ванне, Сента рассказывала, как возвращалась на метро, как сначала боялась, что за ней кто-то следит, как потом ею овладела навязчивая идея, будто где-то на одежде есть пятно, как она рассматривала свои пальцы, ногти. Филиппу стало страшно, и с этим ничего нельзя было поделать. Сента говорила о том, к чему он испытывал особенное отвращение, — о преступлении, о том, что показывают в триллерах, об омерзительном насилии.

Не в силах оставаться с ней в ванной, Филипп пошел бесцельно бродить по комнатам. Сента позвала его ласково, но так, словно ничего между ними не было, словно он обычный гость.

— Пойди посмотри на последний этаж, я там когда-то жила.

Филипп поднялся наверх. Помещения там были меньше и теснее, потолок скошен. На этаже располагались три комнаты, без ванной, но с уборной и небольшой кухней, где в углу стояла очень старая плита, а еще была ниша, в которой, возможно, когда-то помещался холодильник. Все окна закрыты, и на одном из подоконников стояла зеленая винная бутылка — та, которую видно с улицы. Из-за духоты и пыли создавалось впечатление, что окна здесь не открывали месяцами, годами. Солнце светило ярко, но казалось, что оно очень далеко: грязное стекло висело пеленой тумана между комнатой и миром снаружи. Крыши Куиннс-парка и Кенсала выглядели как выцветшие или засвеченные фотографии.

Филипп поднялся наверх не просто так. Он пришел побыть наедине с болью и страхом, но теперь отвлекся и прохаживался по этажу в каком-то изумлении. Грязь поражала, хотя к мусору в этом доме он вроде начал привыкать, запах стоял густой, где-то пахло горелой резиной, где-то — рыбой и чем-то сладким; в уборной с побуревшим унитазом вонь была резкой и кислой, как от гнилого лука. Но на этаже есть комнаты, это — жилье. Филипп по привычке обратил внимание на большие шкафы с дверями, обшитыми панелями, половицы, раковину из нержавеющей стали, карниз для занавесок и кое-что из мебели.

Сента позвала его. Спустившись, он спросил:

— Почему ты переехала в подвал?

Она засмеялась, как всегда мелодично:

— Ах, Филипп, видел бы ты свое лицо! Ты, кажется, меня осуждаешь, — Сента постаралась улыбнуться, — но мне не нравилось подниматься так высоко по лестнице. Да и что делать со всеми этими комнатами?

Она вытерлась, надела серебристое платье с серым цветком, и они отправились обедать. Доехали до Хэмпстеда и уселись в летнем кафе, где ели булочки, сыр, салат и пили игристое розовое «Ламбруско». Потом пошли гулять по парку, и Филипп тянул время, чтобы отдалить возвращение на Тарзус-стрит. Он чувствовал, что вряд ли сможет заниматься с ней любовью. Он был опустошен: то, что казалось большой любовью, пропало, исчезло. И чем больше говорила Сента — а говорила она обо всем подряд: о богах и людях, о магии, об убийствах, о том, что общество называет преступлением, о себе, о нем и об их будущем, о своем прошлом, об игре на сцене — тем хуже становилось Филиппу. Его холодная ладонь вяло лежала в ее теплой руке.

Филипп предложил пойти в кино, в «Эвримен» или «Скрин» в Бакхерст-Хилле, но Сента хотела домой. Она всегда хотела к себе. Ей нравилось сидеть взаперти под землей. Не потому ли она переехала в подвал, что наверху чувствовала себя слишком уязвимой?

Они легли рядом, и Сента заснула. Филипп вздохнул с облегчением, хотя и понимал, что оно временное. Он обнял Сенту и почувствовал, как в такт дыханию поднимается и опускается ее тело. Она живая. Но страсти в нем было не больше, чем если бы рядом лежала мраморная статуя в натуральную величину.

Теперь его очередь оставить записку. «Увидимся завтра. Спокойной ночи». Он еще не написал «с любовью», но напишет: «Со всей любовью, Филипп». Он осторожно встал, чтобы не потревожить ее сон, закрыл окно и ставни. Сента, лежащая на постели, очень красива: глаза закрыты, длинные медные ресницы покоятся на белой коже, как мотыльки, сомкнутые губы словно высечены из мрамора, с щербинками в уголках, как у Флоры. Он поцеловал ее и вздрогнул: ему показалось, что он целует смертельно больную или труп.

Перед уходом Филипп удостоверился, что ключи на месте, в кармане. Но в глухом резком звуке, с которым за ним закрылась входная дверь, он услышал что-то вроде финального аккорда. Впрочем, нет, ничего не закончилось. Все только начинается.

На самом деле Арнэм не был маленького роста. Нельзя назвать невысоким человека ростом метр шестьдесят. Это только Филиппу, который намного выше, может так казаться. Арнэму не нравились собаки, да, но теперь-то он женат. А если это собака жены? Может, его жена любит собак, и у нее еще до замужества был скотч-терьер. Если бы Арнэм женился на Кристин, они оставили бы Харди, нет никаких сомнений. Филипп думал обо всем этом по дороге домой. В гостиной он застал Фи с Дареном и Кристин. Они смотрели телевизор.

Сейчас будут новости, короткий воскресный выпуск. Филиппа уже подташнивало. Сам бы он не стал включать телевизор, он не хочет ничего знать, но теперь уже поздно, надо остаться и все выяснить. Его тревогу усиливали постоянные восклицания Дарена, который подгонял диктора, чтобы тот побыстрее все отчитал и перешел к новостям спорта. Об убийстве не сообщили, вообще ни об одном, и Филиппу полегчало. Он спросил себя, можно ли быть таким глупым и хотя бы на минуту поверить в то, что Сента кого-то убила, Сента — маленькая, хрупкая, с детскими пальчиками!

— Черил говорит, ты ухаживаешь за Стефани? — спросила Фи, закуривая. От дыма Филиппа затошнило. — Это правда?

— Это ее фантазии, — ответил он. — А ты, значит, видела Черил?

— А что в этом удивительного? Она здесь живет.

Филипп собирался поговорить о Черил с Фи. Старшая сестра — самый подходящий человек. Но не сейчас, не сегодня. Он сделал себе бутерброд с ветчиной, выпил чашку растворимого кофе и вызвался прогуляться с Харди по кварталу. Пес бежал впереди, и Филипп вернулся к мыслям об Арнэме. Вот Арнэм лежит мертвый, а его собачка скулит над остывающим телом. Беда в том, что Сента описала эту сцену слишком ярко, смакуя подробности. А он теперь думал об этом и не мог ничего с собой поделать. Кошмары поселились в его сознании. Ночью ему снились стеклянные кинжалы. Вот он в Венеции, бредет по набережной, сворачивает за угол и видит, как на какого-то мужчину набрасывается некто в плаще и в маске, замахивается кинжалом, идеально, зловеще прозрачным, вспыхивающим в лунном свете. Убийца исчезает, Филипп бросается к упавшему навзничь человеку, рука которого свисает над темной водой. Ищет рану, но там, куда вонзился нож, ничего нет — только что-то вроде царапины от кошачьих когтей. Однако мужчина мертв, и тело его быстро остывает.

Всю прошлую неделю Филипп не читал газет. Он не хотел знать, нашла ли полиция убийцу бродяги Джона Сиднея Крусифера. Стараясь вычеркнуть эту историю из памяти, он избегал всего, что могло быть связано с этим делом, любого источника, который мог раскрыть какие-то подробности. Телевизор он и так почти не смотрел с тех пор, как помирился с Сентой, а теперь еще и понял, что не поставил в машину новую магнитолу только потому, что не хотел слушать выпуски новостей.

232

РУТ РЕНДЕЛЛ

Это страусиное поведение допустимо, когда на карту поставлено что-то несущественное. Но сегодня нельзя проигнорировать газеты, необходимо узнать обо всем наверняка. По пути в Хайгейт, где «Розберри Лон» проектировала две ванные комнаты в доме одной актрисы, Филипп остановился и купил в киоске три утренние газеты. Машина стояла в неположенном месте, но ему не терпелось узнать новости как можно скорее. Нужно только быть начеку и не пропустить момент, когда покажется полицейская машина.

За воскресенье произошло два убийства, одно в Вулверхемптоне, другое в Хэно-Форест, Эссекс. Каждая из трех газет приводила подробности, но ни одна не предлагала никаких версий. Окажись убитые женщинами, в особенности молодыми, все было бы иначе. Но это были мужчины — газетам они не так интересны. Имя убитого в Хэно-Форест не называлось, указан был только его возраст — за пятьдесят. Тело нашел лесник. Ни в одной из газет не писали о причине смерти или о способе убийства.

Филипп ехал к дому Оливии Бретт — молодой актрисы, получившей феноменальную популярность благодаря роли в одном телесериале. Ее постоянно приглашали сниматься. Она была очень худая, почти тощая, с волосами, покрашенными в такой же цвет, как у Сенты, но более короткими, более тонкими и не такими блестящими. Оливия была лет на десять старше Сенты, но из-за толстого, как блин, слоя макияжа выглядела еще старше. Она спросила Филиппа, как его зовут, обращалась к нему по имени, еще говорила ему «дорогой» и попросила называть ее Олли: все ее называют именно так. О, она обожает ванные комнаты, которые делают в «Розберри Лон»: это лучше, чем все, что она видела в Беверли-Хиллз. Ей безумно нравится цвет, цвет — вот что делает жизнь стоящей. Не хочет ли он чего-нибудь выпить? Она-то не будет, она пьет только «Перье», потому что толстеет так стремительно, что скоро ей будут предлагать исключительно роли тучных бабушек.

Чувствуя, как голова идет кругом от всех этих разговоров, Филипп, отказавшись от угощения, поднялся наверх, чтобы взглянуть на те две комнаты, из которых предстояло сделать ванные. Это всего лишь предварительный осмотр, еще рано делать даже замеры. Филипп стоял в одной из них, уже используемой в качестве ванной комнаты, изучал старомодную обстановку и выглянул в окно. Внизу, раскинувшись у подножия северных холмов, лежал Лондон. Чигвелл ведь к Лондону относится, не к Эссексу? Он вспомнил, что на Центральной линии метро есть станция «Хэно». Сента упоминала лес. Она его имела в виду — Хэно-Форест? Это и есть тот перелесок около дома Арнэма?

Убитому мужчине лет примерно столько же. Сенте, такой миниатюрной, человек ростом пять футов может показаться высоким. Ну прекрати, сказал себе Филипп, прекрати. Это все ее фантазии, выдумки. С тем же успехом можно считать сон про мужчину, заколотого стеклянным кинжалом, явью. Да и где Сенте взять стеклянный кинжал? Такие вещи нельзя купить легально. Тихий голос шепнул ему: но она ведь что-то выдумывает, а что-то нет, ты же сам знаешь. Она действительно окончила театральный институт — но не Королевскую академию драматического искусства. Она действительно путешествовала — но не так много и далеко, как рассказывала.

Оливия Бретт куда-то ушла, а у лестницы Филиппа уже ждала экономка с суровым лицом — чтобы проводить, как она выразилась, «из помещения». Это не Арнэм, говорил себе Филипп, ты же знаешь, это не он, что ты нервничаешь по пустякам. Единственный выход сейчас — выбросить все из головы, забыть об этом точно так же, как о Крусифере. Не покупай вечером газету, не смотри новости. Если хочешь с этим справиться, то должен показать ей, что ее выдумкам никто не верит, что фантазировать — это несерьезно и что сам ты не будешь ничего сочинять и потакать ее фантазиям. Нельзя было допускать этого.

Но стоит вспомнить, что происходило, когда он возражал, когда старался не поддаваться: она не желала его видеть. А будет ли он огорчен, если Сента не захочет с ним встречаться? От этого чудовищного, предательского сомнения Филиппа бросило в холод. Невозможно любить кого-то так, как он любил Сенту, а потом в пять минут потерять интерес только из-за лжи и какой-то выдумки. Ведь так? Ведь так?

В тот вечер у него не было мысли не поехать на Тарзус-стрит. Двигаясь по холму Шут-Ап, он говорил себе, что теперь знает, почему плохо лгать и фантазировать:

это приносит слишком много неприятностей, страданий и боли. Он купил Сенте вина и шоколадных конфет. Это уже взятка, Филипп чувствовал это.

Проезжая по Сизария-гроув, он вдруг обеспокоился судьбой Джоли. Бродяга никогда не оставлял свой пост на такое продолжительное время. А ворота церкви снова заперты, паперть пуста. Еще неделю назад ничто не остановило бы Филиппа, когда он мчался к Сенте. Теперь все по-другому. Он абсолютно готов и даже доволен отложить встречу на полчаса и отправиться на поиски Джоли.

Джоли говорил, что часто бывает еще и на Илберт-стрит. Эта длинная улица соединяла Третью авеню с Килбурн-лейн. Филипп двигался по ней, объезжая припаркованные машины. Был душный безветренный вечер, несомненно, предвещавший теплую ночь, такую, что Джоли с удовольствием спал бы на улице с не меньшим комфортом, чем в дверном проеме или на пустыре. Из-за стоящих вплотную машин увидеть тротуар было невозможно. Филипп припарковался и пошел искать бродягу. Джоли нигде не было. Филипп свернул с центральной улицы и попал в убогий мрачный квартал. Солнце уже садилось, оставляя на дымчато-сером небе красные полосы-перья. К Филиппу опять вернулось чувство, что его судьба зависит от Джоли. А тот исчез.

Филипп вернулся на Тарзус-стрит, и желание идти к Сенте пропало окончательно. Зачем он сказал, что кого-то убил? Почему же он был таким болваном? Он ведь описывал ей убийство так поверхностно, так небрежно, только чтобы отделаться, — любой бы понял, что история выдумана от начала до конца. Нет сомнений, Сента не поверила ему. Филипп переступал порог дома медленно, будто превозмогая усталость. Совсем как несчастный муж, возвращающийся домой к галдящим детям и сварливой жене.

Лестница в подвал была напоена ароматом китайских палочек. Он зашел в комнату. Ставни заперты, лампа включена. Невыносимо душно, а еще этот подавляющий пряный запах. Сента лежала на постели ничком, обхватив голову руками. Когда Филипп вошел, она вздрогнула. Он тронул ее за плечо и позвал. Сента медленно перевернулась на спину и посмотрела на него. Ее помятое лицо, залитое ручьями слез, сморщилось от рыданий. Подушка была мокрой, то ли от слез, то ли от пота.

— Я думала, ты не придешь. Я думала, ты больше не вернешься.

— Ах, Сента, я, конечно, вернулся, конечно, пришел.

Он обнял ее, прижал к себе, как напуганного плачущего ребенка. Что с нами произошло? Что мы натворили? Мы были так счастливы. Зачем мы все испортили ложью, этими играми?

Филипп пошел в библиотеку и стал искать в телефонном справочнике, где среди прочего были номера в Чигвелле, имя Джерарда Арнэма. Не нашел. Справочник не новый, поэтому телефона Арнэма в нем, естественно, нет: он же переехал не больше полугода назад. Можно, конечно, узнать и другим способом, но тут Филипп задумался: а что сказать, если трубку возьмет не Арнэм, а кто-то другой, например жена? Не спрашивать же, жив ли ее муж.

С тех пор как Сента сказала ему, что убила Арнэма, прошло три дня. За это время она стала другой, стал другим и он. Они поменялись ролями. Теперь дистанцию держал Филипп, а плакала и льнула к нему Сента. Она говорила, что убила ради него врага, а он, вместо того чтобы испытывать благодарность, ненавидит ее за то, что она совершила. Все было именно так, за исключением того, что Филипп прекрасно знал, что Сента не убивала Арнэма, а только придумала это. Копаясь в себе, он понял причину своей неприязни: Сента гордится тем, что убила кого-то особенно жестоко. Или не в этом дело? Может, он просто не уверен в том, что Сента не убивала, и в глубине души боится, что она действительно совершила преступление?

Филипп уже знал из газет, что в убитом в Хэно-форест опознали Гарольда Майерсона, пятидесяти восьми лет, технического консультанта из Чигвелла. То, что он из Чигвелла, — чистое совпадение, вот и все. Гарольд Майерсон не Джерард Арнэм. Арнэм ведь не может жить под двумя фамилиями, да он и моложе. А помимо этого убийства на Британских островах в прошлое воскресенье произошло только одно: в Вулверхемптоне двадцатилетнего парня зарезали в драке около паба.

Филипп знал обо всем этом, потому что просмотрел в понедельник три утренние газеты и вечернюю, во вторник купил и внимательно изучил еще три. Все свидетельствовало о том, что в воскресенье Сента ничего не совершила и Арнэм наверняка жив, а Филипп повел себя глупо, вообразил бог знает что. Тот, с кем ты знаком, не может убить. Это может сделать только человек из другого мира.

Филипп старался убедить Сенту, что виной всему тревога, просил ее снова обстоятельно рассказать ему всю историю, надеясь найти какую-то зацепку, нестыковку, обнаружить расхождения с первоначальной версией.

— Когда ты была у него? Ты говорила, что по утрам ездила в Чигвелл и следила за его домом?

— Я ездила во вторник и в пятницу, Филипп.

Он давился словами, но все-таки выговорил:

— Во вторник — это на следующий день после того, как я признался, что убил Джона Крусифера. Я приезжал вечером в понедельник и рассказал, что предыдущей ночью совершил убийство.

— Правильно, — сказала Сента, — и я поняла, что пора. Как только ты сделал это, я почувствовала, что нужно готовить свой план. Я очень рано встала, спала совсем мало, поехала туда на метро и начала наблюдать за домом. Я увидела, как женщина в халате открыла дверь и взяла с порога бутылку молока. У нее крупный нос и большой рот, спутанные волосы.

Филипп вздрогнул. Он вспомнил, как в витражном окне в виде герба увидел жену Арнэма. Сента, которая сидела рядом на постели, подогнув ноги и обвив руками его шею, прижалась к нему:

— Я прекрасно себя почувствовала, увидев ее. Я подумала: эта та женщина, на которой он женился, хотя должен был жениться на матери Филиппа. Ну и поделом ей, говорила себе я, ее муж умрет, а она останется вдовой. Нехорошо уводить чужих мужчин. Если кто-то попытается отбить у меня тебя, я убью, без всяких раздумий. Я расскажу тебе один секрет, связанный с этим, но не сейчас, позже. У меня не будет от тебя тайн, Филипп, и у тебя от меня тоже — никогда.

Арнэм вышел со своей собакой в восемь. Он дошел с ней до той рощи, завел туда, а потом повел назад. Это заняло двадцать минут. Но я не уехала, а продолжила наблюдать, и через некоторое время он снова вышел из дома, в костюме, с портфелем, а она, по-прежнему в халате, провожала его. Он поцеловал ее, и она обняла его вот так.

— И ты приезжала еще в пятницу.

— Да, Филипп, я приехала в пятницу, чтобы выяснить, всегда ли он там гуляет. Я подумала, вдруг собаку иногда выводит она, Воришка. Мне нужно было как-то называть их про себя. Тебе это кажется странным? Я звала его Джерри, ее — Воришка, а собачку — Уголек, потому что она черная. Я подумала, вдруг окажется, что Уголька по воскресеньям выгуливает Воришка. Тогда я просто так сюда промотаюсь и придется вернуться в понедельник, так ведь?

Филипп почувствовал, что не вынесет рассказа об ударе кинжалом. Когда Сента уже добралась до того, как подошла к Арнэму и сказала, что ей что-то попало в глаз,

Филипп перебил и спросил, почему ей казалось, что за ней могут следить в метро.

— Все из-за старухи на платформе. Никогда в жизни я не ждала поезда так долго, а она все время на меня таращилась. Я подумала: на мне есть кровь? Но не увидела ни одной капли. Да и как можно заметить кровь, если на мне темно-красная блузка? А когда подошел поезд, я села, сняла кепку и распустила волосы. Старухи рядом не было, она ехала в другом вагоне, но вокруг стояли люди, и тогда, Филипп, я стала рассуждать: допустим, она приняла меня за парня, но окружающие могут подтвердить, что в вагоне ехала девушка, тогда все поймут, что здесь есть какая-то связь, и это покажется подозрительным. Ты не думаешь, что полиция сюда уже приехала бы? Приехала бы, да?

— Тебе не нужно бояться полиции, Сента.

— Нет, я не боюсь. Я прекрасно понимаю, что полицейские — всего лишь представители общества, правила которого ничего не значат для таких людей, как мы. Я не боюсь, но нужно быть начеку, нужно иметь алиби.

Если бы это не было так мерзко, то можно было бы усмотреть что-то комическое в том, как полиция выслеживает Сенту, такую крошечную, невинную, с большими одухотворенными глазами, мягкой чистой кожей, детскими ладонями и ступнями. Филипп обнял ее и начал целовать. Он гнал страшные мысли прочь. А может, он просто сумасшедший, на миг позволивший себе поверить этим искусным фантазиям? Тем не менее, открывая вторую бутылку вина и освобождая конфету — он купил вишню в шоколаде — от обертки из красной фольги, Филипп попросил Сенту вспомнить и рассказать поподробнее, как она следовала за Арнэмом от дома до того перелеска.

В подвале темнело быстрее, чем наверху. Здесь было еще и душно, запах пыли смешивался с ароматом масла пачули. В этот час при слабом свете большое зеркало, висящее на стене, выглядело как зеленоватая водная гладь, отражения на которой были нечеткими. На зеркале обнаружилось жирное, как будто перламутровое, полупрозрачное пятно. Кровать со смятыми коричневыми простынями, подушками и одеялом напоминала скорее холмистую местность с глубокими лощинами. Филипп остановил Сенту, когда она собралась включить лампу, и привлек к себе, скользя руками под тонкой черной юбкой, свободной марлевой блузкой. Ее кожа была гладкой и нежной, как теплый шелк. В темноте, разбавленной лишь слабым зеленоватым светом, пробивавшимся сквозь полузакрытые ставни, Филипп представлял себе Сенту такой, какой она была до всех страшных признаний, такой, как в те два раза в его постели.

Так, и только так, закрыв глаза, можно было заниматься с ней любовью. Теперь фантазировать учился он.

Посреди ночи Филипп проснулся. Вообще он заранее решил, что сегодня не поедет домой. По меньшей мере раз в неделю Филипп не ночевал дома, а как раз вчерашний вечер и ночь он провел с матерью. Но дело было в том, что у него уже появилась привычка вставать, одеваться и тихо уходить. И вот он проснулся, хотя идти никуда не нужно.

Сента спала рядом. Желтый свет уличных фонарей падал на ее лицо и делал серебристые волосы медно-золотыми. Форточка была отворена, и ставни приоткрыты. Раньше в это время наверху играла музыка и танцевали, но теперь Рита и Джейкопо куда-то уехали. Старый, понемногу ветшавший дом с замусоренными, загроможденными и захламленными комнатами на последнем этаже был пуст — только Филипп и Сента. Она дышала ровно и почти бесшумно, ее полураскрытые губы были бледны, как морская раковина.

Филипп закрыл ставни и сходил налить себе стакан воды из перевязанного медного крана. Когда он вернулся, Сента уже проснулась и сидела в постели, накинув на плечи белую шаль с бахромой. Теперь горел свет, яркий и резкий. Из-за дыр в пергаментном абажуре на потолке был пятнистый узор. Сента, должно быть, поставила лампочку помощнее, и непривычно освещенная комната предстала во всех подробностях запустения: пыль на деревянном полу, как пух, собравшаяся в серые комочки по плинтусам, паутина, темные залежи песка на карнизах, плетеный стул с вылезшими прутьями, потемневшие застарелые пятна и капли на ковре и подушках. Я должен вытащить ее отсюда, думал Филипп, так жить нельзя. Теперь, когда включили свет, пробудилась от сна и зажужжала вокруг липкого горлышка бутылки муха. Сента сказала:

— Я проснулась. Хочу тебе кое о чем рассказать. Помнишь, я говорила, что у меня есть один секрет, который я раскрою позже? Насчет того, как женщины уводят мужчин.

Филипп лег. Ему хотелось только спать. Он понимал, что до того момента, когда нужно будет проснуться, вылезти из кровати, кое-как умыться, одеться и поехать на работу, осталось всего пять часов. Но думать о какой-то ничтожной ерунде, о том, что он забыл взять чистые трусы и майку, сейчас было нелепо. И нелепо вдвойне после того, что заявила Сента:

— Ты же знаешь, Филипп, что ты у меня не первый, да? Как жаль, что я не сохранила себя для тебя, но прошлого не воротишь. Даже Бог не может изменить ход истории — ты знаешь об этом? Даже Бог. Я была влюблена в одного человека, по крайней мере, мне так казалось. Теперь я понимаю, что на самом деле не любила его, сейчас-то я знаю, что такое любовь на самом деле...

Этот человек — нет, в общем-то, мальчик, еще мальчик... Появилась девчонка, которая собиралась отбить его у меня, и на какое-то время ей это удалось. Он, может, и вернулся бы в конце концов, но я не приняла бы его. Нет, после нее — нет. И знаешь, Филипп, что я сделала? Я убила ее. Это моя первая жертва. Я потратила на нее свой первый кинжал из муранского стекла.

Она сумасшедшая? Или издевается? Что же у нее в голове, если ей так нужно выдумывать подобные сказки?! Чего она добивается?

— Сента, выключи свет, — сказал он. — Мне нужно поспать.

ГЛАВА 13

На лестнице пахло тухлыми яйцами. Значит, Кристин начала утро с химической завивки. Филипп где-то читал, что обоняние у собак в миллионы раз тоньше, чем у людей. Если вонь так бьет ему в нос, то страшно подумать, что же чувствует Харди. Пес лежал на площадке у лестницы и слабо завилял хвостом, когда Филипп прошел в ванную. Каждый раз, видя Харди, он вспоминал о собаке, которая, как утверждала Сента, была у Арнэма и которую она звала Угольком.

Филипп чувствовал переутомление. Будь у него возможность, он вернулся бы в постель и проспал еще сутки. «СБП», как говаривал его отец. «Слава богу, пятница!» Черил уже побывала в ванной и вытерлась не только своим, но и его полотенцем. Филипп мысленно вернулся к тому вечеру, когда увидел, как сестра что-то крадет на Голдерс-грин. А он ведь так и не предпринял никаких действий. Его голова занята только Сентой. Сентой, которая преследовала и изматывала его.

Прошлой ночью он почти решил не ехать на Тарзус-стрит, но в конце концов поехал. Филипп представил себе состояние Сенты, вспомнив, каково ему было, когда она его бросила. Он не мог выдержать ее слез, страданий.

Подвальная комната его угнетала, и он вывел Сенту на улицу, надеясь поцеловать ее и оставить, чтобы она вернулась к себе одна. Но начались рыдания и мольбы, и он пошел с ней в дом, и выслушал все, о чем она рассказывала. А она твердила об этих Аресе и Афродите, о том, что они с Филиппом избранные, о могуществе и том, что не нужно жить по законам, созданным людьми. Любовью они не занимались.

Теперь, оставшись наедине с собой, он опять задался вопросом, что же дальше. Нужно освободиться от навязчивых идей, приводящих в ужас: собака, кинжал, станция метро. Надо разогнать их и начать думать об их с Сентой будущем. Но есть ли оно? Филиппа больно кольнула мысль, что он так и не рассказал матери и остальным членам семьи о Сенте, как собирался. Пока она не испортила их отношения ложью об убийстве, он ощущал крайнюю необходимость с кем-то поделиться своим счастьем, мечтал, чтобы другие о нем узнали, хотел, чтобы его любовь стала открытой, а намерения — очевидными.

Филипп пошел вниз. Весь дом насквозь пропах теми зловонными веществами, которые использовала Кристин, хотя дверь на кухню была закрыта. Кто может себе представить, что в такой обстановке можно завтракать. Он открыл дверь, поздоровался с пожилой женщиной, чьи белоснежные волосы Кристин накручивала на синие пластмассовые бигуди.

— Я знаю, что это не самый приятный запах, но я уйду через десять минут.

— И я тоже, — отозвался Филипп.

Банка с кофе оказалась спрятанной среди огромных флаконов лака для волос и тюбиков распрямляющего волосы геля. Зачем ей этот гель? У нее же нет ни одной чернокожей клиентки. Гель произведен — Филипп, разумеется, заметил — компанией «Уголек». Старушка, болтавшая без умолку с того момента, как он вошел, теперь рассказывала историю о том, как ее внучка ездила по обмену во Францию и жила в семье, где никто не говорил. Ни отец, ни мать не разговаривали. Едва ли стоит упоминать, что бабушка с дедушкой тоже не могли говорить, и даже дети могли выдавить из себя лишь несколько слов.

— Они тоже были немые, эти бедняжки? — спросила Кристин.

— Нет, они не немые, Кристин, я же не сказала, что они немые, я сказала, что они не говорят.

Филипп, которому еще полчаса назад казалось, что он никогда больше не засмеется, давился от смеха над чашкой обжигающего «Нескафе»:

— Имеется в виду, что они не говорили по-английски, мам. Ну возьми же себя в руки, ну ты что.

Кристин захихикала. Она так прелестна, когда смеется! Филипп подумал об Арнэме и понял, почему тот был очарован ею. Он допил кофе, попрощался и вышел из дома. Воспоминания об Арнэме снова погрузили его в пучину тревог и сомнений. Он почти не замечал ни солнца, ни аромата цветущих садов, избавившего его от серной вони. Он сел в свой «опель» и, управляя им машинально, тронулся. Сначала ему надо заехать в главный офис, а это предвещает стояние в еле движущемся хвосте автомобилей, сползающих к Лондону с холмов.

Как можно утверждать, что твои знакомые не убивают? Ведь все убийцы являются самыми обыкновенными людьми, пока не совершат преступление. Они не все бандиты или маньяки. А если кто-то и такой, то его сумасшествие или пренебрежение законами общества прячется под маской нормального человека. В общении они такие же, как и все остальные.

Сколько раз он читал в книгах или газетах о женах и подругах убийц, которые заверяли, что понятия не имели, каким их близкий человек был на самом деле, что им и в страшном сне не приснилось бы, что в их отсутствие он может совершить подобное. Но Сента такая миниатюрная, добрая, совсем как ребенок. Порой, если это не было время лекций о могуществе и волшебстве, она разговаривала как семилетняя или восьмилетняя девочка. Ее ладонь помещается в его ладони! Филипп представил себе, как Сента подходит к мужчине, всхлипывая от боли и страха, поднимает к нему лицо и просит его посмотреть, что у нее с глазом. Эта картину он видел, стоило только прикрыть веки. Когда он разворачивал газету, этот образ проступал сквозь фотографии и колонки текста. Он вспоминал, как Сента пришла в свою комнату в кепке и красной блузке, и теперь ему казалось, что он видел на этой блузке пятна. Несомненно, на плече было пятно крови.

Мужчина доброжелательно наклоняет голову и смотрит, что у нее в глазу. Возможно, просит разрешения прикоснуться к ее лицу, чтобы оттянуть нижнее веко. Как только он приближается, чтобы вынуть песчинку или ресничку, она выхватывает стеклянный кинжал и вонзает со всей своей детской силой ему в сердце...

Кричал ли он? Или только простонал, согнулся, колени его ослабели и он, прежде чем упасть, в последний раз посмотрел на нее в ужасном недоумении, с мучительным вопросом в глазах? Кровь забила струей, забрызгала ей плечо. А потом собачка, маленький черненький скотч-терьер, подбежала и стала лаять, потом лай перешел в вой.

Хватит, хватит, говорил себе Филипп, как всегда тщетно пытаясь остановиться, если фантазия уводила в этом направлении. Гарольд Майерсон — вот как его звали, Гарольд Майерсон. Ему было пятьдесят восемь лет. Он из Чигвелла, но это совпадение. Тысячи людей живут в Чигвелле. Филипп подумал, можно ли пойти в полицию и разузнать о Гарольде Майерсоне. К примеру, где он жил, его точный адрес. В газетах об этом никогда не пишут. Но такой визит в полицию и подобные расспросы покажутся странными. Они захотят узнать, почему он спрашивает. Запишут его имя, его запомнят. И это может привести полицию к Сенте.

Ты ведь и в самом деле веришь, что она его убила, сказал внутренний голос. В самом деле. Ты просто не способен посмотреть правде в глаза. Убийце не обязательно быть большим, сильным и крепким. Убийца может быть маленьким и хрупким, дети тоже убивают. Например, какое-то из боевых искусств учит нападающего извлекать преимущество из собственной слабости, чтобы воспользоваться силой жертвы. Когда к человеку обращаются, показывая рану, когда просят о помощи, доброта и жалость притупляют его осторожность.

И тут обнаружилось еще кое-что, что прежде не приходило Филиппу в голову. А если Джерарда Арнэма вообще звали не так? Движение замерло, зажегся красный. Что, если на самом деле он был Гарольдом Майерсоном, а матери назвал выдуманное имя, чтобы потом, когда понадобится, было легче от нее уйти? Беспринципные люди могут так поступить, а Арнэм как раз беспринципный, он обманывал Кристин, говоря, сколько пробудет в Америке, а потом бросил ее.

Чем дальше Филипп обдумывал эту версию, тем больше в нее верил. В конце концов, он ведь никогда не проверял, истинное ли это имя — Арнэм. Он не нашел Арнэма в телефонном справочнике, он никогда не слышал, чтобы кто-то, кроме матери, звал его так. Филиппу стало нехорошо. Он захотел было выскочить из машины, бросить ее, как есть, на середине Эджвер-роуд и убежать. Но куда? Нет такого места, куда можно уйти и не вернуться. Некуда спрятаться от Сенты, невозможно от нее отделиться.

Арнэму может быть пятьдесят восемь. Некоторые люди выглядят моложе своих лет. А то, что Арнэм сказал Кристин, что ему пятьдесят один, еще ни о чем не говорит. Ни для кого не секрет, что он лгал ей. Он же солгал, пообещав, что позвонит по возвращении из Америки. Миниатюрной Сенте человек ростом пять футов покажется высоким. Он, Филипп, в котором больше шести футов, возвышался над ней. А собака? Он уже об этом думал: собака принадлежит миссис Арнэм, миссис Майерсон.

Это Уголек, пес Воришки.

Рой снова был в хорошем настроении. Видимо, потому, что Оливия Бретт дважды звонила и спрашивала Филиппа.

— И не по имени, заметь, — говорил Рой. — «Позовите, пожалуйста, того ужасно милого и аппетитного мальчика со светлыми вьющимися волосами» — вот как она сказала. О, возьми меня, глупыш, как мне повезло!

— Что ей нужно?

— Ты меня спрашиваешь? В твоем возрасте сам должен знать. Полагаю, она тебе покажет, если ты заскочишь к ней в Хайгейт, когда солнышко скроется.

Филипп терпеливо повторил вопрос:

— Что, она сказала, ей нужно?

— В двух словах: можешь ли ты приехать посмотреть, как будет продвигаться дело, когда рабочие начнут ремонт. Не я, не какой-то другой парень, менее приятный на вид, а именно ты — вот что имела в виду эта милашка.

Филипп редко вливался в толпу, наводнявшую во время обеденного перерыва пабы и кафе в этой части старого Лондона. Как правило, по пути к очередному заказчику он останавливался перекусить где-нибудь на окраине. Но сегодня он не позавтракал и был очень голоден. Прежде чем отправиться в Кройдон, а это путь неблизкий, нужно основательно подкрепиться. Пара гамбургеров или сосиски с жареной картошкой. Филипп должен отвезти в Кройдон две вешалки для полотенец в картонных коробках, взамен сломанных. Что ж, их можно взять с собой и положить в багажник.

В этом районе были только офисные здания. Проезды и узкие улицы вели к автомобильным стоянкам и складским помещениям. Только одна старая улочка сохранила свой изначальный облик: ряд домов, реликт георгианской эпохи, с тремя магазинчиками, пристроенными в конце. Сами магазины не старомодные; это были скорее современные ловушки для туристов, которые, вероятно, могут пройти мимо, идя на станцию «Бейкер-стрит». Вернувшись с парковки и направляясь в кафе, где, как ему казалось, уже нет страшного наплыва обедающих, Филипп вышел из одного такого проезда через арку на старую улицу, которая будто нигде не начиналась и нигде не заканчивалась.

Он часто ходил этой дорогой, но никогда даже взгляда не бросал на магазины и не сказал бы, что там за товары в витринах. Но теперь его внимание привлекло поблескивание красного и синего стекла, и он задержался, чтобы взглянуть на фужеры, кувшины и вазы, расставленные на полках.

В основном это было венецианское стекло. На переднем плане он увидел стеклянные серьги, ожерелья из стеклянных бусинок, за ними стояли стеклянные животные: скачущие лошади, танцующие собаки и кошки с длинными шеями. Но вглядываться пристально, почти скептически Филиппа заставил — а он, наверное, даже не осознал, что заметил этот предмет сразу, — стеклянный кинжал.

Он стоял в левой части витрины, его держали (в целях безопасности, или, возможно, потому, что этого требовал закон, или просто на всякий случай) в футляре, правда, не стеклянном, а пластиковом, но пластик этот напоминал стекло. Кинжал был полупрозрачный, немного матовый. Лезвие длиной в десять дюймов, крестовина рукоятки шириной в три дюйма. Филипп не мог оторвать от кинжала взгляд, поначалу не веря своим глазам, а потом чувствуя болезненное узнавание. Еще пять дней назад он и думать не думал о существовании кинжалов из стекла, потом, узнав об этом, каждый день слушал рассказы о них, и теперь вот увидел в витрине магазина. Такое возможно?

Так иногда наткнешься в газете на слово, которого раньше не встречал, думал Филипп, и в тот же день кто-то в разговоре его произнесет, и ты увидишь его в какой-нибудь книге. Такие вещи нельзя объяснить рационально. Не может быть, чтобы ты раньше видел это слово много раз (или очень давно пассивно знал о стеклянных кинжалах) и всего лишь какое-то эмоциональное напряжение внезапно направило твое внимание на него. Сюда вовлечено что-то непостижимое, какая-то сила, пока еще не охваченная человеческим знанием. Так это объяснила бы Сента, и кто смог бы оспорить ее правоту? Хуже совпадения для Филиппа было открытие, что стеклянные кинжалы существуют на самом деле. Сента не солгала. Она не выдумала, что ее мать исландка, которая умерла при родах, она не выдумала, что училась на актрису. Да поймал ли он ее на лжи хоть раз?

Мысль о том, что ложь Сенты, возможно, существует только в его воображении, была слишком страшна, чтобы на ней останавливаться. Филипп заглянул в магазин. К нему подошла девушка и спросила, чем может помочь. Она говорила с легким акцентом, не исключено, что итальянским.

— Тот стеклянный кинжал в витрине, — начал Филипп, — откуда он?

— С острова Мурано. Это венецианское стекло. Все стекло у нас венецианское, с Мурано.

Сента упоминала это название. Он как раз пытался его вспомнить.

— Он ведь очень опасный, не так ли?

Филипп не хотел, чтобы его слова звучали как упрек, но девушка сразу же начала оправдываться:

— Им нельзя пораниться. Он совершенно — как вы это называете? — тупой. Стекло гладкое — пойдемте, я покажу.

В ящике лежали десятки таких вещиц, все в плексигласовых футлярах. Филипп сделал усилие, чтобы заставить себя прикоснуться к одному кинжалу, и почувствовал, как над его верхней губой выступил пот, едва палец дотронулся до края лезвия. Да, кинжал тупой. На кончике ножа висела маленькая капля или пузырек из стекла.

— Зачем нужен нож, — спросил Филипп так, будто никого рядом нет и он разговаривает с самим собой, — который совсем не режет?

Девушка пожала плечами. Она ничего не ответила, просто бросила на него взгляд, уже неодобрительный и напряженный. Филипп не поинтересовался, сколько стоит кинжал, а вернул коробочку девушке и ушел. Ответ на его вопрос был достаточно прост: стекло можно заточить, это не труднее, чем заточить металл. В этот момент Филиппу показалось, что он начинает понимать, как Ссита сочетает ложь с правдой. Она, может, и купила кинжалы, но не в Венеции. Продают же их здесь, в Лондоне.

Он практически вслепую свернул со старой улицы. Здесь не ходил ни один автобус, не было магазинов, только задворки офисных зданий. Напротив почти глухой бетонной стены высотой в четыре этажа находилась стоянка, на воротах которой висело предупреждение: только для автомобилей работников компании, занимающей это здание.

Только что туда свернула машина, черный «ягуар». Филипп обратил на него внимание и отвлекся от тягостных, ужасных мыслей.

В изумлении он смотрел, как машина заезжает на одно из свободных мест и там паркуется. Дверь открылась, и водитель вышел.

Это был Джерард Арнэм.

ГЛАВА 14

Раньше Филипп колебался: то он не желал Арнэма видеть, то хотел с ним встретиться и все высказать, но в конце концов стал равнодушен к этой истории и переживания угасли. Филипп давно осознал, что всякий раз, приезжая в офис, может столкнуться с Арнэмом, поэтому (а не только из-за скопления народа) и старался не обедать в местных кафе. Теперь же трудно было представить себе человека, увидеть которого он хотел бы больше. Эта встреча стала для него почти так же желанна, как воссоединение с любимой после долгой разлуки. Филипп с трудом сдержался, чтобы не крикнуть Арнэму «здравствуйте», как только тот вышел со стоянки.

Арнэм, заметивший Филиппа секундой позже, остановился на противоположной стороне улицы, будто растерявшись. Вероятно, он почувствовал восторг Филиппа, потому что улыбка на его лице, сначала слабая, становилась все шире. Подняв руку в знак приветствия, Арнэм пропустил несколько машин и устремился на другую сторону.

Филипп двинулся ему навстречу, протягивая руку:
— Как поживаете? Рад вас видеть.

РУТ РЕНДЕЛЛ

Эйфория прошла, и Филипп подумал, как Арнэм, должно быть, изумлен этим преувеличенным радушием. В конце концов он видел Филиппа лишь однажды, принял его и сестер не слишком тепло и бессердечно бросил его мать. Но, может, он почувствовал облегчение (как хорошо, что Филипп забыл старые обиды) или просто принял его за человека равнодушного. Что бы там ни было, Арнэм не показал своих чувств. Он сердечно пожал Филиппу руку и спросил, как дела.

— Я понятия не имел, что вы здесь рядом работаете.

— Я и не работал, когда мы виделись, — ответил Филипп, — я тогда еще стажировался.

— Как же это мы раньше не столкнулись?

Филипп объяснил, что нечасто приезжает в главный офис, но не сказал,.что знает, где работает Арнэм. Арнэм спросил осторожно:

— Как мама?

— Хорошо. Прекрасно, — почему бы слегка не приврать? Пусть он и рад видеть Арнэма, но все же не стоит забывать, что перед ним человек, который обманул его мать: спал с ней — теперь Филипп мог думать об этом спокойно — и бросил ее. — У нее свое дело, довольно прибыльное, — продолжил он, — и мужчина, который ее очень любит.

Померещилось или Арнэм действительно слегка расстроился?

— Фи, моя сестра, вышла замуж, — произнеся эти слова, Филипп как будто увидел Сенту в наряде подружки невесты, ее серебряные волосы, распущенные по терракотовому атласному платью. Волна любви, поднявшаяся в нем, заглушила то, что он собирался сказать.

Арнэм, видимо, ничего не заметил.

— У вас есть немного времени? Может, выпьем? Тут, прямо за углом есть один паб, куда я иногда хожу.

Если бы не предстоящая поездка, Филипп, возможно, согласился бы. Но, с другой стороны, ему не особенно хотелось провести время с Арнэмом. Этот человек исполнил свою миссию: доказал, что жив-здоров, и это принесло Филиппу такой неземной покой, какого, возможно, больше никогда не будет.

— К сожалению, я спешу, — странно, как внезапно исчез аппетит: он давился бы едой, его тошнило бы от спиртного. — Дело в том, что я уже опаздываю.

— Ну, тогда в другой раз, — Арнэм, похоже, был огорчен. Какое-то время он размышлял, а потом произнес почти робко: — Ничего... ничего, если я как-нибудь позвоню вашей матери? Только в память о прошлом.

— Она до сих пор живет там же, — ответил Филипп довольно холодно.

— Да, у меня есть номер. Я, разумеется, переехал.

Филипп не сказал, что знает и об этом.

— Позвоните ей, если хотите. Ее часто не бывает дома, но, может, застанете, — Филиппу захотелось бегать, танцевать и кричать о своей радости небесам, всему миру. Он мог бы схватить Арнэма и начать с ним вальсировать, как Рита и Джейкопо, напевая от счастья все эти «тра-ля-ля» из «Веселой вдовы» и «Венского леса». Но он просто протянул Арнэму руку и попрощался.

— До свидания, Филипп, был очень рад увидеться с вами.

Филипп сдерживался, чтобы не побежать, замаршировать, как солдат со знаменем или трубач впереди отряда, и чувствовал, как Арнэм стоит на тротуаре и провожает долгим печальным взглядом его веселую удаляющуюся фигуру. На углу улицы он обернулся, чтобы помахать Арнэму рукой, но того уже не было.

Филипп сел в машину и отправился на станцию техобслуживания, где занимались машинами «Розберри Лон», чтобы поставить себе новую магнитолу.

Для полного счастья ему надо обнаружить на Тарзусстрит Джоли, сидящего в своей тележке с добычей из мусорного мешка и чавкающего. Филипп не сомневался, что встретит старика, и даже приготовил пятифунтовую банкноту. Было еще светло как днем, и, едва свернув с Сизария-гроув, он моментально понял, что Джоли нет. Несмотря на желание, даже необходимость увидеть Сенту, на то, что весь день ему казалось, что свидание с ней нельзя отложить ни на секунду, Филипп припарковал машину и пешком вернулся назад, чтобы поискать бродягу около церкви.

Ворота не заперты, дверь церкви приоткрыта. Филипп обошел заднюю стену, у которой росла трава, чахлая из-за постоянного отсутствия света, прошел между наполовину вросшими в землю могильными плитами, покрытыми мхом, под густой тенью падуба и двух крупных косматых кипарисов. Здесь пахло плесенью, как будто сырыми несвежими грибами. Человек с богатым воображением легко представил бы, что это запах мертвых. Филипп слышал, как в церкви уныло играют на органе. Нигде не было ни Джоли, ни даже смятых клочков бумаги или пары обглоданных костей — обычных следов его присутствия в каком-либо углу.

Филипп зашел в церковь — внутри тоже никого, кроме органиста, которого, впрочем, все равно не видно. Окна были из цветного стекла, более темного и толстого, чем в том венецианском магазине, свет давала только одна электрическая лампочка в апсиде. Стоял теплый летний вечер, но здесь было ужасно холодно. С чувством огромного облегчения Филипп вышел на улицу, увидел мягкий, подернутой дымкой солнечный свет. Приближаясь к дому, он заметил, как по ступенькам спускается Рита, одетая очень эффектно. На ней было короткое платье из травчатого шелка, белые кружевные чулки и алые туфли на высоком каблуке. Следом вышел Джейкопо и хлопнул дверью. Он взял Риту под руку, и они ушли. А ночью, подумал Филипп, они вернутся и начнут вальсировать под «Жизнь в розовом цвете» или танцевать танго «Ревность». Неважно. Ему все равно, пусть наверху будет хоть бал для двухсот человек.

Филипп вошел в дом и побежал по лестнице в подвал. Как уже бывало (и его всякий раз это восхищало), Сента открыла дверь прежде, чем его ключ повернулся в замке. Она надела что-то совсем новое — ну, или новое для него. Это было длинное, почти до щиколоток, платье из блестящей полупрозрачной плиссированной ткани цвета морской волны с серебристо-зелеными бусинками. Тонкий скользящий материал облегал грудь, струился по телу, как медленно падающая вода, капая по бокам и поглаживая бедра ласковыми волнами. Ее блестящие серебряные волосы казались иголками, лезвием ножа. Сента приблизила губы, обхватила руками шею Филиппа. Ее язык стремительно нырнул в его рот, как теплая рыбешка, и удалился с нежной неспешностью. Филипп задыхался от наслаждения, от счастья.

Как она поняла, что не стоит ничего говорить, что нужно оставить слова на потом? Как она узнала о землетрясении, случившемся в нем, о той невероятной перемене в его чувствах и мыслях? Под ее зеленым платьем было голое тело. Сента сняла свой наряд через голову и осторожно потянула Филиппа в постель. Сквозь приоткрытые ставни пробивался слепящий свет. Палочки с ароматом корицы и кардамона тлели в блюдце. Почему ему раньше казалось, что он ненавидит эту комнату и замечает ее запустение?

Филипп понял, что привязан к этому жилищу, что это его дом.

— В таком случае переезжай жить ко мне, — предложила она.

— Я думал об этом, Сента. Ты говорила как-то, что жила в квартире наверху.

Она уселась, обхватив колени, и задумалась, словно что-то высчитывала. Будь на ее месте другая девушка, скажем, Дженни, Филипп подумал бы, что она считает налоги, плату за коммунальные услуги и прокат мебели, но на Сенту это так не похоже.

— Я понимаю, там беспорядок, — начал он, — но мы могли бы все убрать, покрасить стены. Можно принести какую-нибудь мебель.

— Разве тебе здесь, внизу, плохо, Филипп?

— Вообще-то, эта комната слишком маленькая. Тебе не кажется, что довольно глупо пытаться уместиться здесь вдвоем, когда квартира наверху пустует? Или ты думаешь, что это не понравится Рите?

Сента отмахнулась:

— Рита не будет против, — а потом, как будто не решаясь продолжить: — Дело в том, что мне здесь нравится. — На ее робком детском лице появилась застенчивость, и она проговорила тихо: — Сейчас я тебе кое о чем расскажу.

Филипп почувствовал, что нервы моментально напряглись, потому что он заранее приготовился услышать очередную ложь или абсурдное признание. Сента придвинулась ближе, схватила его за руку и прижалась лицом к его плечу.

— Филипп, я действительно немного страдаю агорафобией. Ты знаешь, что это такое?

— Конечно знаю, — его раздражало, как она иногда обращалась к нему, будто он абсолютный невежда.

— Не злись. Ты не должен никогда на меня злиться. Вот почему я редко куда-либо хожу, понимаешь? Вот почему мне нравиться жить под землей. Психиатры говорят, что агорафобия сопровождается шизофренией, — тебе известно об этом?

Филипп попробовал ответить несерьезно:

— Надеюсь, мы всю жизнь будем вместе, Сента, и могу тебе сказать: я не собираюсь пятьдесят лет прожить в норе. Я не кролик.

Шутка вышла не слишком веселая, но рассмешила Сенту. Она откликнулась:

— Я подумаю насчет квартиры, спрошу у Риты. Этого будет достаточно?

Более чем. Все сразу наладилось. Филипп изумлялся тому, как вчера и сегодня все могло быть прискорбно и ужасно, а встреча и разговор с едва знакомым человеком вернули былое счастье. Это даже любопытно. Он прижал к себе Сенту и поцеловал:

— Мне хочется, чтобы теперь все знали о нас.

— Разумеется, ты можешь всем сообщить, Филипп. Уже пора.

Как только Филипп оказался наедине с матерью, он рассказал ей о Сенте.

— Вот и славно, дорогой, — ответила она.

Какой реакции он ждал? Филипп размышлял над этим, пока Кристин возилась на кухне, занимаясь ужином. По правде сказать, он считал, что Сента так прекрасна, так удивительна, так не похожа ни на какую другую девушку, и потому ожидал сначала увидеть восхищение, а потом услышать изумленное поздравление. Кристин приняла эту новость, не отрываясь от собственных мыслей, в которые была погружена, как будто он сказал, что встречается с какой-нибудь обыкновенной девушкой. Мать, вероятно, воодушевилась бы больше, если бы он сказал, что снова сблизился с Дженни. Сомневаясь, все ли поняла Кристин, Филипп спросил:

— Ты ведь понимаешь, о ком я говорю? О Сенте, которая на свадьбе Фи была одной из подружек невесты.

— Да, Филипп, это дочь Тома. Я же сказала, что это славно. Раз вы любите друг друга, то это, по-моему, очень славно.

— Тома? — воскликнул он. Как мать может говорить о Сенте так, словно отец — это самое примечательное в ней?!

— Тома Пелхэма, другого брата Ирэн, того, чья бывшая жена танцует и живет с молодым мальчиком.

Что она имела в виду — «другой» брат? Он не стал уточнять.

— Верно. У Сенты квартира в ее доме.

«Квартира» — громко сказано, подумал Филипп, но через месяц-два это может оказаться правдой. Рассказать ли матери о том, как он встретил Арнэма?

Нет, это ее только расстроит. Где-нибудь среди других памятных вещиц, Филипп был уверен, она по-прежнему бережно хранит ту открытку с видом Белого дома. И Арнэм, конечно, не позвонит: его остановит известие о том, что в жизни Кристин появился другой мужчина. Теперь, когда ликование прошло, Филипп задумался, не спугнул ли он счастье матери, выдумав того другого мужчину. Впрочем, Арнэм женат. Или, по крайней мере, живет с какой-то женщиной. Так что поздно.

Они сели за стол. На поднос Кристин выложила одно из своих фирменных блюд — тосты и омлет с тунцом и карри.

Филиппу не хотелось думать о будущем, о том, как матери предстоит жить одной, без кого-либо, кроме призрачной, изредка мелькающей Черил. Но рано или поздно придется об этом задуматься.

— Я заскочу на пару часов к Одри, — Кристин надела хлопчатобумажное платье с цветами, наверняка из каких-то старых летних вещей, но Филипп не припоминал его. — Какой славный вечер!

Она лучезарно улыбнулась. Она выглядела радостной. Именно простодушие и необремененность знаниями делают ее такой солнечной, подумал Филипп. Ему придется до конца жизни поддерживать Кристин материально, морально, общаться с ней. Мир за окном не для нее, даже такое его проявление, как работа в парикмахерской, погубит мать. Отец оберегал ее, как будто держал под большим широким крылом, а Кристин, как оперившийся птенец, смотрела по сторонам с удивлением и восторгом. Филипп иногда не мог себе представить, что мать в состоянии справиться с самыми обычными делами — например, заплатить за проезд в автобусе.

Когда Черил вошла в дом, она, должно быть, столкнулась с Кристин. Филипп удивился бы, загляни сестра в гостиную. Она и не заглянула. Он слышал, что Черил еле волочит ноги, поднимаясь наверх. Больше недели прошло с того момента, когда он в последний раз перекинулся с ней парой слов. Любые новости о нем, о его будущем сестре безразличны, Филипп понимал это.

Он слышал над головой шаги Черил, расхаживающей по материнской спальне. Он слышал, как скрипнула дверца шкафа. Филипп уже перестал беспокоиться за сестру и теперь постепенно осознавал, что воспринимает ее только как дополнительную обузу: помощи матери от нее ждать бессмысленно. Чуть приоткрыв дверь в гостиной, Филипп слушал, как Черил спускается по лестнице. Он понял, что ей все равно, слышит брат шаги или нет, знает ли что-нибудь. Только круглый дурак не понял бы, что Черил ходила в спальню матери, чтобы взять хоть какие-то деньги, спрятанные там: украсть из сумочки, из кармана на молнии, чаевые или открыть фарфорового медвежонка с откидной головой, в котором всегда лежат десяти- и двадцатипенсовые монеты.

Хлопнула входная дверь. Филипп подождал несколько минут, чтобы сестра ушла, и поехал к Сенте.

— Я не верю, — говорила Фи, — ты шутишь, — она была так потрясена, что прикурила одну сигарету от другой.

— Фи, он морочит нам голову, — сказал Дарен.

Филипп был поражен. Он-то предполагал, что его признание вызовет восторженное ликование. Сента — кузина Дарена, она была подружкой невесты на свадьбе у Фи. Естественно ожидать, что все очень обрадуются принять в свой тесный круг члена большой семьи Дарена.

— Вы меня постоянно поддразнивали по поводу Сенты, — сказал Филипп, — вы наверняка поняли, как я к ней отношусь.

Дарен засмеялся. Он, как обычно, сидел в кресле перед телевизором. Фи раздраженно бросила ему:

— Что смешного?

— Потом скажу.

Эти слова прозвучали так резко, что повисла неловкая пауза. Фи положения не исправила:

— Ты хочешь сказать, что все время, пока мы вроде бы острили на тему, как тебе нравится Сента, спрашивали, не дать ли тебе ее номер и прочее, — все это время ты на самом деле с ней встречался?

— Да, но тогда она не хотела, чтобы другие узнали.

— Знаешь, должна тебе признаться, я действительно думаю, что это самое настоящее двуличие, Филипп. Извини, но я так считаю. Полной идиоткой себя чувствуешь, когда так обманывают.

— Прости, я не думал, что ты это так воспримешь.

— Полагаю, сейчас не время устраивать скандал. Слишком поздно. А теперь ты заявляешь, что она сейчас приедет сюда, чтобы с нами повидаться?

Филипп уже пожалел, что взялся устроить эту встречу.

— Мы решили, что будет лучше, если я сначала все скажу вам, а через полчаса она подъедет. Она ведь должна быть твоей подругой, она же двоюродная сестра Дарена.

Дарен, уже прекративший смеяться, поднял вверх руку и щелкнул толстыми пальцами:

— Можно немного помолчать, пока бильярд показывают?

Брат и сестра втиснулись в кухню размером со шкаф.

— Вы помолвлены или как?

— Не совсем, но будем, — Филипп подумал: я сделаю ей предложение, официальное предложение, могу даже встать на колени. И продолжил важно: — И дадим объявление в газете. В «Таймс».

— В нашей семье никто никогда не вытворял такой снобистской чепухи. Это показуха. Она будет что-нибудь есть? А пить? У нас тут нет ничего.

— Я привез бутылку шампанского.

Фи, стоявшая очень близко, посмотрела на брата не то раздраженно, не то с озорным умыслом:

— Ты совсем потерял голову, раз ведешь себя так. Почему ты раньше не рассказал?

— Шампанское в машине, я пойду заберу его.

Эти редкие несколько минут наедине с Фи надо было использовать, чтобы сообщить ей о Черил. Но момент был совершенно неподходящий. Филипп представил, как Фи резко говорит ему, что ей кажется, что он просто сваливает на нее свои проблемы, а сам просто собрался уехать и жениться. Но Фи порывисто обняла брата, прижалась к нему щекой и шепнула:

— Ну что ж, тебя можно поздравить, правильно?

Вынимая из машины шампанское, Филипп поднял голову и увидел Сенту. Она тоже несла, прижав к груди, бутылку вина. Он встретил ее на улице впервые. В том, чтобы подойти и поцеловать ее на людях, было особое наслаждение, от этого захватывало дух. Не то чтобы кто-то смотрел на них, но просто они стояли обнявшись у всех на виду, а между ними, как пояса верности, были две тяжелые холодные стеклянные бутылки.

Сента была в черном. От этого ее кожа казалась белой, как морская раковина, а волосы приобрели зеркальный стальной блеск. Такого же цвета у нее был лак и в тон ему серебряные тени. Сента без труда поднималась по лестнице на шпильках. Она шла впереди, но, несмотря на высоту ступенек, все равно была на голову ниже, и Филипп смотрел на ее макушку. Рыжие корни волос светились чем-то розовым, и на него нахлынула волна нежности к ее странным манерам и безобидному тщеславию.

Филипп ощутил и кое-что еще: Сента волнуется, находясь за пределами своего дома. Он обратил на это внимание, ведь она рассказала об агорафобии. На улице ее волнение было сильнее, а в доме оно превратилось в застенчивость. Хозяева выглядели немного сконфуженными, но Фи вышла из положения просто:

— Не скажу, что это не было для нас сюрпризом, но мы скоро привыкнем.

У Дарена закончился бильярд и начался повторный показ какого-то турнира по гольфу; он выключил звук и воспользовался паузой, чтобы разузнать последние семейные новости:

— Чем сейчас занимается тетя Рита?

Почти в тишине, натянутой и оттого неловкой, Сента пила шампанское. Она осторожно сказала «спасибо», когда Фи предложила тост за Сенту и Филиппа, «которые еще не помолвлены, но скоро будут». Она первый раз была в этой квартире, но, когда Фи спросила, не хочет ли она ее осмотреть, — совершить прогулку, неизбежно короткую, так как осталось увидеть только маленькую спальню и крошечную душевую, — Сента покачала головой и поблагодарила: не хочется, как-нибудь в другой раз. Дарен, возясь со своей шуткой, как собака с заветной костью, снова сообщил, что не принимал ванну с тех пор, как вернулся из свадебного путешествия, и спросил... не хочет ли Сента сходить в душ.

По пути на Тарзус-стрит Филипп чувствовал, как его душит и одновременно разрывает желание сделать Сенте предложение. Но ему не хотелось, чтобы потом, может, двадцать лет спустя, она вспоминала, как он попросил

РУТ РЕНДЕЛЛ

стать ее своей женой в машине на северной окраине Лондона.

— Куда мы едем? — спросила она. — Эта ведь не та дорога. Ты меня похищаешь, Филипп?

— На всю оставшуюся жизнь, — ответил он.

Филипп ехал до парка Хэмпстед-Хит. Это не очень далеко. На небе светила большая полная луна цвета волос Сенты. От Спэниардс-роуд, где дорога уходила вниз к Вэйл-оф-Хит, он повел ее на край леса. Его забавляло, что Сента так уверена в том, что он привез ее сюда, чтобы в тихую сухую летнюю ночь заняться любовью на свежем воздухе. Она покорно позволила Филиппу вести себя, вложив в его руку свою мягкую ладонь. Лунный свет окрасил траву в белый, землю на тропинке — в цвет мела. Тени от деревьев были черные. Наверняка где-то есть люди, не может быть, что они здесь одни, но тишина стояла, как за городом, а воздух был неподвижен, как в комнате.

Встать на колени нельзя: Сента сочтет его сумасшедшим. Филипп взял ее за руки и притянул к себе. Он заглянул в ее зеленые глаза, которые расширились в ответном взгляде. В них отражалась луна. Чинно — так, как, возможно, говорили его прадеды, так, как это описывают в книгах, — Филипп произнес:

— Сента, я хочу на тебе жениться. Согласна ли ты стать моей женой?

Она едва улыбнулась. Стало понятно, что ожидала она совсем не этого. Ее голос зазвучал мелодично и отчетливо:

— Да, Филипп, я выйду за тебя замуж. Я очень хочу выйти за тебя замуж. — Она приблизила губы. Он наклонился и поцеловал ее, но очень сдержанно. Ее кожа похожа на мрамор. Она сама как мраморная статуя, которую какой-то бог теперь превращает в живую девушку. Филипп чувствовал тепло, пробивающееся сквозь каменное тело. Сента произнесла, серьезно, немного отдаляясь, но не сводя с него глаз: — Мы с начала времен предназначены друг другу судьбой.

Ее губы стали более страстными, а язык — ласковым.

— Не здесь, — сказал он, — Сента, поедем домой.

Уже далеко за полночь Филипп понял, почему в самый разгар романтической сцены, в тот самый момент, когда он попросил руки Сенты, между ними словно возникла неловкость, все испортившая. Виной всему — выбранное место, обстановка вокруг. Казалось, в точности повторяется, пусть и на другой поляне, среди других деревьев, сцена, описанная Сентой: Джерард Арнэм заглядывает ей в глаза, склоняет голову и что-то тихо говорит — а она выхватывает стеклянный кинжал и вонзает ему в сердце.

Желтый свет уличных фонарей лился сквозь окна на коричневое покрывало. Филипп слышал, как Рита и Джейкопо кружат по паркету над его головой под звуки «Вальса на коньках». Он думал, что превращается в неврастеника, если так зацикливается на бредовом прошлом. Разве он не видел Арнэма, не разговаривал с ним? Разве он не был стопроцентно уверен, что этот человек жив и здоров?

Когда они шли в парк, Филипп чувствовал счастье Сенты и знал, что она рада быть здесь с ним, но кроме того, он видел ее волнение на улице, объятой ночью. Как мог он всерьез считать, что Сента способна совершить преступление на открытом пространстве? Ведь она так боится улицы.

На подушке рядом со своим лицом он видел серебряные волосы Сенты. Она крепко спала. Ни музыка, ни танцы на верхнем этаже никогда не мешали ей, здесь, под землей, она чувствовала себя в безопасности. Филипп услышал, как наверху подошли к окну, а когда музыка смолкла, раздался тонкий пронзительный смех, как будто Джейкопо обнял Риту и закружил ее.

ГЛАВА 15

Он привез Сенту домой, к Кристин. Сента протянула левую руку почти застенчиво — так иногда собаки дают лапу, — чтобы показать кольцо, викторианское, антикварное, серебряное с лунным камнем, подаренное Филиппом за день до объявления о помолвке. Сента всегда мало говорила на людях, отвечала односложно или вообще хранила молчание, нарушаемое только шелестом слов «спасибо» и «пожалуйста». Филипп вспоминал свадьбу Фи, единственный случай, когда он видел Сенту в большой компании. Она тогда была разговорчивее, подходила к людям, знакомилась. Он хорошо помнил, как она, прямо перед его отъездом, болтала с двумя или тремя мужчинами, друзьями Дарена, и смеялась. Но он не имел ничего против ее молчаливого поведения, зная, что она бережет и слова, и живость для него, до возвращении в ее комнату.

Они провели в Гленаллан-Клоуз примерно час. Черил тоже была дома: все-таки выходной день. Филипп бросил взгляд на воскресное приложение к газете и увидел статью о муранском стекле с двумя фотографиями: на одной кинжал, очень похожий на те, что он рассматривал в магазине, а на другой — заснеженная Венеция в дни карнавала. Он захлопнул журнал почти лихорадочно, как если бы там была порнография, которую могут увидеть женщины. Кристин поцеловала Сенту на прощание. Филипп почему-то боялся, что Сента отпрянет. Этого не произошло. Он невероятно обрадовался, увидев, как Сента подставила Кристин щеку, наклонила голову и очень по-доброму улыбнулась.

На предложение навестить ее отца Сента ответила категорическим отказом. Свою непреклонность она объясняла так: Тому Пелхэму повезло, его фамилия появилась в газете по такому приличному поводу, а ему не пришлось заплатить за это ни пенни. Ее воспитала Рита, а не он. Они не виделись месяцами. Это Рита, а не он, дала ей крышу над головой, не взяв никаких денег. Но и мачехе Сента не то чтобы хотела сообщать радостную новость. Пусть узнает сама. Рита изменилась с тех пор, как сошлась с Джейкопо.

У первого же открытого магазина, мимо которого они проезжали, Сента захотела остановиться, чтобы пополнить запасы вина, заявив, что уже нагулялась. А Филипп думал, что они где-нибудь поужинают, а потом он познакомит ее с Джеффом и его подругой в Джек-Строу-Кассл. Он уже все распланировал: дальнейшее продолжительное празднование помолвки с обедом в Хэмпстеде, потом в пабе, куда, он полагал, воскресным вечером может заглянуть кто-нибудь из старых приятелей по колледжу.

— Ты пытаешься вылечить меня от агорафобии, слишком часто выводя на публику, — сказала Сента, улыбаясь. — Разве я не всла себя хорошо? Разве я не старалась?

Филиппу пришлось согласиться, но с условием, что они купят какой-нибудь нормальной еды. Его тревожило, что Сента питается одним воздухом, вином и время от времени шоколадом. Она молча ждала, сжав руки, пока в супермаркете на Финчли-роуд он запасался продуктами, выбирал печенье, хлеб, сыр, фрукты. Филипп заметил, что в присутствии других людей Сента смотрит вниз, на землю, или просто отводит глаза.

Они подъезжали к Тарзус-стрит с окраины Килбурна. Было достаточно многолюдно: одни сидели или стояли у крыльца и болтали, другие выглядывали из окон, чтобы поговорить с теми, кто опирался об их подоконник. Народу было столько же, сколько на лондонских улицах в погожий летний вечер, как сегодня. Воздух был насыщен запахом дизельного топлива, плавящегося асфальта и пряностей. Филипп начал, как всегда, высматривать Джоли, и на секунду ему показалось, что на пересечении с Сизария-гроув он заметил его. Но это был другой человек, более молодой и более худой, он явно без всякой цели шел по тротуару с саквояжами в руках.

Когда они вышли из машины, нагруженные продуктами и бутылками вина, Сента спросила, кого Филипп ищет.

— Джоли, — ответил Филипп, — старика с тележкой. Бродягу, так, наверное, его можно назвать.

Сента странно покосилась на него. Ее ресницы, длинные и густые, казалось, касаются тонкой белой кожи

РУТ РЕНДЕЛЛ

под глазами. Рука с кольцом поднялась, чтобы спрятать длинный серебряный локон, упавший на щеку.

— Неужели ты имеешь в виду того старика, который когда-то сидел на наших ступеньках? Того, который иногда ошивался на церковном кладбище за углом?

— Да, именно его. Что в этом удивительного?

Они уже спускались в подвал. Сента отперла дверь. Стоило эту комнату закрыть на несколько часов, и в ней становилось невыносимо душно. Сента поставила на кровать сумку, вынула бутылку вина и потянулась за штопором.

— Но это же был Джон Крусифер, — произнесла она.

В первую секунду это имя ни о чем ему не сказало:

— Кто?

Она усмехнулась легко и довольно мелодично:

— Ты должен знать кто, Филипп. Ты его убил.

Комната будто слегка покачнулась. Пол приподнялся — так бывает, когда кружится голова. Филипп потрогал лоб и почувствовал, какие ледяные у него пальцы. Он сел на край постели.

— То есть старик, который говорил, что его зовут Джоли, который здесь бродил туда-сюда, — это на самом деле тот убитый в Кенсал-грин?

— Правильно, — отозвалась Сента, — я думала, ты знаешь. — Она почти до краев наполнила бокал, не мытый с тех пор, как в последний раз они пили «рислинг». — Ты наверняка знал, что это Крусифер.

— Того, убитого... — Филипп говорил медленно, рассеянно, — того звали Джоном.

Сента была раздражена, но улыбалась.

— Джон, Джонни, Джоли — какая разница? Это что-то вроде уменьшительного имени, — на ее нижней губе дрожала и переливалась, как бриллиант, капля вина. — То есть... разве ты выбрал его не потому, что это и был тот бродяга?

Собственный голос показался Филиппу слабым, как у тяжело больного:

— А зачем?

— Выпей вина, — она протянула бутылку и другой грязный бокал. Он не глядя взял его и продолжал сидеть с бокалом в одной руке и с бутылкой в другой, уставившись на Сенту. — Я считала, что ты выбрал его, потому что он мой враг.

Произошло ужасное: ее лицо было таким, как прежде, белым и красивым, бледные губы слегка приоткрыты, но в глазах светилось безумие. Филипп не мог объяснить, как он это понял, как узнал, ведь он никогда не видел сумасшедших, не был знаком ни с одним человеком с пошатнувшимся рассудком. Но это было оно — безумие, полное, настоящее и страшное. Будто сидевший внутри Сенты злой дух выглядывал из ее глаз. И в то же время Филипп видел взгляд Флоры, отстраненный, дикий, скользящий над нравственными законами.

Пришлось проявить все самообладание, которое у него было. Надо быть спокойным, даже сохранять легкость.

— Твой враг? Что ты хочешь этим сказать, Сента?

— Он просил денег. Мне нечего было ему дать. Он кричал мне вслед, что-то по поводу моей одежды и моих... моих волос. Не хочется говорить, но его замечания были очень, очень обидным.

— А почему ты думала, что я об этом знаю?

Сента тихо проговорила, пододвигаясь поближе:

— Потому что ты угадываешь мои мысли, Филипп, потому что мы сейчас так близки, что можем читать мысли друг друга, ведь так?

Он отвернулся, затем с неохотой повернулся обратно, чтобы посмотреть на нее. Безумие исчезло. Он его выдумал. Видимо, все дело в его воображении. Филипп налил вина Сенте и наполнил свой бокал. Сента стала рассказывать о каких-то пробах на роль в телесериале, на которые она пойдет на следующей неделе. Еще одна фантазия, но безобидная, если вообще ее выдумки могут быть такими. Они сидели рядом на постели в душной комнате, заполненной пыльным оранжевым солнечным светом. Впервые Филиппу не хотелось открыть окно. Его охватил суеверный страх, что чужие уши не должны услышать ни одного слово из тех, что произносятся в этой комнате.

— Сента, послушай. Нельзя больше обсуждать убийства, даже в шутку, даже как вымысел. Я хочу сказать, что убийство — это не шутка и не может ею быть ни при каких обстоятельствах.

— Я и не говорила, что это шутка. Я никогда этого не говорила.

— Да, но ты сочиняла небылицы и притворялась. Я тоже виноват. Я тоже так поступал. Ты притворилась, что кого-то убила, и я сделал вид, что кого-то убил, но сейчас это уже не важно, потому что мы на самом деле ничего не совершили, даже не поверили друг другу. Но невозможно продолжать обсуждать это так, будто все случилось на самом деле. Неужели ты не понимаешь? Это губительно, это портит наши души.

Филипп увидел демона в ее глазах лишь на мгновение. Злой дух появился, усмехнулся и пропал. Сента молчала. Он приготовился к бешеной атаке, такой, как в последний раз, когда он усомнился в ее честности. Но Сента была неподвижна и безмолвна. Она запрокинула голову, залпом выпила вино и протянула ему пустой бокал.

— Я никогда больше не буду касаться этой темы, — проговорила она медленно, — я понимаю, как ты к этому относишься. Ты по-прежнему в плену условностей. Ты обрадовался, узнав, что я живу здесь с матерью, правда ведь? Так все выглядит прилично. Ты был доволен, когда у меня появилась работа, приносящая деньги. Как ты можешь быть другим, если ты рос в своей семье? Тебя воспитывали, чтобы ты стал таким правильным и строгим, и в ближайшие несколько месяцев ты не переменишься. Но выслушай меня сейчас. То, что нам пришлось сделать, чтобы доказать друг другу свою любовь, — ужасно. Я осознаю, что это ужасный поступок, и действительно понимаю, что тебе легче забыть о нем. Ты тоже знаешь, что прошлого не изменить. Нам не обязательно это обсуждать.

Филипп ответил почти грубо:

— Если пьешь много вина, нужно что-нибудь есть. Давай перекусим.

— Ты хочешь сказать, что я слишком много пью?

Первые сигналы, предупреждающие об опасности, были Филиппу уже хорошо знакомы. Он распознавал их довольно быстро и почти научился на них реагировать:

— Нет, конечно, нет. Но, по-моему, ты мало ешь. Я пытаюсь о тебе заботиться, Сента.

— Да, заботься обо мне, Филипп, беспокойся обо мне. — Она резко повернулась и вцепилась ему в плечи, в ее глазах сверкнуло безумие и испуг. — Но есть еще не хочется. Пожалуйста, давай не будем. Я хочу, чтобы ты меня любил.

— Я люблю тебя. Я очень тебя люблю, — сказал он, отставил свой бокал, ее бокал, обнял Сенту и повалил ее на коричневое одеяло.

Той ночью Филипп в очередной раз возвращался домой очень поздно. Он рассчитывал, что они обсудят планы на будущее. Будут ли они жить вместе в той квартире наверху? Подумала ли Сента об этом, как обещала? Назначат ли они свадьбу на следующий год? Может ли она предложить какое-нибудь вариант решения проблем с матерью и, если уж на то пошло, с Черил? Но они почти не разговаривали, а занимались любовью весь вечер. Среди ночи Филипп встал, перекусил и умылся под краном.

Вернувшись в комнату и походя к окну, чтобы открыть его и впустить в пыльную затхлую комнату немного свежего воздуха, он увидел, что Сента сидит в кровати и открывает вторую бутылку вина. Она встретила его объятьями истосковавшейся в долгой разлуке любящей женщины.

Он крепко спал. Он спал как мертвый, как тот, кто измучился, но обрел покой. Будущее с Сентой виделось ему великолепным — чередой дней, проводимых в мечтах о ней, и ночей любви. Время шло, их секс становился все невероятнее, они обожали заниматься любовью. Трудно представить, что бывает еще лучше, но так оно и получалось: недели три назад он кое о чем попросил, и с тех пор их ночи превратились в упоительное чудо. Когда зазвонил будильник, Филипп проснулся и потянулся к Сенте. Но он спал в своей постели, Сенты рядом не было, и ему стало очень тоскливо.

По пути к Оливии Бретт Филипп ругал себя за то, что вообразил, будто увидел у Сенты какие-то признаки невроза. Конечно, это произошло потому, что он был потрясен, узнав, что Джон Крусифер — это Джоли. Бедняжка Сента просто сообщила ему голый факт, он, кстати, и сам к тому времени мог бы догадаться, но был так впечатлен, что выместил на Сенте свою истерику. Психологи, кажется, называют такое проекцией?

В любом случае вряд ли стоило удивляться тому, что Сента поверила, будто он действительно убил Джоли. В конце концов он сам ей это рассказывал. Он ведь признался, пусть сейчас это и выглядит невероятно, что убил старика. Вспомни, говорил он себе, ты ведь поверил на какое-то время в ее ложь об убийстве Арнэма, было же такое. Это, рассудил Филипп, лишь подтверждает его собственную правоту: подобные разговоры вредны, они портят души. Это, несомненно, пагубно воздействует на него, ведь подумал же он, что Сента не в своем уме.

Но Джоли... Филипп поймал себя на мысли, что не хочет верить в то, что в Кенсал-грин убит именно Джоли, не хочет еще и потому, что сказал Сенте, будто несет ответственность за эту смерть. Теперь трудно понять, почему Филипп вообще решился на подобное признание. Если Сента любит его по-настоящему (а в этом сомнений нет), она уяснит себе, что доказательства любви выдумывать нет нужды. Правда, придется подождать, пока она научится смотреть на это именно так, и, может, еще какое-то время принимать на себя удар приступов ее гнева.

Употребив, пусть и про себя, такие слова применительно к Сенте, Филипп почувствовал дурноту: он представил себе эти реакции и ее состояние. Но как их еще описать?

Филипп сказал, что убил Джоли, а значит, он так или иначе причастен к этой смерти. Более того, в какой-то мере он несет за нее ответственность, он становится кем-то вроде соучастника. Он приравнял себя к убийце Джоли. Погруженный в эти тягостные мысли, Филипп поднимался по ступенькам дома Оливии Бретт. Актриса открыла ему сама. Филипп не мог не вспомнить те лестные слова, в которых она, как пересказывал Рой, его описала, и почувствовал себя неловко в ее присутствии.

На работе рассказывали чуть не легенды о женщинах, которые сидят дома одни и прямо-таки ждут случайной встречи с мужчиной, о женщинах, которые приглашают замерщика, или прораба, или монтера в спальню или внезапно появляются перед ним без одежды. С Филиппом никогда не приключалось ничего подобного, но он ведь только начал работать. На Оливии Бретт был халат, белый, с массой оборок, но не просвечивающий. От нее пахло, как от вазы с тропическими фруктами, которую оставили на солнце.

Оливия настаивала на том, чтобы тоже пойти наверх. Филипп пытался прикинуть, как ему себя вести, если он почувствует, что она гладит его шею или проводит пальцем вниз по спине. Но Оливия не касалась его. Филипп совершенно не желал о ней думать; он хотел, чтобы она была чем-то вроде автоответчика и высказывала свои просьбы в нейтральном деловом тоне. Оливия провела его в раскуроченную недавно ванную комнату и стояла сзади, пока он чертил схему электропроводки.

— А, дорогой, — произнесла она, — не знаю, сообщили ли тебе, что я передумала и решила поставить такую душевую, в которой из стен брызжет струями вода.

— Да, мне передали.

— Я показала подруге фотографию в вашем каталоге, и знаешь, что она сказала? Она сказала: это джакузи встал, чтобы пописать.

Филипп был немного шокирован. Но не тем, что она произнесла, а тем, что она вообще это сказала, и сказала ему. Он ничего не ответил, хотя знал, что надо бы засмеяться, якобы оценив шутку. Филипп вынул рулетку и сделал вид, что замеряет что-то в дальнем углу. Обернувшись, он увидел, что Оливия смотрит на него оценивающим взглядом, и не мог не сравнить ее со своей любимой. Узкое сальное лицо с морщинами — и чистая бархатистая кожа Сенты. Пятнистые ложбины между отворотами с английской вышивкой — и белая грудь Сенты. Тогда он довольно весело улыбнулся и сказал:

— Похоже, это все на сегодня. Я вас не побеспокою до того момента, пока электрик не сделает проводку.

— У тебя есть подружка? — спросила Оливия.

Филипп изумился этой прямолинейности и резкости. Он почувствовал, что краснеет. Оливия подошла к нему на шаг ближе.

— Чего ты боишься?

И тут его озарило. Это была награда и компенсация за все те случаи, когда он подыскивал слова и придумывал безупречный ответ, но минимум на десять минут позже, чем надо. Оп и сам не знал, как эта реплика пришла ему в голову. Она прилетела к нему на крыльях все проясняющей точности.

— Боюсь, — ответил он, — что с прошлой недели я помолвлен.

С этими словами он прошел мимо хозяйки, вежливо улыбаясь, и не торопясь спустился по лестнице. Мгновенно с ним случился приступ малодушия. Но нет, занятия проституцией для «Розберри Лон», несомненно, выходят за рамки его служебных обязанностей.

— До свидания, — попрощался Филипп, — я закрою за собой, да?

После этой сцены он почувствовал себя довольным: хорошо нашелся. К тому же этот эпизод отвлек его от мыслей о Крусифере-Джоли. Сознание открылось реальности, и теперь Филипп понимал, что не имеет никакого отношения к смерти Джоли. А его подношения, наверное, скрасили бродяге последние дни.

Он оставил машину на стоянке у главного офиса. На часах было десять минут второго — если пойти обедать, можно опять столкнуться с Арнэмом. Филипп убеждал себя, что именно по этой причине обходит стороной проезд, ведущий в старую улочку, но сознавал, что дело не в этом. На самом деле ему не хотелось проходить мимо магазина, в витрине которого был кинжал из муранского стекла.

Вероятно, название этого острова или даже само слово «кинжал» будут ему неприятны всю жизнь — еще один веский аргумент необходимости излечить Сенту от фантазий. Появилось слишком много такого, чего он теперь сторонится: район Кенсал-грин, имена Джоли Джон, скотч-терьеры, Венеция, стеклянные кинжалы, небольшие опушки. Нет, конечно, со временем это пройдет, начисто сотрется из памяти.

Филипп пошел в другую сторону, свернул в оживленный переулок, где уличные торговцы продают сувениры. Филипп в жизни не стал бы ничего покупать здесь и прошел бы мимо, даже не взглянув, но из-за образовавшейся людской пробки был вынужден остановиться у одного из лотков, где лежали футболки с изображением Тауэра, плюшевые медведи в фартуках цветов британского флага, полотенца с портретами Принца и Принцессы Уэльских. На секунду Филиппу показалось, что сейчас он станет свидетелем какого-то нападения или облавы.

Вплотную к тротуару подъехала машина, остановилась там, где парковаться запрещено, и из нее выпрыгнули двое молодых людей. Они походили на головорезов: крупные, с коротко стриженными волосами, в кожаных куртках с заклепками, как у Черил. Они подошли к лотку с разных сторон. Тот, что крупнее и старше, спросил торговца:

— У вас есть разрешение торговать в этом месте?

И тут Филипп понял, что это не воры и не бандиты. Это полицейские.

Раньше он не чувствовал страха перед полицией. Да и теперь это был не совсем страх, а скорее защитная реакция. Он видел, как полицейские следят за продавцом, пока тот роется в карманах плаща, висящего на столбе, и думал о Джоли и его гибели. Конечно, он рассказал только Сенте, это не считается, но он произнес признание в убийстве вслух. А вдруг эти полицейские, один из которых сейчас внимательно изучает разрешение на торговлю и хмурится, входят в группу, которая расследует убийство Джоли? Почему он позволил Сенте втянуть себя во все это? Почему он стал играть в эту игру?

Филипп заказал сэндвич и кофе. За обедом он по-прежнему пытался мысленно вернуться на несколько недель назад. Он вспомнил, как Сента его оставила и как, чтобы вернуть ее, он признался в убийстве, которого не совершал, — он, который терпеть не может всего этого! Такое признание гораздо хуже, чем ее ложь. Она-то всего лишь выдумала убийство. Филипп не мог взять в толк, почему не поступил так же, почему не сообразил, что Сенте будет достаточно любой, самой нелепой сказки. Почему он решил, что необходимо приписать себе настоящее убийство? Он чувствовал себя запятнанным, покрытым грязью и вглядывался в свои руки, лежащие на желтом пластиковом столике, как будто мог увидеть на них руку землю с кладбища, а под ногтями — кровь.

Когда он вошел в лифт, чтобы подняться в кабинет Роя, то вспомнил, как Джоли называл его «начальником». Филиппу нравился старик, не утративший чувства юмора, несмотря на то что вел ужасную жизнь. Конечно, думать о том, что бродяга оскорблял Сенту просто потому, что та не хотела дать ему денег, было неприятно. Филипп спросил себя, зачем Джоли вообще пошел на Кенсал-грин. Может, там бесплатная столовая?

Рой делал чертеж полной перепланировки квартиры. Было видно, что у него плохое настроение.

— Что ты здесь потерял?

РУТ РЕНДЕЛЛ

— Тебя, разумеется. Ты просил зайти около двух.

— Я сказал заехать в Чигвелл к двум и узнать, почему наша баронесса Райпл по-прежнему недовольна своим мраморным... ну как там его. Неудивительно, что фирма идет ко дну, если даже такой маленький выскочка на нижней ступени лестницы не может приехать на встречу вовремя.

Рой ничего не говорил о поездке к миссис Райпл, Филипп был уверен. Но спорить ни к чему. Он не обиделся на слова о маленьком выскочке. Но слова о нижней ступени лестницы попали в цель.

Дорога в Чигвелл заняла много времени. Начался ливень, а сильный дождь всегда замедляет движение. Машины и грузовики ползли через Уэнстед, и к тому времени, когда Филипп стоял на пороге и звонил в дверь, часы уже показывали без пяти три. У миссис Райпл была гостья, женщина по имени Перл. Они каким-то образом открыли вместе, как будто одновременно и по заведенному порядку положили руки на задвижку. У Филиппа создалось впечатление, что они ждали под дверью, и ждали долго.

— Мы уже отчаялись вас увидеть, правда, Перл? — сказала миссис Райпл, не глядя на Филиппа, и в следующую секунду снова обратилась к подруге: — По-моему, мы с тобой отстали от жизни. Мы наивные. Вбили себе в голову, что, если кто-то говорит два часа дня, это и есть два часа дня.

— Простите, миссис Райпл, простите. Возникло небольшое недоразумение, никто в этом не виноват, но я действительно еще час назад не знал, что должен быть у вас.

Она раздраженно ответила:

— Раз вы наконец здесь, пойдемте же наверх. И подумайте хорошенько, можете ли вы мне объяснить, почему я должна довольствоваться этим дрянным хламом, который вы сочли подходящим для установки в моей ванной.

Перл тоже пошла наверх. Она похожа на миссис Райпл, может, даже это ее сестра, думал Филипп. Только миссис Райпл — стандартная модель, а Перл — модель люкс, отделка роскошнее, декор богаче. У нее были черные вьющиеся волосы, как у нестриженого пуделя, а одета она была в плотно облегающее шелковое платье какого-то ярко-синего павлиньего цвета. Перл остановилась в дверях и спросила вполне театрально:

— Милая, сколько, ты говорила, ты заплатила за этот ремонт?

Миссис Райпл ответила не задумываясь. Эту сценку они наверняка отрепетировали, пока ждали его:

— Шесть тысяч пятьсот сорок два фунта, девяносто пять пенсов.

— Грабеж средь бела дня! — возмутилась Перл.

Миссис Райпл показала дрожащим пальцем на мраморную столешницу — ну прямо как героиня, указывающая на присутствие призрака за сценой, в любительской театральной постановке. Филипп осмотрел мрамор, увидел крошечную трещину в одной прожилке. К его досаде,

Перл схватила его за запястье и положила руку так, чтобы кончиком пальца он дотронулся до трещины.

— Но это не дефект и не повреждение, миссис Райпл, — сказал Филипп, пытаясь освободить руку, но не обидеть Перл. — Такова природа камня. Это естественный материал. Это же не пластик, у которого должна быть идеально гладкая поверхность.

— Остается только надеяться, что это не пластик, — проворчала миссис Райпл, — учитывая то, сколько я за него заплатила.

Филипп не стал напоминать ей, что она не только выбрала туалетный столик и шкафчики по каталогу, но и осмотрела образцы мрамора, которые ей предлагали использовать при ремонте. Этот комментарий был бы чреват лишними неприятностями и в любом случае не произвел бы никакого положительного эффекта. Филипп принялся убеждать хозяйку в том, что любой гость сразу же оценит качество материала и стиль ванной комнаты благодаря этому бесспорному доказательству — маленькой трещинке в мраморе, которой никогда бы не было в пластике. Миссис Райпл ничего не желала слушать. Она хочет мрамор, конечно, хочет, она всегда знает, чего она хочет, да, это мрамор, но ей нужен кусок без всяких изъянов, с нормальными прожилками, чтобы выглядело прилично.

Не рискнув обещать, что миссис Райпл привезут другую столешницу, а тем более что ее установят без дополнительной платы, Филипп все же успокоил вздорную хозяйку обещанием, что сам все проконтролирует и она получит известия лично от него через день-два.

— Или через неделю-другую, — пробурчала противная Перл.

Дождь прекратился. Придорожные лужи солнце превращало в сияющие зеркала. Видно было, как от воды поднимается пар. Филипп свернул, направляясь к месту, где живет Арнэм. Из-под колес машины разлетались фонтаны брызг, солнце светило прямо в лицо, и если бы Филипп не снизил скорость, чтобы опустить щиток, то мог бы сбить бегущую кошку или собаку, бросившуюся за ней поперек дороги. Он рванул в сторону, резко затормозил, со всей силы вдавив педаль в пол, но левым крылом, видимо, собаку все-таки задело. Она затявкала и покатилась.

Филипп поднял этого белого пушистого селигама. Ему не показалось, что он ранен, потому что в ответ на попытки Филиппа нащупать перелом пес начал восторженно лизать ему лицо. Из дома вышла жена (или подруга) Арнэма и остановилась у ворот. Она была старше, чем Филиппу показалось тогда, когда он видел ее в машине, и худощавее, но, впрочем, раньше он видел ее только через стекло. Здесь, на улице, в солнечном свете, перед ним стояла худая, некрасивая и немолодая женщина.

— Он выбежал прямо передо мной, — сказал Филипп, — но, по-моему, он в полном порядке.

Она холодно ответила:

— Полагаю, вы ехали слишком быстро.

— Нет, — Филиппу уже порядком поднадоели несправедливые обвинения. — Я ехал примерно двадцать миль в час, потому что дорога мокрая. Вот, держите его.

— Это не мой пес. Почему вы решили, что он мой?

Потому что только она одна вышла из дома? Или потому, что в его сознании Арнэм связан с собакой? Скотчтерьер, вспомнил Филипп, его выдумала Сента. Арнэм собак не любил, у него никогда не было собаки.

— Я услышала скрип тормозов, — начала женщина, — и просто вышла посмотреть в чем дело. — Она поднялась обратно по лестнице, зашла в дом и закрыла дверь.

Селигем свернулся калачиком на руках у Филиппа, изучавшего медальон на ошейнике. Виски, собака Г. Спайсера, который живет через три дома от миссис Райпл. Филипп отнес туда собаку, ему предложили в качестве вознаграждения пять фунтов, и он отказался.

Возвращаясь к машине, Филипп подумал, какую страшную путаницу и беспорядок в голове влечет за собой обман, как факты перемешиваются с выдумкой, как переиначивается правда. Он сделал ряд предположений, основываясь на истории, рассказанной Сентой. История оказалась вымышленной, а его выводы никуда не исчезли.

Он сел в машину и, включая зажигание, еще раз окинул взглядом дом. В памяти надо сохранить только то, что Арнэм жив и живет здесь. А все остальное забыть и радоваться жизни.

ГЛАВА 16

— Я думаю, может, она всего лишь собирает деньги и складывает? Как ты считаешь? Она ведь не работает и, скорее всего, не будет, она ничего не умеет, несчастное маленькое дитя, и она, быть может, подумала, что если у нее будет славная сумма денег, то... Не знаю. Я рассуждаю глупо?

Филипп заставил себя рассказать матери о том, что произошло в тот вечер, когда он следил за Черил, только для того, чтобы увидеть, что Кристин не верит его словам. Кристин знала, что Черил ворует дома деньги, и уже приучила себя не оставлять больших сумм. В противном случае она рисковала их лишиться. Но с тем, что дочь крадет вещи из магазинов, ей было слишком трудно смириться. Филиппу только показалось, что он стал свидетелем кражи. Сестра просто забирала что-то свое, то, что забыла в магазине днем.

— Не очень красиво с твоей стороны подозревать собственную сестру в чем-то подобном, — на более сильный упрек мать была не способна и говорила спокойно.

Филипп видел, что спорить бесполезно.

— Хорошо. Возможно, так оно и было. Но если ты знаешь, что она крадет у тебя деньги, то скажи, зачем она это делает?

Однако цель воровства дочери была за пределами понимания Кристин. Словно ум ее внезапно останавливался на самой мысли о краже и отказывался объяснять, зачем ее можно совершать. Кристин с удивлением посмотрела на Филиппа, когда тот сказал, что предполагает пристрастие Черил к алкоголю или наркотикам. Наркотики — это может случиться с чьими угодно детьми, но только не с ее. Кроме того, она всего два дня назад видела Черил в ванне, и ни на ногах, ни на руках у нее не было следов от уколов.

— А ты уверена, что заметила бы следы, если бы они были?

Кристин считала, что да, несомненно. И если бы Черил пила, она бы об этом знала. В небольшой гостинице, где они жили, у постояльцев пропали деньги. Вызвали полицию, но Черил не задали никаких вопросов. Кристин, по-видимому, считала, что это доказывает невиновность дочери. Красть у родной матери — другое, едва ли это вообще можно назвать воровством, в какой-то мере у Черил даже есть такое право.

— Ты же знаешь, Фил, пособие по безработице, которое она получает, совсем незначительное, — она заступалась за дочь, и Филипп видел сострадание в широко раскрытых глазах матери, считавшей, что он задался целью осуждать сестру. — Вот что я тебе скажу, — продолжала Кристин, — я поговорю с одним своим знакомым, социальным работником, он занимается подростками.

Речь шла о той самой Одри. Филипп упрекал себя, но ему трудно было поверить, что у матери могут быть друзья, занимающие такую ответственную должность в социальной сфере. Он твердо произнес:

— Возможно, это неплохая мысль. Кроме того, ты сможешь объяснить, что я видел. А я это видел, и это было воровство. Притворством никому не поможешь.

Филипп принял решение остаться дома, но матери, по-видимому, хотелось, чтобы он ушел. Он понимал, что дело не в самопожертвовании. Кристин действительно хотела побыть дома одна. Филипп вдруг подумал: а что, если Арнэм выполнил свое обещание и позвонил Кристин? Может, он снова появился в ее жизни и должен сегодня приехать? Филипп сам себе улыбнулся, представив здесь Арнэма, представив, как тот разговаривает с Кристин и, возможно, рассказывает о пропаже Флоры, а статуя все это время находится наверху, меньше чем в полуметре над их головами.

Ему захотелось взглянуть на Флору. Он пошел в свою комнату и открыл шкаф. Из полумрака на Филиппа смотрело лицо Сенты, и мягкий неясный вечерний свет падал так, что казалось, это лицо улыбается. Филипп не удержался и прикоснулся пальцем к холодной мраморной щеке, а потом погладил ее. Он украл Флору? Значит, он вор, как и Черил? Повинуясь внезапному велению интуиции, Филипп пошел в комнату сестры. Он не заходил туда, даже не заглядывал с того самого дня, когда Фи обнаружила там мятое платье подружки невесты. И вот он, с удивлением обнаружив, что дверь не заперта, вошел.

Три радиоприемника, переносной телевизор с экраном размером с игральную карту, магнитофон, два фена, какое-то кухонное приспособление (наверное, комбайн), прочая техника — все это стояло на комоде. Сомнений не было: это краденые вещи.

Один из приемников был перевязан какой-то яркокрасной липкой лентой. Филиппу стало любопытно, как Черил смогла вынести такие крупные, громоздкие предметы незаметно. Изобретательность, рожденная отчаянием и безысходностью? Это хранилище краденого походило на чьи-то сбережения или на ценные бумаги, которые ждут, когда их превратят в наличные. Но для чего?

Его сестра преступница. Но Филипп не понимал, что он может предпринять. Только довериться судьбе. Обращение в полицию или в социальную службу наверняка приведет к тому, что Черил предъявят обвинение в краже, а она его сестра и он не может выдать ее чужим людям. Оставалось надеяться на лучшее, слепо верить в то, что подруга Кристин, социальный работник, чем-то поможет или даст совет. Филипп закрыл дверь, твердо зная, что больше никогда не войдет в эту комнату.

Добравшись в тот вечер на Тарзус-стрит, он рассказал об увиденном. Сента взглянула на него. Обычно, когда говорят, что люди смотрят в глаза, имеют в виду, что большинство на самом деле смотрит только в один глаз. Сента же действительно глядела в глаза и для этого прищуривалась, отчего выглядела напряженной и сосредоточенной.

— Это не имеет никакого значения, до тех пор пока ее нс поймают, ведь так?

Филипп попробовал улыбнуться:

— Это не вершина нравственности — так рассуждать.

Она была чрезвычайно серьезна и говорила, взвешивая каждое слово:

— Но мы не разделяем традиционную нравственность, Филипп. В конце концов, согласно общепринятой морали, убить — это худшее из того, что может сделать человек. Тебе не кажется, что ты лицемеришь, осуждая бедняжку Черил за какой-то пустяк, если сам совершил убийство?

— Я не осуждаю, — сказал он, чтобы хоть что-то ответить. Неужели Сента всерьез верит, что он убил Джона Крусифера, зная, что ее собственное убийство является плодом фантазии? — Я всего лишь хочу понять, что делать. Что мне делать?

Он имел в виду, что делать с Черил. Но к Черил Сента была равнодушна, он это видел. Поглощенная собой и им, она улыбалась:

— Переезжай сюда, ко мне.

Эта фраза подействовала так, как Сента, наверное, и рассчитывала. Филипп на время отвлекся от мыслей о сестре:

— Ты об этом? Переехать в квартиру на последнем этаже? Правда?

— Я думала, ты обрадуешься.

— Конечно, я рад. Но ты... тебе же там не спокойно. Я не хочу, чтобы ты была из-за меня несчастна.

— Филипп, мне нужно тебе кое-что сказать.

И снова его нервы натянулись, как струны, мышцы напряглись в ожидании новых признаний. И совершенно внезапно Филипп почувствовал, что Сента не собирается говорить ни о чем плохом.

— Я так тебя люблю, — произнесла она, — я люблю тебя гораздо сильнее, чем могла даже предположить. Правда странно? Я искала тебя и поняла, что нашла, но я не представляла себе, что способна любить кого-то так, как люблю тебя.

Он крепко обнял ее:

— Сента, любовь моя, мой ангел.

— Теперь ты понимаешь, что с тобой мне будет спокойно где угодно? Я не могу быть несчастна, если мы вместе. Где бы я с тобой ни оказалась, я буду счастлива. Я счастлива, пока знаю, что ты меня любишь, — она поцеловала его. — Я спросила у Риты насчет квартиры. Она сказала: почему бы нет. Она сказала, что денег не возьмет. Конечно, в таком случае она сможет нас выгнать в любой момент, то есть это будет не совсем съем квартиры.

Филиппа поразила эта практичность: Сента знает о таких делах? Потом он понял, что означает такое предложение. Это возможность уехать из дома, но продолжать платить за него. Это избавление от Кристин, Черил и Гленаллан-Клоуз, но избавление, достойное уважения.

Очень давно Филипп даже бегло не просматривал газет. Он избегал их так же, как телевидения и радио. Боялся чего-то? Да он и сам толком не знал. Но не потому ли, что он может испугаться, если узнает, что ищут убийцу Джоли?

Иногда Филипп представлял себе, что кто-то случайно услышал его рассказ Сенте. Например, по улице шли люди, и до их ушей донеслись слова признания в убийстве Джона Крусифера. Он почти ждал, что мать сообщит о звонке из полиции или что в главный офис придут полицейские, чтобы навести о нем справки. Бывали моменты, когда это его беспокоило, но он приходил в себя и понимал, что все эти кошмары и фантазии — глупость. Однажды Филипп поехал в Аксбридж, чтобы поискать на складе мраморную столешницу без трещин в прожилках, а за окнами остановился полицейский на мотоцикле. Он всего лишь записывал фамилию и координаты водителя, который нарушил правила, но на секунду Филипп испытал инстинктивный ужас, не поддающийся осмыслению.

Первое, что он услышал, приехав на работу, это то, что Роя нет, «у него грипп», а мистер Элдридж хочет видеть Филиппа «в ту же минуту, когда он прибудет, если не раньше». Мистер Элдридж — это управляющий «Розберри Лон».

Филипп не волновался по этому поводу. Он был уверен, что все в порядке. Он поднялся на лифте, и секретарша мистера Элдриджа, сидящая в отдельной комнате у входа, сразу пригласила его пройти. Поскольку Филипп думал, что его попросят присесть и подождать, то в этот момент он оптимистично предположил, что его, возможно, позвали, чтобы похвалить или даже поздравить с повышением.

РУТ РЕНДЕЛЛ

Элдридж сидел — Филипп стоял по другую сторону длинного стола. Очки у управляющего сползли на нос, выглядел он довольно раздраженным. Филиппу он хотел сообщить следующее: Оливия Бретт пожаловалась на его поведение, отозвалась о нем как о невыносимо грубом и нахальном субъекте. Не желает ли Филипп объясниться?

— А она сказала, как именно я нагрубил ей?

— Надеюсь, вы понимаете, что я передаю информацию из первых рук. Оливия Бретт звонила и разговаривала лично со мной. Очевидно, вы позволили себе какое-то отвратительное замечание, отпустили сальную шутку о душевой кабине, которую у нее устанавливают, а когда она не засмеялась этой вашей замечательной хохме, вы сказали, что, к сожалению, не можете больше тратить на нее время, потому что у вас есть дела поважнее.

— Это неправда, — произнес Филипп с жаром, — мне показалась... она заставила меня подумать... в общем, не важно, что мне показалось. Но это она высказывалась по поводу душа, а не я.

Элдридж ответил:

— Я всегда восхищался ею. Когда я только увидел ее по телевизору, то сразу же понял, что это самая красивая наша актриса, настоящая английская леди. Если вы допускаете, что я хотя бы на секунду поверю, будто такая прекрасная и изысканная дама отпустила такую низкопробную шутку — а она решилась воспроизвести сказанное вами, хотя в этом не было никакой нужды, — вы глупее, чем я думал. Если говорить откровенно, я не считаю, что вы глупый человек. По-моему, вы человек неискренний и хитрый. Думается, вы так и не начали постигать науку безупречной вежливости и уважения к нашим клиентам, а это важнейшее в сервисе «Розберри Лон». Можете идти, и впредь никогда, слышите, никогда, не давайте даме или господину повода предъявить подобную жалобу.

Филипп расстроился, потому что не подозревал в людях такой подлости. Он и предположить не мог, что преуспевающая, красивая, знаменитая и богатая женщина, вокруг которой вертится весь мир, решит так отомстить человеку просто за то, что он уклонился от связи с ней. Он был раздосадован и рассержен. Но вникать во все это не имело смысла. Филипп снова сел за руль и поехал в Аксбридж, где среди двадцати мраморных столешниц, упакованных в плоские картонные коробки, он наконец нашел одну без трещин.

На обратном пути в Лондон Филипп купил вечернюю газету. Он уже и не думал, что там может быть что-нибудь о смерти Джоли, и очень удивился, увидев фотографию водолаза, ищущего в Риджентс-кэнэл оружие, которое, по мнению полиции, использовал убийца Джона Крусифера.

— Я получила роль, получила! — ликовала Сента, бросаясь в его объятья — Я так счастлива, я получила роль!

— Что за роль?

— Я узнала утром. Мне позвонил агент. Это роль помешанной в «Нетерпимости».

— Сента, ты получила роль в телесериале?

— Это не главная роль, но она гораздо интереснее, чем главная. На самом деле, это серьезный шанс. Сериал будет шестисерийным, я буду во всех сериях, кроме первой. Ассистент режиссера сказал, что у меня очаровательное лицо. Ты ведь рад за меня, Филипп, рад?

Филипп просто-напросто ей не поверил. Он не мог выдавить улыбку и сделать вид, что доволен. Какое-то время Сента этого, видимо, не замечала. В холодильнике наверху, у Риты, лежала бутылка розового шампанского.

— Я схожу, — вызвался Филипп.

Поднявшись по лестнице и пробравшись в грязную кухню Риты, где пахло прокисшим молоком, он задумался, что ему делать. Занять ли твердую позицию сейчас? Дать ей отпор, бросить вызов ее выдумкам — или жить в мире ее фантазий, никогда не обманываться, но подыгрывать ей всю оставшуюся жизнь? Филипп вернулся в комнату, поставил бутылку и стал осторожно снимать проволоку с пробки. Сента протянула свой бокал, чтобы поймать первую струю пены, и вскрикнула от восторга, когда пробка выстрелила.

— Какой бы нам произнести тост? Знаю, мы скажем так: «За Сенту Пелхэм, будущую великую актрису!»

Филипп поднял бокал. Выбора не было, и он повторил ее слова:

— За Сенту Пелхэм, будущую великую актрису. — И сам слышал, что голос его звучит очень сухо.

— У меня в следующую среду читка.

— Что такое читка?

— Все актеры сидят за столом и читают сценарий. То есть каждый просто читает свою роль, не играет.

— А на какой студии снимается сериал?

Колебание было недолгим, но оно все-таки было.

— «Уордвилл Пикчерз». — Сента опустила глаза и посмотрела на свои руки и на бокал шампанского, который держала на коленях. Она склонила голову, так цветок клонится к стеблю, и серебряные волосы заструились по ее щекам. — Ассистент режиссера — Тина Уэндовер, а компания находится на Бервик-стрит, в Сохо.

Сента говорила спокойно, неторопливо, с вызовом отвечала на поставленные вопросы. Ведь он усомнился в правдивости ее слов. Филипп с тревогой сознавал, что Сента может угадывать, по крайней мере до некоторой степени, что творится у него в голове. Сказав, что они умеют читать мысли друг друга, Сента была права, во всяком случае в отношении себя. Он посмотрел на нее и обнаружил, что ее взгляд прикован к нему. Сента опять проделала трюк, приводящий его в замешательство: она не отрываясь смотрела ему в глаза.

Она предлагала Филиппа проверить ее? Потому что знала, что этого он делать не станет? Принять ее выдумки было бы проще, думал Филипп, если бы она и сама обманывалась, если бы верила своим сказкам. Тревожно то, что она не верила им и зачастую не ждала, что в них поверят другие. Сента наполнила бокалы и сказала, по-прежнему не отводя глаз:

— Полицейские не очень умны, правда? Опасен тот мир, в котором к кому-нибудь средь бела дня может подойти девушка и убить, а никто об этом не узнает.

Она так обращается с ним, потому что он не поверил ее первому рассказу? Когда Сента говорила так, у Филиппа внутри что-то обрывалось, сердце падало. Он не мог подобрать никаких слов.

— Я иногда думаю, не могла ли в те дни Воришка заметить меня. Я была осторожна, но ведь некоторые люди очень наблюдательны. А что, если я приеду туда снова и Уголек меня узнает? Он может учуять меня, завыть, и тогда все догадаются.

Филипп по-прежнему молчал. Сента продолжала:

— Было очень рано, но меня же видели многие: мальчик, который разносил газеты, женщина с ребенком в коляске. А когда я села в поезд, то почувствовала, что на меня кто-то очень пристально смотрит. Думаю, это из-за пятен крови, хотя я была в красном и их не должно было быть видно. Я отнесла ту блузку в прачечную, постирала, так что не знаю, были на ней пятна или нет.

Филипп отвернулся и стал разглядывать себя и ее в зеркале. Единственный цвет, ослабевавший в тусклом, мрачном свете, при котором одежда казалась темной, а кожа — мертвенно-бледной и мерцающей, был цвет вина в бокале, неяркий, но насыщенный розовый, превращаемый зеленым стеклом в кроваво-красный. Любовь к Сенте, что бы та ни говорила, будто присосалась к Филиппу изнутри и причиняла боль. Он чуть не застонал, подумав, как все могло бы быть, если бы Сента не продолжала так настойчиво все портить.

— Я не боюсь полиции. Во всяком случае, со мной такое не в первый раз. Я знаю, что умнее. Знаю, что мы оба слишком умны для них. Но мне интересно... Мы оба совершили такие жуткие вещи, а нас никто даже не заподозрил. Мне казалось, они могут прийти, спросить о тебе. По-моему, они еще могут появиться. Но не волнуйся, Филипп. Со мной ты в полной безопасности, от меня они никогда ничего не узнают.

Он ответил:

— Давай не будем об этом, — и обнял ее.

Ночь, темная и угрюмая, казалась Филиппу на удивление тихой, гул машин — отдаленным, улица — пустынной. Возможно, дело в том, что он уезжал от Сенты позже, чем обычно. Был второй час.

Он перегнулся через балюстраду, спускаясь по лестнице, и увидел, что ставни на окне чуть приоткрыты. Филипп собирался закрыть их перед уходом. Но с улицы никто не увидит ее, голую, спящую, отражающуюся в зеркале: Филипп, добровольный страж, убедился в этом и остался доволен. «Не в первый раз», — что Сента хотела этим сказать? Он не переспросил, потому что потребовалось какое-то время, чтобы осознать эти слова. И вот они окончательно ясны. Уже был случай, когда полиция могла подозревать ее в совершении чего-то ужасного? Это она имела в виду?

РУТ РЕНДЕЛЛ

Свет фонарей, тусклый, зеленоватый, и тонкий туман создавали впечатление подводного мира, затонувшего города, где дома — рифы, ветви деревьев — морские водоросли, тянущиеся сквозь мутную темноту к какому-то невидимому свету.

Филипп поймал себя на том, что идет осторожно, легко, чтобы не нарушить тяжелую непривычную тишину. И только когда он завел машину — ужасный шум — и повернул на Сизария-гроув, он заметил листовку, которую кто-то прилепил на лобовое стекло, пока он гостил у Сенты. Включенные дворники тащили обрывки бумаги по мокрому стеклу. Филипп свернул на обочину, остановился и вышел.

Он скомкал раскисшую бумажку. Это была реклама распродажи ковров. С дерева ему на шею упала ледяная капля, и он вздрогнул. На кладбище темно, над землей какой-то вязкий холодный пар. Филипп положил руки на ворота. Ржавое железо было мокрым. Филипп почувствовал что-то более ледяное, чем капля, упавшая на него, — дрожь по спине.

На одной из ступенек, ведущей к паперти, горела одинокая свеча. Ворота открылись со скрипом, напоминавшим стон человека. Филипп сделал несколько шагов по камням, промокшей траве, влекомый голубоватым сиянием и желтым кругом над пламенем.

На крыльце на постели из одеял и тряпья кто-то лежал. Лицо Джоли, поднявшего голову к свету, показалось Филиппу маской привидения.

ГЛАВА 17

Он не желал этого делать. Вся его природа противилась лжи. Мысль о том, что можно изображать кого-то другого, рассказывать придуманную историю, чтобы получить некоторые сведения, была так отвратительна, что Филиппа по-настоящему подташнивало, когда он думал об этом. Он откладывал четыре дня. И вот он в кабинете Роя один (Рой на обеде, а секретарша занимается почтой мистера Элдриджа), и у него есть шанс, не воспользоваться которым означает струсить.

Встреча с Джоли сделала этот поступок необходимым. По какой-то причине (хотя Филипп едва ли понимал, по какой именно) он поверил Сенте, когда та сказала, что Джоли и убитый Джон Крусифер — это одно лицо. Он поверил, и ему довелось пережить ужасное. Ведь он решил, что смерть Джоли отчасти произошла по его вине, пусть и не он убил бродягу.

Джоли жив. Его отсутствие объяснялось тем, что он месяц лежал в больнице. Филипп и не думал никогда, что в жизни бродяг, хоть она и похожа на жизнь обычных людей, может быть место врачам. Ему не приходило в голову, что бездомные иногда по необходимости проникают в мир тех, у кого есть крыша над головой.

РУТ РЕНДЕЛЛ

— Мне оперировали простату, — сказал Джоли, приветствуя Филиппа у своего очага, состоящего из свечи и тряпья, и предлагая ему свою подушку — ярко-красный пакет «Теско», набитый газетами. — При моем образе жизни, как вы могли бы выразиться, нежелательно каждые десять минут бегать по малой нужде. Представляете, я в этой больнице чуть не умом тронулся.

— Постоянно вас мыли, да?

— Не в этом дело, начальник. Двери запертые — я этого не переношу. Нас в палате было шестеро. Днем все нормально, но на ночь двери запирают. Я как свинья потею, когда двери закрыты. Пришлось выздороветь. Пришлось, меня просто вынудили. «Вы не пойдете отсюда сразу обратно на улицу», — сказали мне они. Будто я уличная девка. Вот, мол, друг, как тебе подфартило!

Филипп дал старику пятифунтовую купюру.

— Большое спасибо, начальник. Вы порядочный человек.

С тех пор он видел Джоли еще дважды, но не рассказал Сенте ни об одной из этих встреч. Да и о чем говорить? Еще раз упрекнуть ее во лжи? Больше тут ничего нельзя сделать. Кроме того, Сента, может быть, искренне считала, что Джон Крусифер — это Джоли.

Теперь Филипп позвонил в справочную, продиктовал адрес «Уордвилл Пикчерз», и удивился, получив номер телефона. Собравшись с силами, сделав глубокий вдох, он позвонил.

— Могу я поговорить с Тиной Уэндовер?

— Она на читке. Кто ее спрашивает?

Филипп был ошеломлен. Сента сказала, что в среду читка сценария «Нетерпимости». Сегодня среда. Филипп представился.

— Не хотели бы вы поговорить с ее помощником?

Он согласился, а когда его соединили, сказал, вяло бормоча, что звонит от имени агента Сенты Пелхэм. Он правильно понял, что Сенте предложили роль в «Нетерпимости»?

— Да, совершенно верно, — помощница, казалось, была удивлена и спросила с подозрением: — А с кем именно я разговариваю?

Филипп чувствовал себя виноватым, потому что сомневался в Сенте, но тем не менее он был поражен. Такое подтверждение возродило его чувства к Сенте, помогло увидеть ее в другом свете. Не как нового человека, а как более цельную, еще более необыкновенную Сенту, более умную, более искушенную и успешную, чем он мог предполагать. Даже в эту минуту она сидит на читке. Он, конечно, не знал, что происходит на таком предварительном мероприятии, но представлял себе, как актеры и актрисы, некоторых из них он знает в лицо, сидят за длинном столом, на котором лежат листы сценария, и читают свои роли. И среди них Сента, она одна из них, она знает, как правильно себя вести, знает порядок дальнейшей работы. Она, возможно, в длинной черной юбке и серебристо-серой кофте, серебряные волосы распущены и закрывают ее плечи... С одной стороны сидит Дональд

Синден, а с другой — Миранда Ричардсон. Филипп понятия не имел, снимаются ли они в этом сериале, но рядом с Сентой представил именно их.

Вдруг она стала для него более реальной, чем была прежде, — деятельным ответственным человеком, живущим в обществе. Благодаря такой прекрасной новости Филипп понял, что любит Сенту еще сильнее. Страхи отступали. Они уже выглядели невротическими подозрениями, происходящими из того, что он просто не знал таких людей, как Сента, не знал мира грез и вымысла, в котором эти люди, должно быть, неизбежно обитают, такое уж у них ремесло. К тому же они заменяют свою жизнь чем-то выдуманным, ненастоящим — или так кажется обывателям вроде него. Стоит ли удивляться тому, что и правду они понимают нетривиально, что для них правда — это что-то неясное и расплывчатое, дающее возможность для бесчисленных творческих интерпретаций.

Дома Филипп услышал из гостиной голоса — Кристин и какого-то мужчины. Он открыл дверь и увидел, что гость — Джерард Арнэм.

Видимо, Арнэм позвонил в тот же день, когда случайно встретился с Филиппом, а Кристин ничего не сказала сыну. Филипп обнаружил, что и мать тоже способна что-то скрывать. Она выглядела симпатично и молодо, и ее легко можно было принять за старшую сестру Фи. Она покрасила волосы и сделала прическу, и Филиппу пришлось признать, что мать все же недурной парикмахер. Кристин надела светлое голубое платье с белыми горошинами, такие (он каким-то образом догадался о причине) всегда нравятся мужчинам, а женщины их часто не любят: с широкой юбкой, узкой талией и большим квадратным вырезом.

Арнэм вскочил:

— Филипп! Здравствуйте! Мы уже собрались идти ужинать. Я как раз подумал, хорошо бы вас дождаться, повидаться.

Когда они обменивались рукопожатиями, Филипп увидел перед глазами ту женщину, которая вышла из дома Арнэма и обвинила его в том, что он ехал слишком быстро. Надо предупредить мать о существовании этой женщины, как бы ни огорчала его такая перспектива. Но не сейчас, сейчас нельзя. А еще Филипп вспомнил, что наверху, у него в шкафу, стоит Флора.

— Можно выпить по бокалу хереса, Фил, — Кристин произнесла эти слова так, будто это будет очень смелым поступком.

Филипп сходил за хересом, принес бокалы. Разговор завязался, но довольно неловкий, ни на чем подолгу они не останавливались. До прихода Филиппа Арнэм, по-видимому, отчитался Кристин о том, как подобрал новый дом и как переехал. Он и теперь вернулся к этой теме, а Кристин жадно слушала подробности. Филипп не придал этому большого значения. Он вновь поймал себя на том, что взвешивает шансы Арнэма как потенциального муж матери. И ему показалось, что та женщина, которая сбежала по лестнице, услышав звук его тормозов, была печальна. Неужели они с Арнэмом не поладили? Они собирались расстаться?

Он смотрел, как Кристин и Арнэм идут по дорожке к калитке, и махнул матери на прощание. Машина Арнэма стояла на противоположной стороне улицы, вот почему он не заметил ее, когда приехал.

Арнэм помог Кристин сесть в машину вполне утонченно и старомодно, и Филипп почувствовал, что если бы не летнее тепло и духота, то захотелось бы укрыть колени пледом. Невозможно удержаться и не представлять Кристин как миссис Арнэм, живущую в Чигвелле в доме с садом, где растет боярышник. Возможно, женщина, которую он видел, сестра Арнэма или экономка.

У него будет право уйти. Ничто не может воспрепятствовать его с Сентой переезду в квартиру на последнем этаже в доме на Тарзус-стрит. Филипп думал об этом, когда ехал по холму Шут-Ап, как о чем-то вполне реальном, совсем не как о несбыточной мечте. Черил, естественно, переедет с матерью. Жить в семье с двумя родителями и в более привлекательном месте — это лучшее, что можно придумать для сестры. Филипп помнил, что уже думал об этом раньше, когда Кристин только познакомилась с Арнэмом, но тогда все было иначе, тогда в его жизни еще не появилась Сента.

Джоли нежился в своей тележке на солнышке, как старый пес. Филипп махнул ему рукой, и Джоли в ответ поднял вверх большие пальцы. Наступало время сильной жары, она уже чувствовалась в атмосфере, в тихом вечере, в ровном золоте заката. И Филипп ощутил, войдя в дом и услышав звуки вальса, что все становится таким, каким было когда-то. Пройден полный круг, возвращается былое счастье. Нет, даже больше: новое счастье становится следствием испытаний, ошибок и наградой за их осознание. Внизу его ждет Сента, его великодушная, честная, мечтающая, любимая. К Кристин вернулся Арнэм. Джоли снова на своем посту. Погода обещает быть еще более великолепной.

Жара стояла ужасная и в то же время замечательная. Совсем хорошо было бы на морском побережье — Филипп без конца мечтал, как они с Сентой там окажутся. В Лондон жара приносит с собой засуху, вонь и пот. Но в подвальной комнате Сенты стало прохладно. В обычную теплую погоду там душно, в холодную — очень холодно. Теперь Сента открыла задние окна, о существовании которых Филипп даже не подозревал, и сквозняк проветрил подвальные комнаты.

Была пора прогулок, когда Лондон на какое-то время превращается в европейский город с уличными кафе на тротуарах. Филиппу хотелось проводить вечера на свежем воздухе. Ничто ему не нравилось так, как когда его видят с Сентой, ему льстила зависть других мужчин. Гулять с Сентой по Хэмпстеду и Хайгейту, взявшись за руки, среди столпотворения других молодых людей казалось ему самым заманчивым вечерним занятием — но, конечно, с мыслью о раннем возвращении на Тарзус-стрит. И Сента соглашалась, хотя, наверное, с радостью оставалась бы дома.

На четвертый день этой жары, когда не было никаких признаков перемены погоды, Филипп поехал в Чигвелл. Пришла новая мраморная плита для миссис Райпл, безупречная, слишком ровная и без всяких трещин, чтобы быть похожей на настоящий мрамор. Он решил, что сам отвезет ее, услышит одобрение хозяйки и даст личное обязательство, что на этой же неделе сборщик все установит. Был понедельник.

В те выходные они с Сентой были невероятно счастливы. Филипп поздравил ее с ролью в «Нетерпимости» (разумеется, не сказав о том, что наводил справки) и увидел, какое удовольствие приносят ей его похвалы и как она рада отвечать даже на самые наивные вопросы. Сента демонстрировала ему, как собирается играть свою роль, меняла голос и выражение лица так, что правдоподобие перевоплощения пугало Филиппа. Она, похоже, уже выучила почти все свои реплики. Филипп предвкушал ту гордость, которую он испытает, когда увидит Сенту на экране. Волнение было сильным, он едва не задыхался.

Они не расставались с вечера пятницы до сегодняшнего утра. В субботу они говорили о том, что хорошо бы пойти в квартиру наверху, начать готовить все к переезду, теперь уже скорому. Но было слишком жарко. Они согласились оба, что для уборки будет достаточно времени, когда снова похолодает. Можно подождать до следующей пятницы.

В такую жару, наверное, тысячи людей ходили по залитым солнцем улицам, но Филипп их почти не видел. Они были словно тени или призраки, они лишь создавали фон, на котором Сента становилась более реальной, еще более красивой и родной. Позади было непонимание, в прошлом остались споры, раздоры забыты. Солнце и неспешный чувственный ритм их жизни растопили разговоры о смерти и насилии. Они обедали на летних верандах пабов или на траве в Хэмпстед-Хите, пили много вина. Неторопливо, рука об руку, возвращались к машине, ехали обратно на Тарзус-стрит, белую, пыльную от жары, и ложились в кровать в подземной прохладе. Филипп начал чувствовать, что почти излечил Сенту от агорафобии. Требовалось совсем немного уговоров, чтобы вытащить ее на улицу в солнечный полдень или приятный теплый вечер.

— Только подумай, — говорила Сента, — через неделю мы сможем быть вместе все время.

— Ну, может, не через неделю, но очень скоро.

— Не будем откладывать, начнем в пятницу. Может, перенести наверх кровать? Это уже будет начало. Я попрошу Риту, чтобы нам помог этот противный Майк, хорошо? Есть только одно дело, с которым, я бы хотела, чтобы ты мне сначала помог, но оно не отнимет много времени, и тогда мы начнем думать, как привести в порядок квартиру. Я так счастлива, Филипп, никогда в жизни я не была так счастлива!

На протяжении тех выходных она ни разу ничего не выдумала. Его вниманию не было предложено ни одной небылицы. Случилось что-то вроде изгнания нечистой силы, думал Филипп. Сента избавилась от необходимости переиначивать правду. Мог ли он не чувствовать самодовольной уверенности в том, что именно их взаимная любовь преобразила ее? Действительность перестала быть для нее блеклой.

Застряв по дороге в Чигвелл в пробке в тоннеле, Филипп с нежностью думал о Сенте. Он оставил ее лежащей в кровати, ставни были наполовину закрыты, комнату продувал легкий утренний ветерок, который потом стихнет. На постель лентами падал солнечный свет, но не попадал на лицо и глаза Сенты: Филипп позаботился об этом. Сента ненадолго проснулась и протянула к нему руки. Боль расставания была сильнее, чем обычно, и она прижалась к нему, поцеловала и прошептала, чтобы он пока не уходил, не сейчас.

На подъездах к А12 пробка оказалась такой огромной, что Филипп подумал, не лучше ли развернуться, когда появится возможность. Потом он будет размышлять, как могла бы измениться его жизнь, если бы он сделал так. Может, и не так существенно. Еще несколько дней длилось бы счастье, но, как и жаре, ему пришел бы конец. В сущности, тот день не принес бы никакого спасения.

Поверни он назад, мыльные пузыри иллюзий лопнули бы и самообман стал бы очевиден позже, а не в тот полдень.

Он не развернулся. Намокшая от пота рубашка прилипла к спинке сиденья. Впереди, в полумиле (насколько он мог судить) перегрелась машина, и радиатор у нее кипел. Именно из-за этой аварии движение почти остановилось. Филипп был рад, что не назвал миссис Райпл точного времени. Он сказал только, что приедет во второй половине дня, моментально получив выговор за неопределенность.

Через двадцать минут он уже проехал мимо машины, из поднятого капота которой шел пар. Как только он свернул на улицу миссис Райпл, мраморная плита упала с заднего сиденья, и Филипп испугался, как бы она не дала трещину.

Когда он наконец припарковался у дома и удостоверился в том, что плита цела и невредима, с него градом покатился пот. На дороге плавился асфальт, а на буграх на сильном ярком солнце плясали миражи водной пелены. Газоны желтели, засыхали. Филипп вытащил из машины мраморную плиту в картонной коробке.

Когда он подошел к калитке, входная дверь дома миссис Райпл отворилась и вышла женщина с черным скотч-терьером на поводке. Она остановилась на ступеньке, как делают все, кто обычно долго и нудно прощается. Это была она, любовница Арнэма, или жена, или сестра, или домработница. На пороге стояла миссис Райпл, и за ней было видно ту самую Перл с длинными вьющимися волосами. Только сегодня платье у Перл было ярко-розовое, без рукавов, а сама миссис Райпл надела что-то легкое с тоненькими завязками, открыв загорелые плечи и костлявые руки.

Филипп не знал, почему вид женщины с собакой поверг его в такой шок. Он пошатнулся, вцепился в верхнюю перекладину калитки и сжимал ее, пока железо не впилось в кожу. Вес ноши, которую он держал, внезапно напомнил ему о другом мраморном предмете, который он тащил однажды теплым днем, — о Флоре, которую он нес в дом Арнэма, когда тот жил в Бакхерст-Хилле.

Подруга Арнэма шла по дорожке по направлению к нему, пес уже обнюхивал его ноги. Женщина, видимо, не узнала Филиппа. Ее хищное лицо было напряжено, глаза темны, лоб в глубоких морщинах. Она выглядела так, будто жара ее иссушила, истощила физически. Она прошла мимо, пристально глядя перед собой, словно в состоянии транса. Филипп таращился на нее — и не мог ничего с собой поделать. Оглянувшись, он стал смотреть, как она выходит из калитки и машинально, как казалось, заворачивает за угол.

— А вот и вы, — произнесла миссис Райпл. Это было самое мягкое приветствие, которое Филипп когда-либо от нее слышал. Перл сумела улыбнуться, не разжимая своих ярко-красных масленых губ.

На диване миссис Райпл Филипп машинально начал открывать картонную коробку и вытаскивать оттуда плиту на подушки. Его потрясла именно собака, понял он, присутствие такой собаки, собаки этой породы. Он хотел спросить миссис Райпл, кто эта женщина, хотя уже знал, и кто она такая, и что за собака. Это Воришка и Уголек.

— Ну, кажется, теперь вы исправились — сказала миссис Райпл.

Перл провела с красным ногтем по поверхности мрамора:

— По крайней мере, в щели не будет забиваться мыло или что там еще. Представь, в той плите копилась бы грязь. Похоже, никто об этом даже не подумал.

— Перл, они и не думают. Проектируют их мужчины, понимаешь? Мы увидели бы перемены, если в этих делах имели бы вес женщины.

Филиппу хотелось сообщить, что на самом деле именно эта серия туалетных шкафчиков с мраморными столешницами разработана женщиной. Когда-нибудь он не откажет себе в таком удовольствии. Но теперь из его сознания странным образом улетучилось все, кроме того маленького черного скотч-терьера, которого Сента называла Угольком и который скулил над телом мертвого хозяина.

— В таком случае, если вы довольны, — Филипп слышал себя как будто со стороны, — я отнесу плиту наверх. Сборщик придет до конца недели.

— Ты заметила, Перл, что с этими людьми всегда одно и то же? Для них начало недели — это утро среды, а «до конца недели» означат в пятницу после обеда.

Он почти не слышал ее. Он понес мраморную плиту вверх по лестнице, чувствуя ее тяжесть так, как если бы был в три раза старше. В будущей ванной комнате он подошел к окну, на котором нервно подрагивали жалюзи в цветочек, и стал смотреть. Весной, когда он увидел его в первый раз, боярышник был в цвету, а теперь плодоносил, ягоды превращались из зеленых в красновато-коричневые. Под кустом стояла статуя Купидона с луком и колчаном стрел, заменившая Флору. Но Филипп заметил кое-что еще, и это поразило его: за садом никто не ухаживал уже несколько недель. Никто не подстригал траву, не полол сорняки, не срезал увядшие бутоны. Сантиметров на пятнадцать выросла буйная трава вперемежку с желтыми и белыми цветочками сорняков.

Маленький черный скотч-терьер вбежал в сад и спрятался в высокой траве, как дикое животное в настоящих зарослях. Уголек, думал он, Уголек. Филипп отвернулся и вышел. Как бы ни было ему плохо, как бы ни был он охвачен паникой и страхом, не поддающимися анализу, он должен узнать правду. Если нужно, он спросит. В нынешнем состоянии — то ли крепнущей убежденности, то ли все еще неуверенности — немыслимо уйти отсюда, поехать домой и унести с собой сомнения, чтобы они потом грызли его, как крыса. В самом ожидании Филипп ощущал боль.

Спрашивать не пришлось. Филипп стоял у лестницы, держась за перила, и слушал. Дверь в гостиную была открыта, и снизу донесся голос миссис Райпл:

— Ты знаешь, кто это приходил?

— Ты о ком?

— О той женщине с собакой, которая зашла спросить, не знаю ли я кого-нибудь, кто помог бы ей с садом.

— Я не расслышала, как ее зовут.

— Майерсон ее фамилия. Майерсон. Заметь, я не терплю собак в доме, я не разрешила бы ей зайти, но не могла же я возражать, когда такие обстоятельства. Удивительно, что это имя ни о чем тебе не напомнило. Это ее мужа убили... когда же это произошло? Месяц назад? Недель пять?

— Убили? — переспросила Перл. — Ну-ка, скажи еще раз, как его звали?

— Гарольд. Гарольд Майерсон.

— Возможно, ты упоминала об этом в письме. Я никогда не читаю в газетах о таких происшествиях, стараюсь их просто не видеть. Может, я трусиха, но подобного не переношу.

— Его убили в Хэно-Форест, — продолжала миссис Райпл, — воскресным утром, чудесным солнечным утром. Ударили ножом в сердце, когда он гулял вот с этой собакой.

ГЛАВА 18

Сента сидела на кровати, Филипп — на плетеном стуле. Окно было открыто, но он из страха затворил его. Существовала комната, в которой они находились, — и зазеркалье, зеленоватое, водянистое, царство топей, зазеркалье этой комнаты, отражавшейся в наклоненном стекле.

— Я же тебе говорила, что убила его, Филипп, — говорила Сента, — я тебе все время твердила, как ударила его стеклянным кинжалом.

Он не мог произнести ни слова. Он мог лишь повторять, что требует правды. Она была более спокойна и разумна, чем когда-либо, расспросы ее даже забавляли.

— Теперь я понимаю, что убила не того человека. Но ты ведь мне все время говорил, что Арнэм живет там. Ты мне показывал дом. Мы проезжали мимо, ты показал на него и сказал: «Вот здесь живет Джерард Арнэм». Думаю, Филипп, ты должен признать, что ошибся ты, а не я.

Она рассуждала так, будто проблема лишь в том, что она выбрала не того человека. Она, возможно, слегка сердилась за то, что Филипп опоздал на свидание. Он закрыл голову руками. Он так и сидел, чувствуя скапливающийся между пальцами пот и горячую пульсацию в висках. Сента дотронулась до него рукой, от прикосновения ее детской ладошки Филипп вздрогнул и отшатнулся. Будто к коже очень близко поднесли зажженную спичку.

— Это совершенно не важно, Филипп, — долетали до него ее слова, произносимые мелодично, ласково, рассудительно. — Совершенно не важно, кого я убила. Смысл в том, чтобы кого-нибудь убить, чтобы доказать свою любовь. В общем — если ты, конечно, не против, чтобы я об этом говорила, — ты ведь убил не того опустившегося старика — как там его, Джоли, да? Ты тоже ошибся. Но тем не менее поступок совершен, — она как-то мягко и жалко хихикнула. — В следующий раз, я полагаю, получится лучше, мы будем аккуратнее.

Филипп вскочил и набросился на нее прежде, чем понял, что происходит. Сжав ее плечи, вонзившись в них ногтями, он швырял ее на кровать, вдавливал в матрас ее хрупкое тело, слабую грудную клетку, птичьи кости. Сента не сопротивлялась. Она подчинилась силе, только едва стонала, а когда он стал ее бить, лишь закрыла лицо руками.

Увидев кольцо, которое он ей подарил, серебряное, с лунным камнем, Филипп остановился. Это кольцо и лицо Сенты, так слабо защищенное от его молотящих рук, словно заставили его замереть. Ведь он был человеком, ненавидящим насилие, и до этой минуты не мог представить себе, как совершает жестокость. Даже разговоров об этом он не переносил. Даже сама мысль о чем-то подобном казались ему началом разложения.

Звучащий наверху «Большой вальс» из «Кавалера розы» пронизывал потолок мелодичным тяжелым напевом. Чувствуя отвращение к самому себе, Филипп рухнул на кровать. Он был в шоке, он не чувствовал способности мыслить, он хотел умереть.

Спустя какое-то время он услышал, что Сента встала. Она терла глаза. Он поранил ей лицо, на одной из скул был след крови. Кольцо с лунным камнем врезалось в палец, когда она заслонялась. Сента вздрогнула, увидев кровь на кончике пальца. Она встала на четвереньки, чтобы рассмотреть в зеркале царапину на лице.

— Прости, что ударил тебя, — проговорил Филипп, — я был не в себе.

— Все в порядке, — сказала она, — не важно.

— Как раз важно. Я не должен был к тебе прикасаться.

— Можешь меня бить, если хочешь. Можешь делать со мной все что угодно. Я люблю тебя.

Ее реакция поразила его. Потрясение было так огромно, что погрузило Филиппа в какое-то бессознательное состояние. Он мог лишь беспомощно смотреть на Сенту, слушать эти слова, произнесенные в немыслимой ситуации. Ее лицо было ласковым от любви, будто черты начали таять. Кровь искажала серебряно-белое совершенство, делала Сенту земной. Слишком земной.

— Значит, все правда? — выдавил Филипп.

Сента кивнула. Она удивилась, но как-то очень по-детски искренне:

— Ну, да, правда. Конечно, правда.

— То, как ты следила за ним, подошла к нему и сказала, что тебе попало что-то в глаз, — правда? — Он едва мог выговорить это, но все же выговорил: — И то, что ты нанесла удар в сердце, — тоже правда?

— Я же тебе говорила. Конечно, это правда. Я не подозревала, что ты сомневался, Филипп. Я думала, ты веришь мне.

В горячке страха, неверия и паники он приехал из Чигвелла прямо на Тарзус-стрит. Он не заезжал ни в офис, ни домой, поэтому оказался здесь довольно рано. И в этот раз, возможно, впервые, через окно в подвале она заметила, как он пришел. С ее губ исчезла улыбка, когда она увидела его лицо.

Он не привез ни вина, ни продуктов. То был крах его мирка — по крайней мере, он так думал, с трудом спускаясь в подвал. Он никогда больше не сможет пить, не сможет есть. Ответив на все вопросы, ответив на них утвердительно, Сента спросила:

— А не выпить ли нам вина? Я бы с удовольствием. Филипп, может, сходишь, купишь бутылочку?

На улице он почувствовал себя затравленным зверьком. Это было новое ощущение. По дороге сюда он был напуган, но боялся лишь того, что она может ему сказать, того, что ее вид и слова могут подтвердить. И вот, когда он все узнал, ему стало казаться, что его преследуют. К тому моменту, когда слова Сенты вдруг подтвердил посторонний человек, Филипп уже не верил почти ничему из ее рассказов, начал привыкать не верить ей с первой же минуты. А когда подтвердилось ее участие в съемках телесериала, Филипп обрадовался, почувствовал облегчение. Странно, что теперь, когда она подробно обрисовала ему самое немыслимое из всего, что когда-либо рассказывала, он поверил ей полностью. Сомнений не оставалось.

Он купил две бутылки дешевого белого вина, но уже заранее знал, что не притронется к нему. Он должен сохранить ум ясным. Опьянение не для него. Это все же не то туманное ликование, в которое они иногда впадали, когда секс плавно перетекал в предрассветный сон: этому так легко не поддашься, так не оцепенеешь. Попав из пыльной духоты первого этажа в прохладную темноту подвала, Филипп почувствовал, как действительность и правда снова оглушили его, как тяжело осознать, что Сента хладнокровно убила беззащитного человека, и прошептал: «Не может быть, не может быть...»

Она с жадностью принялась пить вино. Он взял свой полный бокал и отнес в ванную, вылил и наполнил водой. Нельзя понять, вино или вода в этом мутном зеленом бокале. Сента протянула к нему руку:

— Останься со мной на ночь. Не уезжай сегодня.

Он взглянул на нее в отчаянии. Она угадала его мысли.

— Не думаю, что я смог бы поехать домой. Мне кажется, я не могу покинуть эту комнату. Я не в состоянии

327

ПОДРУЖКА НЕВЕСТЫ

видеть других людей. Я могу быть лишь с тобой. Ты сделала так, что теперь я не способен ни с кем общаться.

Сента, казалось, была обрадована. У Филиппа мелькнула мысль, что это и было единственной ее целью — отгородить их двоих от любой возможной компании. Он снова увидел безумие в ее рассеянном взгляде, в надменном безразличии ко всему тому, что ужасает и ошеломляет нормального человека. Это лицо Флоры. То же выражение мраморных черт, как тогда, целую вечность назад, в саду Арнэма. На сей раз Филипп не стал гнать мысль о сумасшествии Сенты. Если она помешанная, то она не может помочь себе сама. Если она душевнобольная, то она беспомощна, не способна контролировать свои действия.

Он обнял ее. Ужасно, но объятия не доставили ему никакого удовольствия. Он словно обнимал что-то гниющее, разлагающееся или мешок с мусором. Он испугался, что сейчас его вырвет. А затем пришла жалость, жалость к ней и к себе, и он заплакал, уткнувшись лицом ей в плечо, прижавшись губами к ее шее.

Сента гладила его волосы и шептала:

— Бедный Филипп, бедный Филипп, не грусти, не надо грустить...

Он был в доме один. Он сидел у окна в гостиной и смотрел, как на улице смеркается. В такие закаты Гленаллан-Клоуз, облитый тусклым красным светом, спокойным и греющим, живописен как никогда.

Позади были ночь и день почти постоянных, непрекращающихся страданий, на которые и оглянуться немыслимо: невероятно, что два человека смогли их вынести. Разумеется, о том, чтобы пойти на работу, не было и речи. После тех долгих часов без сна, когда Сента то дремала, то просыпалась, то умоляла заняться с ней любовью и однажды даже встала на колени, Филипп все-таки не уснул. Он встал в восемь, чтобы пойти в коридор к телефону и позвонить домой Рою. Не нужно было притворяться, что он охрип, что во рту у него пересохло, не нужно было изображать утомленность. Все это у него было после тех страшных часов.

И с восходом солнца все началось заново. На ночь они не открывали ни дверь, ни окна, и в комнате уже было жарко, как в духовке. Сента, которая спала, когда Филипп выходил звонить, теперь пробудилась и стала кричать. Тогда ему опять захотелось ее ударить, чтобы прекратить эти бессмысленные стоны. Он хватал себя за руки, чтобы сдержаться и не ударить ее. Он познавал насилие, когда-то ему чуждое. Он учился тому, что каждый способен почти на все.

— Прекрати, — сказал Филипп, — прекрати реветь. Нужно поговорить. Нужно решить, что делать.

— Что же делать, если ты меня совсем не любишь?

Ее лицо было влажным от рыданий, как если бы кожа впитала слезы. Мокрые пряди волос прилипли к ее лицу.

— Сента, ты должна мне рассказать, — Филиппа осенило, — рассказать правду. Ты должна впредь говорить мне только правду.

Она кивнула. Филипп почувствовал, что она соглашается, чтобы избежать лишних неприятностей. Ее глаза с опухшими веками насторожились, стали более темными и проницательными.

— Что ты имела в виду, когда сказала, что такое с тобой не в первый раз? Когда ты говорила о полиции? Что ты хотела этим сказать?

— Я имела в виду, что когда-то убила кое-кого еще. У меня был парень, его звали Мартин, Мартин Хант — я же тебе рассказывала. Я говорила тебе, что до тебя у меня был другой. Я думала, он мой единственный. Это было еще до того, как я тебя увидела. Задолго до того, как мы познакомились. Это же ничего, Филипп, правда? Если бы я знала, я бы и близко не подошла к нему. Никогда бы не заговорила с ним, если бы знала, что встречу тебя.

Он покачал головой. Это был слабый и бессмысленный протест против чего-то, о чем он пока не догадался, но предчувствовал, что это будет что-то чудовищное.

— Ну, и что с ним?

Вместо того чтобы ответить, она спросила, пододвигаясь, но не получая ни ласки, ни тепла:

— Ты меня защитишь, спасешь и будешь по-прежнему любить? Будешь?

Филипп ужаснулся, потому что не знал ответа. Он не знал, что сказать. Он не знал, чего боится больше: закона и его силы за пределами этой комнаты или ее. Для него было важно не бояться ничего, ведь он мужчина. Он сделал над собой усилие, чтобы обнять ее и прижать к себе.

— Я ревновала, — начала она приглушенно. — Если ты когда-нибудь найдешь себе другую, я убью ее, Филипп. Я не причиню вреда тебе, но ее я убью.

Она ничего не сказала ему, а у него не хватало духу настаивать. Он обнимал ее машинально, его рука превратилась в ухват, достаточно крепкий, чтобы поддерживать другого человека. Это было похоже на то, как он нес Флору, когда они ехали в гости к Арнэму. Сента такая же тяжелая и безжизненная, как каменная статуя.

Потом он вышел за продуктами. Потом сварил кофе и заставил ее выпить. Они услышали наверху шаги, услышали, как захлопнулась входная дверь, а когда Филипп выглянул в окно, то увидел, что Рита и Джейкопо удаляются с чемоданами в направлении метро. Во второй половине дня Сента поднялась наверх, а когда вернулась, сказала, что ходила за снотворным Риты. Убедившись, что в комнате нет вина, Филипп, ушел, как только она уснула. Она проспит несколько часов, а вечером он вернется.

Левую дверцу машины кто-то поцарапал. Похоже, вот этим ржавым гвоздем, который злоумышленник забыл на капоте. На Сизария-гроув Джоли не было, он стоял последним в очереди в бесплатную столовую матери Терезы на Тайр-стрит. Филипп кивнул ему, но не улыбнулся, не помахал. Он чувствовал, что глубокое потрясение и угнетенность ужасным событием сковывают движения, заставляют погружаться в себя и концентрироваться только на одном. Он сомневался, садиться ли за руль. Для того чтобы вести машину, он не в лучшей форме, все равно что пьяный.

Дом в Гленаллан-Клоуз был пуст, если не считать Харди. Пес завертелся вокруг хозяина, стал прыгать и лизать руки. В хлебнице Филипп нашел нарезанный хлеб, в холодильнике — овощной салат, заправленный майонезом, и ветчинную колбасу, но ни к чему не притронулся. Когда-нибудь он, возможно, снова сможет есть, если перестанет чувствовать ком в горле, как плотно закрытую дверь. Из окна в гостиной он наблюдал за последними минутами заката; ясное, обагренное красным цветом, перламутровое небо казалось ненастоящим, какой-то декорацией другого мира. Ведь в этом мире происходит такое… Как же Филипп хотел, чтобы все оказалось вымыслом, как же он хотел поверить в то, что сам все выдумал или увидел во сне, от которого теперь очнулся…

В поле зрения появилась машина, остановилась у дома. Полиция, подумал Филипп. Нет, это «ягуар» Арнэма. Из него вышли Арнэм и Кристин, с букетом цветов в одной руке и корзиной чего-то вроде малины в другой. Харди услышал, что приехала хозяйка, и выскочил из двери.

Кристин немного подзагорела, кое-где кожа даже покраснела.

— Мы были на пикнике, — сообщила она, — Джерард взял отгул, и мы поехали в Эппинг-Форест. Это было так славно, прямо как за городом.

Другой мир. Филипп подумал, заметно ли на его лице отчаяние, которое он испытывает. Арнэм был очень загорелый и походил на итальянца или грека. На нем были джинсы и белая рубашка, расстегнутая почти до пояса, как носят молодые.

— Здравствуйте, Филипп. Вы сегодня были где-то не там, где надо, это точно.

С этого дня он всегда будет где-то не там. Филипп спросил, даже не пытаясь построить вопрос вежливо:

— Где вы теперь живете?

— По-прежнему в Бакхерст-Хилл, но на другой стороне Хай-роуд. Я переехал недалеко.

Кристин сходила за вазой и теперь расставляла в ней гвоздики, сказав своим очаровательно простодушным легкомысленным тоном:

— Да, Филипп, мне так хотелось посмотреть на дом Джерарда. Мы были совсем рядом. Наверное, я слишком любопытная, но мне так нравится смотреть новые дома. Джерард ни за что не хотел меня туда везти, сказал, что там еще ничего не готово и смотреть не на что. Сказал, нужно хорошенько убраться, прежде чем позволить мне переступить порог.

Филипп колебался, а затем произнес довольно сухо:

— Полагаю, на самом деле вы не хотели, чтобы мама увидела, что вы избавились от Флоры.

Повисла пауза. Арнэм густо покраснел. Удар попал в цель. Филипп не был уверен, что в этом причина нежелания Арнэма пригласить Кристин домой, но теперь убедился, что так оно и есть. Держа в руке несколько гвоздик, совсем, как Флора, Кристин повернулась и с удивлением посмотрела на Арнэма:

— Неужели это правда, Джерард? Ты ведь не избавился от Флоры, нет?

— Извини, — ответил он, — мне страшно жаль. Филипп прав, именно поэтому я не захотел повезти тебя домой. У меня есть сад, а ты обязательно спросила бы о статуе. Извини.

— Если она тебе не понравилась, жаль, что ты не сказал сразу. — Филипп не подозревал, что мать может так огорчиться. — Лучше бы ты сказал, мы забрали бы.

— Кристин, поверь, я действительно хотел, чтобы она была у меня, она правда мне нравилась. Пожалуйста, не смотри на меня так.

— Да, я знаю, что веду себя глупо, очень по-детски, но это известие испортило мне день.

— Он продал ее кому-то из Чигвелла, — Филипп не мог припомнить, чтобы был когда-то таким мстительным. Это был новый, горький вкус во рту, едкий и приносящий удовольствие: — Спроси, не продал ли он статую семье из Чигвелла по фамилии Майерсон.

— Я ее не продавал!

— Значит, подарили.

— Все было совсем не так. Это произошло совершенно случайно. Как ты знаешь, Кристин, я уехал в Америку, пробыл там месяц, и, пока отсутствовал, дом был выставлен на аукцион. Статую не должны были включить в список, я оставил распоряжение, чтобы ее не продавали, но произошла какая-то неразбериха и ее продали, — Арнэм злобно смотрел на Филиппа. — Я пришел в ужас, когда узнал об этом. Я сделал все от меня зависящее, чтобы получить ее обратно, даже разыскал агента, который ее купил. Но к тому времени он уже продал статую какому-то человеку, расплатившемуся наличными.

На самом деле я не позвонил тебе, Кристин, именно поэтому. Мне очень хотелось с тобой увидеться, но я не нашел в себе сил сообщить тебе о Флоре. Я, конечно, струсил. Какое-то время я думал, что смогу ее вернуть, а когда ничего не получилось и я переехал в новый дом, прошло уже не один месяц, и я понял, что не могу позвонить теперь, потому что теперь это глупо, теперь слишком поздно. Кроме того, что я сказал, мне нечего объяснить по поводу статуи. Когда я встретил на Бейкер-стрит твоего сына, я понял, как сильно… как сильно мне тебя не хватает. — Филипп почувствовал на себе негодующий взгляд. Римское лицо Арнэма побагровело. — Я хотел тебя увидеть, — он говорил уже почти униженно, — я хотел тебе позвонить, хотел, но все время волновался по поводу статуи. Я думал, что придется тебе сказать, что она разбилась или… или что ее украли.

Филипп невесело усмехнулся. Мать поднялась, взяла вазу с гвоздиками и поставила на подоконник. Она расправила цветы, стараясь, чтобы они стояли симметрично. Она молчала. Харди спрыгнул со стула, на котором лежал, и бросился к Арнэму, подняв добрую, весело подергивающуюся мордочку и виляя хвостом. Филипп заметил, как бесспорно и очевидно инстинктивное отвращение Арнэма к собаке. Зачем тот вытянул руку, чтобы погладить Харди? Конечно, чтобы сделать приятное Кристин.

Кристин повернулась к Арнэму. Филипп ждал, что она начнет осыпать его упреками, хотя это было бы так на нее не похоже. Но Кристин лишь улыбнулась и произнесла:

— Ну, все разрешилось. Надеюсь, и ты чувствуешь, что недоразумению положен конец. А теперь я заварю нам всем чаю.

— Ты позволишь мне пригласить тебя на ужин, Кристин?

— Думаю, нет. Уже довольно поздно, а я не привыкла в такое время ужинать, к тому же тебе предстоит неблизкий путь. Боюсь, до сегодняшнего дня я не понимала, — добавила она очень светски, — какой этот путь неблизкий.

Филипп оставил их и пошел наверх. Он должен вернуться к Сенте, хотя сейчас ему хотелось этого меньше всего на свете. Скажи ему кто-нибудь два дня назад, что наступит, и скоро, время, когда он ни за что не захочет видеть ее, что мысль о встрече с ней будет ему отвратительна, он усмехнулся бы снисходительно. А теперь он чувствовал себя так, как когда-то очень давно, когда он был еще совсем маленький и у него заболел кот. Этого черно-серого бродягу Уордманы приютили уже взрослым, назвали Дымком, и благодаря заботливому уходу и хорошей еде он превратился в красивое блестящее создание.

РУТ РЕНДЕЛЛ

Дымок спал на кровати Филиппа. По вечерам, пока мальчик делал уроки, он лежал у него на коленях. Этот кот в большей степени принадлежал Филиппу, мальчик ласкал его, гладил, баловал. Дымку уже было, наверное, четырнадцать или пятнадцать лет, и он заболел. Зубы испортились, изо рта пахло, шерсть лезла, на шкурке появились проплешины, кот перестал умываться. И Филипп перестал чувствовать привязанность к нему, перестал его любить. Он делал вид, что по-прежнему испытывает к нему что-то, но притворялся плохо и неумело. Как это ни ужасно, но он начал сторониться бедного Дымка и обходил его корзину, стоявшую в углу на кухне, а когда родители, решились наконец сказать сыну, что предлагают из лучших побуждений усыпить Дымка, Филипп почувствовал такое облегчение, словно гора свалилась с плеч.

Не любил ли он своего кота только за красоту? Не любил ли он и Сенту только за красоту? И за то, что он считал красотой ее духа, личности, души, если угодно? Теперь он чувствовал, что как раз это в ней дурно, грязно, нездорово, зловеще искажено. От этого разило. Перестал ли он любить ее именно поэтому? Все не так просто. Филиппа не просто отталкивало безумие Сенты — он чувствовал, что любил придуманную им самим красавицу, а не того странного дикого зверька с извращенным сознанием, поджидавшего его на Тарзус-стрит.

Он открыл платяной шкаф и посмотрел на Флору. Она стояла в тусклом свете, с одной стороны от нее висели твидовые брюки, с другой — плащ, который Филипп купил взамен того, который у него украли. Удивительнее всего то, что Филипп больше не видел сходства с Сентой. Возможно, его никогда и не было в действительности и оно лишь плод его слишком старательного воображения. Лицо Флоры вдруг показалось Филиппу слепым и мягким, глаза — пустыми. К ней нельзя было применить слово «она» — только «это», что-то, сделанное из мрамора, возможно даже не с натуры, просто поделка равнодушного скульптора. Он вынул статую из шкафа, положил на кровать. Подумал, не вернуть ли ее обратно в сад. Ничто не мешает сделать это теперь, когда он знает, что Арнэм расстался со статуей давно, теперь, когда Кристин все известно, теперь, когда Майерсон, которому Флора принадлежала, мертв. Филипп понес ее вниз.

Арнэм уже уходил. Входная дверь была открыта, Кристин подошла к калитке, чтобы посмотреть, как Джерард садится в свой «ягуар». Филипп отнес Флору в сад за домом и поставил там, где она и стояла когда-то, у поилки для птиц. Неужели она всегда выглядела так кричаще безвкусно, неряшливо? Зеленое пятно, уродовавшее ее грудь и шею, отколотая мочка уха и новый изъян — пропавший цветок боярышника — превращали ее в подходящую спутницу краха. Филипп на минуту отвернулся, а обернувшись, увидел, что прилетел воробей и сел Флоре на плечо.

На кухне Кристин пила уже вторую чашку чая.

— Я звала тебя, чтобы узнать, не хочешь ли ты чаю, но тебя не было поблизости. Бедняга Арнэм, он расстроился, да?

Филипп ответил:

— Ты была слегка расстроена, когда он не приближался к тебе целую вечность.

— Неужели? — она выглядела озадаченной, словно безрезультатно напрягала память. — Не думаю, что он вернется, но не могу сказать, что мне жаль. Одри это не понравилось бы.

Во всяком случае Филипп подумал, что она сказала «Одри». Ему всегда казалось, что она говорит «Одри», но, возможно, только потому, что он никогда не слушал внимательно.

— А при чем тут она?

— Не она, дорогой, а Обри. Мой приятель, Обри. Ты понимаешь, о ком я говорю? О брате Тома, Тома Пелхэма.

Мир слегка покачнулся и пол вместе с ним.

— Ты хочешь сказать, это отец Сенты?

— Да нет же, Филипп. Его зовут Том. А это его брат — Обри Пелхэм, он брат матери Дарена, никогда не был женат, я с ним познакомилась на свадьбе Фи. Филипп, дорогой, я уверена, что никогда этого не скрывала, не держала в секрете, я всегда говорила, что встречаюсь с Обри, часто с ним вижусь. Ты ведь не станешь этого отрицать?

Он и не мог этого отрицать. Раньше он был слишком занят своими делами, чтобы обращать на это внимание. Он все время слышал имя Одри, женское имя. Но не для женщины Кристин покупала новую одежду, красила волосы, не из-за женщины стала энергичной.

— Дело в том, что он хочет на мне жениться. Ты... ты не будешь... не будешь против, если я выйду за него замуж?

Вот же оно, то, к чему он стремился, чего так сильно желал, — появление мужчины, которому можно доверить заботу о матери. Как мир может быть наполнен тем, что сегодня кажется делом первостепенной важности, а назавтра — ничем?..

— Я? Нет, конечно, я не буду против.

— Я просто думала, что должна спросить. Когда дети уже большие, по-моему, надо обязательно спрашивать их, не возражают ли они против твоего брака, хотя ты сама не ждешь от них, что они тебя спросят.

— Когда это состоится?

— Ой, я не знаю, дорогой. Я еще не дала согласия. Я думаю, что Черил пошло бы на пользу, если бы я вышла за него.

— Почему?

— Филипп, я же говорила, он социальный работник, работает с подростками, у которых подобные проблемы.

У нее все уже решено, думал Филипп, она устроила свою жизнь без меня, а я-то всегда полагал, что она беззащитная, считал, что всю жизнь ей нужно будет мое плечо. Внезапно он понял еще кое-что: его мать принадлежит к числу тех женщин, на которых мужчины мечтают жениться, и рядом с ней всегда будет человек, который захочет быть ее мужем. Быть женой — вот что у нее получается хорошо, какой бы странной и немного сумасшедшей ни была ее любовь, и мужчины это чувствуют.

Филипп смутился, и, хотя это было на него не похоже, обнял мать и поцеловал. Она улыбнулась ему.

— Меня какое-то время может не быть дома, — сказал он, — я поеду к Сенте.

Кристин ответила расплывчато:

— Хорошо тебе провести время.

Она шла в коридор к телефону, совершенно очевидно выжидая, пока Филипп уйдет, чтобы наедине сказать Обри Пелхэму о согласии сына и описать его реакцию. Филипп сел в машину, но завел ее не сразу. Нежелание возвращаться к Сенте, которое он ощутил еще дома, усиливалось. Он начинал понимать, что сильная неприязнь может являться обратной стороной страсти. Он видел в Сенте зло, видел зло в ее глазах, устремленных на него, потемневших, сверкающих. И подумал, каким же это станет избавлением, умиротворением, если он никогда больше не увидится с ней. Филипп почему-то твердо знал, что стоит ему вернуться на Тарзус-стрит, он пропадет. Но если написать? Отчего не написать ей, не сообщить, что все кончено, что их отношения — всего лишь временное помешательство, губительное для обоих?

Он понимал, что не может так поступить. Но и вернуться сейчас не может. Надо отложить это до поздней ночи. Встречу скрасит темнота. В голове Филиппа возник странный образ: он и Сента заперлись в подвале, никого не впускают, сами не выходят, боятся, прячутся. Омерзительная перспектива.

Он медленно удалялся от дома. Двигаясь в сторону Тарзус-стрит будто притягиваемый магнитом, он тем не менее знал, что наступит момент, когда он свернет с шоссе, хотя бы ненадолго. Сейчас он не может смотреть ей в глаза. Нет, только не сейчас.

Впереди был поворот, где он обычно съезжал с Эджвер-роуд и попадал на глухие окраины Килбурна. Но он поехал дальше. Филипп размышлял над тем, что мать сказала о Черил, и его начало злить такое простое решение неизвестной проблемы сестры. Отчим — наподобие полицейского, надзирающего за условно осужденными — избавит от всех трудностей? Филипп вспомнил, как когда-то, еще до встречи с Сентой, он увидел сестру именно здесь, как она в слезах выходила из магазина.

Только это был не магазин. Снизив скорость, чтобы остановиться, и припарковавшись там, где парковаться запрещено, на двойной желтой линии, Филипп вышел из машины и стал разглядывать здание, без окон, без дверей, сверкающее светомузыкой, выставляющее на улицу приманку, море мигающих красных и желтых огней. Он раньше не бывал в подобных заведениях, просто никогда не хотел. Где-нибудь на побережье или изредка в пабе у него возникал порыв пойти туда, но почти моментально пропадал, и он терял интерес к этому. Теперь Филипп вспомнил, как однажды на Ла-Манше, когда они всей семьей возвращались из отпуска, отец играл на автомате, который назывался «Адский двигатель». Название засело в его памяти, это так глупо.

Здесь тоже был «Адский двигатель», а еще «Гроза космоса», «Горячий ураган», «Апокалипсис» и «Убийца-повстанец». Филипп шел вдоль рядов, смотрел на автоматы и на играющих. Выражения лиц у них были или невозмутимые, или отстраненные, или очень сосредоточенные. У автомата под названием «Огненные колесницы» играл худой бледный мальчик с короткой стрижкой. Он сумел выстроить в ряд олимпийские факелы, и теперь монеты падали из автомата каскадом. Он выглядит как мальчик, но, должно быть, ему больше восемнадцати. Филипп читал, что тех, кому нет восемнадцати, в подобные заведения не пускают, таков новый закон, его совсем недавно приняли. Предполагается, что в день восемнадцатилетия человек вдруг становится разумным и зрелым?

Лицо мальчика не выражало ничего. Филипп был сыном игрока, поэтому знал, что парень не уйдет, положив в карман выигрыш. Действительно, тот переместился к «Грозе космоса».

Черил не было, но теперь Филипп знал, где ее найти.

ГЛАВА 19

Она сидела напротив него за столиком в кафе, подкупленная пятью фунтами, которые Филипп обещал ей дать, если она пойдет с ним поговорить. На какое-то время он их придержал. Филиппу стало интересно, когда Черил в последний раз мыла голову — мылась, если на то пошло. Ногти у нее были грязные. На среднем пальце правой руки болталось дешевое серебряное колечко, и он представил, как этой рукой сестра постоянно дергает за ручку игрального автомата, так машинально, как будто штампует детали на заводе, и так же равнодушно. На лице Черил были морщины, какие бывают только у молодых: складки и глубокие борозды, от которых лицо выглядит не старым, а очень изможденным.

Он наконец нашел сестру в галерее игровых автоматов на Тотнем-Корт-роуд, обойдя все подобные места на Оксфорд-стрит. Он наблюдал за тем, как она проигрывает последние деньги и обращается, уже, видимо, автоматически, с просьбой одолжить к человеку рядом. Филипп видел, как человек ей отказал, даже не взглянув в ее сторону. Он не сводил глаз с фруктов или чего-то другого на экране, и смотрел так сосредоточенно, как будто у него проверяют зрение. Филипп кивал головой, махал Черил рукой, жестами показывал, чтобы она уходила. Алые и золотые огни, равномерные и мерцающие, темная пучина этого места, освещенная точками и тлеющими огоньками, придавали залу вид театрализованной преисподней.

Было трудно выведать у Черил что-нибудь, потому что теперь, когда ее пристрастие перестало быть тайным, она демонстрировала подчеркнутое равнодушие к тому, что еще он знает и что обо всем этом думает. Она говорила неохотно, чуть не зевая. Попробовала кофе и отодвинула чашку, притворно вздрогнув.

— Папа умер. Ничто другое не могло бы приблизить меня к нему так сильно. Я почувствовала то, что чувствовал он, — думаю, можно сказать так. Или это наследственность, может, мне просто это передалось.

— Такое не передается.

— Откуда тебе знать? Ты что, врач?

— Как долго ты этим занимаешься? С тех пор как он умер? — Черил кивнула, сделав некрасивую гримасу, но встревожилась, взяла ложку и стала постукивать ею о блюдце. — Что тебя привлекло?

— Я шла мимо, думала о папе. Никто из вас, казалось, не принял его смерть так близко к сердцу, как я. Даже мама. Ну вот, я шла и думала о нем. Я вспоминала тот вечер, когда мы все возвращались откуда-то с отдыха. Мы плыли на пароме, он играл на автоматс и, выигрывая, каждый раз давал мне денег и разрешал попробовать. На пароме народу было немного, вы где-то ужинали, и мы с папой были одни. Ночь, звезды… Не знаю, почему я это помню, ведь вряд ли автоматы стояли на палубе, правда? То, что папа все время выигрывает, казалось волшебством, деньги только и успевали сыпаться. Я вспоминала об этом и… ну, в общем, я вошла и попробовала — а почему нет?

— И ты подсела?

— Я не подсела. Это не наркотик, — на лице Черил впервые появилось оживление: она была возмущена. — Тут один парень только что мне сказал, что я подсела. «Ты наркоманка», — сказал он, будто я колюсь. А я никогда этим не занималась. Никогда не притрагивалась даже. Я даже не курила никогда. Что происходит с людьми, почему они думают, будто ты подсел на что-то, если тебе это просто нравится?

— И поэтому ты воруешь? Ты воруешь, чтобы были деньги на пагубную привычку.

— Мне это нравится, Филипп. Неужели ты не понимаешь? Мне это нравится больше, чем что-либо на свете. Можешь назвать это хобби. Как у Дарена — спорт. Ты же не называешь его наркоманом. Это увлечение, как и должно быть у человека. Люди играют в бильярд, правда? И в гольф, и в карты, и в другие игры, и ты не говоришь, что они подсели.

Филипп спокойно ответил:

— Это совсем не то. Ты не можешь остановиться.

— А я не хочу останавливаться. С чего бы? Со мной все нормально, у меня не будет никаких трудностей, если только деньги будут. Моя проблема в деньгах, а не в авто-

РУТ РЕНДЕЛЛ

матах. — Она положила ложку, протянула руку через стол и перевернула тыльной стороной ладони вверх: — Ты говорил, что дашь мне пять фунтов.

Он вынул из кошелька купюру. Это было отвратительно. Филипп не хотел делать из этого церемонию и передавать купюру так быстро, как голодным дают еду, или так, как некоторые, дразня собак печеньем, убирают его в последний момент. Но, когда он вынул купюру, совершенно непринужденно, как вынимают деньги, чтобы отдать долг, Черил выхватила ее. Она сделала глубокий вдох и сжала губы. Купюра была крепко зажата в ее руке, она ее не выпускала. Деньги у Черил не задержатся, она не потратит их с умом.

Когда она ушла, затерялась среди автоматов с немыслимыми сверкающими названиями, Филипп вернулся к машине, оставленной в переулке. Было чуть больше половины одиннадцатого и уже темно. Беседа с Черил дала ему новый повод для переживаний. Все его мысли были теперь заняты сестрой, ее отчаянными оправданиями. Она снова пойдет воровать, думал он, она, наверное, ворует прямо сейчас, ее поймают, ее посадят в тюрьму. Внутреннее эго самосохранения подсказывало, что это, возможно, лучшее из всего, что может произойти с Черил. Ее, быть может, вылечат в тюрьме, помогут ей. Но как брат Филипп знал, что так сестра пропадет. Я должен что-то предпринять, думал Филипп, должен.

Он понимал, что нельзя дольше оттягивать возвращение к Сенте. Никаких промедлений. Она уже испугана, уже волнуется, гадая, что с ним стряслось. По пути Филипп стал обдумывать, как сказать Сенте, что они должны разойтись. Если полицейские что-нибудь обнаружили, он будет вынужден остаться с ней, но, как ни странно, им ничего не известно. Должно быть, не явился ни один свидетель, никто не рассказал им о девушке, у которой на одежде были пятна крови, или о девушке в пустом вагоне утром в воскресенье. Все потому, что она никак не связана с Майерсоном, думал Филипп. Убийца и жертва не знакомы — раскрыть такое преступление труднее всего: в таком убийстве невозможно отыскать мотив.

Тогда, значит, я потворствую убийце? Я покрываю преступницу? А что хорошего в том, что убийцу Майерсона отдадут под суд? Это вернет несчастному Майерсону жизнь? Один из доводов в пользу ареста убийцы — не допустить, чтобы он убил кого-нибудь еще. Филипп уже знал, что Сента убивала раньше. Она сказала ему довольно туманно, но ведь сказала... на что использовала первый кинжал.

Дом на Тарзус-стрит покоился в темноте. Ставни на подвальном окне были открыты, но свет внутри не горел. Войдя в коридор, Филипп вспомнил время, когда Сента его избегала, и последующую вспышку горя и отчаяния. Как он мог чувствовать себя так совсем недавно и совершенно иначе — сейчас? Если бы он не солгал об убийстве

Джона Крусифера, то, может, Майерсон был бы жив... А солгал он исключительно для того, чтобы вернуть себе человека, которого теперь не желал видеть.

Медленно и тяжело он спускался по лестнице, выключил свет и во мраке вошел в темную комнату. В ней царила абсолютная тишина, но, подойдя ближе к постели, Филипп услышал, как Сента вздохнула во сне. По ее дыханию и глубине сна он понял, что она приняла таблетки Риты. Иначе она проснулась бы, как только он подошел. Он разделся и лег рядом. Казалось, иначе поступить невозможно. Пока не пришел сон, Филипп лежал на постели и изучал бледный изгиб щеки Сенты на коричневой сатиновой подушке. Свет, проникавший в комнату, попадал на пряди серебряных волос, и они мерцали. Сента лежала на своей половине, руки ее были сжаты в кулаки уперты в подбородок. Какое-то время Филипп лежал на расстоянии от нее, а потом нерешительно, как застенчивый человек, который боится отказа, положил руку на ее талию, прижал к себе и обнял.

Они были в ее комнате, было утро, по-прежнему раннее, восьмой час, но уже совсем светло. Солнце самозабвенно светило на это запустение и ветхость сквозь щели в грязных ставнях. Филипп сварил кофе. В бутылке осталось немного молока, но оно прокисло. Сента завернулась в две шали, одна была повязана вокруг ее талии, другая лежала на плечах. Корни ее волос снова стали рыжими. Она все еще находилась под воздействием снотворного: взгляд плывущий, движения замедленные, но Филипп понимал, что она уже ощущает в нем перемену и удручена этим и напугана. Он сидел на краю постели, она — в изголовье, склонясь на подушки. Затем Сента подползла к нему по сбитому одеялу и робко протянула руку. Филипп хотел отдернуть свою, но не отдернул. Он позволил ее руке лежать в своей, чувствуя, как у него сводит скулы. Он попробовал прокашляться. Голос его звучал так, будто Филипп сильно простужен:

— Сента, ты его убила вторым из двух стеклянных кинжалов?

Вопрос был так же странен, как и то, что он совершенно серьезно задал его девушке, которую должен был любить, на которой думал жениться. Сами слова и их сочетание были так чудовищны, что Филипп зажмурился и сдавил пальцами виски.

Сента кивнула кивнула в ответ. Он знал, что у нее в голове. К его вопросам, к действительности, к опасности она равнодушна. Она хочет только, чтобы он продолжал ее любить. Он спросил, пытаясь казаться невозмутимым и говорить без дрожи в голосе:

— В таком случае неужели ты не понимаешь, что полиция тебя найдет? Это просто чудо, что тебя еще не отыскали. Две смерти связывают стеклянные кинжалы. Полиция обнаружит эту связь. У них наверняка где-то в компьютере есть эта зацепка — почему они еще не приходили к тебе?

Сента улыбнулась. Она крепко держала его руку и потому могла улыбаться:

— Я хочу, чтобы ты ревновал меня, Филипп. Знаю, что с моей стороны это нехорошо, но мне правда хочется, чтобы ты ревновал.

Он уже уяснил себе, что она избегает естественного порядка вещей и логики, раз так отвечает на вопросы. Какой бы ее связь с реальностью ни была, Сента ее теряет.

— Я не ревную, — отозвался он, стараясь сохранять самообладание. — Я знаю, что этот Мартин ничего для тебя не значил. Я беспокоюсь за тебя, Сента. Волнуюсь, что будет дальше.

— Я люблю тебя, — произнесла она, держа его за руки, стиснув их до боли, — я люблю тебя сильнее, чем саму себя, так почему я должна тревожиться о том, что случится со мной?

Странно, ужасно, но он знал, что это правда. Она любит его так, и ее лицо это выражало. Слова ни к чему. В ярком, равнодушном солнечном свете, лучами выхватывающем пыль, Филипп прижал ее к себе, щекой к ее щеке, обхватил за спину. Нервы его были расслаблены, тело — беспокойно от желания уйти. Она прильнула к нему. Время шло, мгновения тянулись словно часы, пока он наконец не сказал:

— Сента, мне нужно идти.

Она прильнула к нему еще плотнее.

— Я не могу больше брать отгулы, — продолжал он, — я должен ехать на работу.

Он не сказал ей, что в первую очередь хочет увидеть Фи и Дарена, застать их, пока они не ушли на работу. Ему пришлось оторвать Сенту, поцеловать в утешение. Закутанная в шали, она, как младенец, зарылась в коричневое белье. Он закрыл ставни почти полностью, чтобы не впускать резкий желтый свет, и быстро вышел из комнаты, даже не оглянувшись.

За завтраком зять оказался привлекательнее, чем в те дневные и вечерние часы, когда сидел развалясь перед телевизором. Свежевыбритый, он вновь походил на статного жениха, правда, его старил хмурый сосредоточенный взгляд, когда он изучал «Файнэншл Таймс» -- последняя газета, с которой его можно было увидеть. А Фи, красивая и свежая, с феном в одной руке и тарелкой тостов в другой, крайне удивилась, увидев брата, и испугалась, что что-то стряслось с матерью, а иначе зачем бы он заявился с утра. Сказав, что все в порядке, Филипп изумился тому, как часто люди используют эту фразу, которая никогда не несет в себе никакого смысла.

Он поймал себя на том, что оттягивает разговор, с которым пришел на самом деле. Люди, возможно, всегда так поступают, думал он. Расскажи сначала о меньшей тревоге, меньшей заботе. Он почувствовал себя виноватым, отнеся проблему Черил к этой категории. Фи поначалу не верила, потом смутилась. Она закурила, как будто они обсуждают что угодно, но не пагубную привычку.

РУТ РЕНДЕЛЛ

— Игральные автоматы? — переспросил Дарен. — Игральные автоматы? Я играю на них, но никто не называет меня наркоманом.

— Ты не помешан на них. Ты сдерживаешь свою потребность в игре, можешь заставить себя остановиться. А Черил не может.

Филипп видел, что разговор с этими двумя людьми, которые в полной мере поняли бы, к примеру, угрозу алкоголизма, ни к чему ни приводит, и это показало ему, как Фи отдалилась от него, Филиппа, и приблизилась к Дарену. Возможно, это необходимо для прочного брака и неизбежно. Время пришло, откладывать больше нельзя. Дарен уже поднялся из-за стола и стал искать ключи от машины, когда Филипп спросил:

— Кто такой Мартин Хант?

— А?

— Мартин Хант, Фи. Я уверен, что слышал это имя от тебя и Дарена.

Она нахмурила брови, наморщила нос от негодования или недоверия:

— Ты знаешь, кто это, должен знать. Что у тебя в последнее время с памятью?

— Он... он умер?

— Откуда я знаю? Но не думаю. Он молодой парень, ему двадцать четыре — двадцать пять. С чего бы ему умереть?

— Кто он такой, Фи?

— Я не знаю, — ответила она, — это с Ребеккой я была знакома. Я училась в школе с Ребеккой Нив. А он был ее парнем. Вот и все, что я знаю. Видела по телевизору, в газетах читала.

На то, чтобы переварить услышанное, понять смысл сказанного и сделать выводы, Филиппу понадобилось какое-то время. Позже он испугался, вдруг сестра заметила, как он побледнел. Он чувствовал, как кровь отхлынула от лица, тело покрылось гусиной кожей. Ему еще и дурно стало. Он ухватился за спинку стула. Дарен подошел к Фи, сказал, что уходит, и поцеловал ее.

Фи вернулась с кухни, вытирая руки бумажным полотенцем.

— Зачем тебе знать о Мартине Ханте?

У Сенты он научился врать почти не задумываясь:

— Мне кто-то сказал, что он погиб в автомобильной аварии.

Фи не заинтересовалась:

— Не думаю. Мы бы узнали. — Она снова исчезла, а вернулась уже в жакете. — Мне пора на работу, Фил. Ты идешь? Да, чуть не забыла: звонила мама и сказала, что вернулась Флора. Я на самом деле не поняла, что она имеет в виду. Она только сказала, что Флора вернулась, будто пришла сама или что-то в этом роде.

Они спустились с крыльца, вышли на улицу. На этот раз лгать не пришлось:

— Мне посчастливилось ее разыскать. Я думал, мама хочет получить ее обратно, так что я… я ее вернул.

— Но почему ты ничего не сказал? Мама считает, что это чудо. Она думает, что Флора просто пришла и сама встала на тот постамент.

— Уверен, что нет, — сказал Филипп, погруженный в свои мысли, — я ей все объясню.

Фи с удивлением посмотрела на брата, когда они прощались:

— И ты приехал сюда в такую рань просто для того, чтобы спросить у меня о парне, с которым ты даже не знаком и о котором никогда не слышал?

Филипп репетировал что-то вроде объяснения для матери. Это освободило его ум от других, более тягостных мыслей, помогло прекратить думать о том, с чем ему придется когда-нибудь столкнуться. Он расскажет матери, что в сущности давно уже знал, что у Арнэма Флоры больше нет, что статую продали. Он, Филипп, поместил объявление в газете, наконец нашел ее и выкупил, чтобы сделать Кристин сюрприз. В таланте разыграть настоящий спектакль, смешав все возможные выдумки, ему было отказано.

Черил заперлась в своей комнате. Бледная как полотно, Кристин подошла к Филиппу, еще до того, как он успел вынуть ключ из замочной скважины, прижала его к груди. Он пытался говорить спокойно:

— В чем дело? Что случилось?

— Ах, Филипп, к нам приходили из полиции. Они привезли Черил и обыскали дом.

— Как это?

Он заставил ее присесть. Мать дрожала, сын крепко держал ее за руку. Она говорила задыхаясь, тяжело дыша:

— Они поймали ее на краже в магазине. Всего лишь флакон духов, но у нее... у нее... — Кристин остановилась, перевела дух и продолжила: — У нее... в сумке было что-то еще. Они повезли ее в полицейский участок, предъявили обвинение, или как это называется, а потом отвезли домой. Здесь были женщина-детектив и молодой парень, констебль. — У нее началась истерика, и она разразилась рыданиями вперемежку со смехом. — Я думала, как дико все это, так странно оказаться посреди этого... этого ужаса!

Филипп чувствовал себя беспомощным.

— Что с ней будет?

— Завтра утром ей нужно явиться в суд, — сказала Кристин довольно спокойно, почти сухо. Потом снова зарыдала и застонала от горя, прикрыв рот рукой.

ГЛАВА 20

Черил сидела в своей комнате запершись. Филипп постучал, подергал ручку. Она велела ему уходить.

— Черил, я хочу только сказать, что завтра мы с мамой пойдем в суд с тобой.

Тишина. Он повторил то, что сказал.

— Если ты пойдешь, я не пойду. Я убегу, — отозвалась Черил.

— Тебе не кажется, что ты ведешь себя глупо?

— Это мое дело, тебя это не касается. Я не хочу, чтобы ты там узнал, что они говорят.

Спускаясь, Филипп услышал, как Черил открыла замок, но не вышла. Он удивился, почему полицейские разрешили ей вернуться домой. Кристин, будто читая его мысли, спросила:

— Она может запереться сама, но, Фил... мы ведь не можем запереть ее, правда?

Он покачал головой. Кристин никогда не советовала им, что делать, не ограничивала их, всегда предоставляла им полную свободу и любила. В случае с Черил этого, очевидно, было недостаточно. Филипп стоял с матерью на кухне и пил приготовленный ею чай, как вдруг они услышали, что Черил вышла из дома. На этот раз тихо. Дверь закрылась с мягким щелчком. Кристин всхлипнула. Филипп знал, что, если скажет, как обычно, что едет к Сенте, что его не будет весь вечер и полночи, мать не станет возражать. Теперь казалось совершенно излишним предупреждать Сенту, что он не приедет. Напротив, Филипп предчувствовал, какое настанет облегчение, если этот вечер, возможно, окажется началом его расставания с Сентой на всю жизнь, как будет хорошо, если все уйдет в прошлое. Но едва ухватившись за эту надежду, он вспомнил о ее любви.

— Ты думаешь, она вернется? — спросила Кристин.

Он какое-то время не понимал, о ком речь:

— Черил? Не знаю. Надеюсь, что да.

Филипп был в саду, когда зазвонил телефон. Смеркалось, он возвращался с Харди из Лохлевен-гарденс и подходил к дому со стороны черного хода. Свет из окна кухни падал на Флору, ее фигура отбрасывала на лужайку длинную темную тень. На одной руке статуи засохла беловато-серая струйка птичьего помета. Кристин открыла окно и крикнула сыну, что звонит Сента.

— Почему ты не приехал?

— Сента, я сегодня не могу приехать, — он сказал о Черил и добавил, что не может оставить мать. — Ты сама знаешь, до тебя невозможно дозвониться, — сказал он так, будто пытался.

— Я люблю тебя. Я не хочу быть здесь без тебя. Филипп, ты ведь приедешь и мы станем жить вместе, да? Когда ты придешь?

Фоном звучала музыка Риты и Джейкопо.

— Не знаю. Нам нужно поговорить.

В ее голосе появился страх:

— Почему нужно? О чем?

— Сента, я приеду завтра. Увидимся завтра.

И я скажу тебе, что все кончено, думал он, что я от тебя ухожу. Завтра я увижу тебя в последний раз.

Повесив трубку, Филипп стал думать о женщинах, которые любят человека, подозреваемого в убийстве, или замужем за ним. Он мужчина и знает, что его девушка совершила убийство, но это то же самое. Он изумлялся тому, что такие женщины могут думать о том, чтобы сдать подозреваемого человека полиции, «заложить», но в равной степени он удивлялся и тому, что они иногда хотят сохранить связь. Как-то раз, на одной вечеринке, ему довелось играть в игру, в которой нужно было сказать, что должен сделать человек, чтобы ты перестал его любить или хорошо к нему относиться, не желал бы с ним знаться. И он тогда сказал что-то глупое, курьезное, что у него вызывают отвращение люди, которые недостаточно часто чистят зубы. Теперь-то Филипп узнал себя получше. Его любовь к Сенте растаяла, когда он выяснил, что она виновата в смерти Майерсона.

Около полуночи вернулась Черил. Филипп ждал ее, он надеялся, что сестра придет, и даже уговорил мать лечь спать. Услышав, как Черил отпирает дверь, он выбежал в коридор и застал ее на пороге.

— Я хочу лишь сказать, что не буду пытаться пойти с тобой в суд, если ты этого хочешь.

— За мной приедет полиция, — сказала она уныло, — машина будет в девять тридцать.

— Ты должна рассказать им об игральных автоматах. — Филипп чувствовал, какое дурацкое это название, какая из-за него возникает игривость, а тут такое несчастье. — Ты ведь им расскажешь? Они что-нибудь сделают, чтобы тебе помочь.

Черил не ответила. Странным движением она вывернула карманы джинсов, чтобы показать, что они пусты. Из карманов куртки она выбросила полупустую упаковку мятных конфет и десятипенсовую монету.

— Вот все, что у меня есть в этом мире. Такова моя доля. Ведь только лучше будет, если я сяду в тюрьму, правда?

Утром Филипп не видел сестру, он уехал на работу до того, как она встала. Днем он позвонил домой и узнал, что Черил осудили условно. Если она совершит еще какое-либо правонарушение, то ее посадят в тюрьму на полгода. Теперь он был дома с Кристин и Фи, которая отпросилась на полдня с работы и сидела у них. Филипп готовился к суровому испытанию, которое ожидало его. Завтра все будет кончено, завтра он сделает то, чего давно хочет, он порвет с Сентой, и начнется новый этап жизни, пустой и холодный.

Сможет ли он когда-нибудь забыть то, что она совершила, свою любовь к ней? Все это, возможно, превратится в расплывчатое и смутное воспоминание, но останется с ним навсегда. Из-за нее человек лишился жизни. До того еще кто-то погиб по ее вине. Она продолжит убивать. Она родилась такой, она сумасшедшая. А на мне пятно на всю оставшуюся жизнь, думал Филипп. Даже если он никогда больше не заговорит с ней, никогда не встретится, на сердце останется шрам.

Увидеться с Сентой, он твердо решил. В конце концов он наметил себе пути к отступлению, сказав ей, что им нужно поговорить. Страх в ее голосе показал, что она догадывается, что он хочет сообщить. Да, он скажет ей всю правду, скажет, что ненавидит насилие и убийства, что для него отвратительно даже говорить или читать об этом. Он расскажет ей, как известие о том, что она совершила, разрушило его любовь. Или, лучше, он расскажет ей, что теперь смотрит на нее как на другого человека: она не та девушка, которую он любил, та девушка была лишь иллюзией.

Но как справиться с ее любовью?

Джоли стоял в очереди к центру матери Терезы. Филипп суеверно отметил его присутствие. Подъезжая к Тарзус-стрит, он говорил себе, что если увидит бродягу, то войдет в дом и поговорит с Сентой, а если нет, то отложит все и вернется домой. Старик с тележкой и набитыми целлофановыми пакетами был предзнаменованием. Это стало совсем очевидно, когда Джоли помахал Филиппу, проезжавшему мимо.

Филипп остановил машину. Он долго сидел с выключенным двигателем, думал о Сенте, вспоминал, как когда-то взбегал на крыльцо, врывался в дом, зачастую спешил так, что оставлял машину незапертой. И было время, когда она забрала у него ключи, а он думал, как вломиться в дом, — так сильно он страдал и желал к ней вернуться. Почему же теперь совершенно невозможно вернуться мыслями и чувствами в то время? Вообще, Сента была прежней, так же выглядела, и голос ее звучал так же. Конечно, он мог бы войти в дом, спуститься в подвал, зайти в ту комнату, обнять ее и все забыть…

Филипп завел машину, развернулся и поехал домой. Он не мог сказать, как слабый человек он поступил или как сильный, расчетливо или трусливо. Не было дома Черил, не было и Кристин. Потом он узнал, что они вместе с Обри Пелхэмом поехали к Фи и Дарену. Телефон начал звонить в восемь, и Филипп не подходил. Между восемью и девятью он звонил девять раз. В девять Филипп взял Харди на поводок и прошагал с ним по улицам две-три мили. Он, конечно, воображал, как в его отсутствие звонит телефон, и представлял, как, стоя в грязной, воняющей чем-то кислым прихожей в доме на Тарзус-стрит, Сента снова и снова набирает его номер. Он вспомнил, каково было ему, когда Сента выгнала его и он пытался до нее дозвониться.

Когда он вошел, телефон звонил. Филипп поднял трубку, внезапно поняв, что не сможет всю жизнь бегать от телефона. Сента говорила бессвязно, она рыдала в трубку, а потом задержала дыхание, чтобы прокричать:

— Я видела тебя на улице! Я видела твою машину! Ты развернулся и уехал!

— Знаю. Я не мог войти.

— Почему не мог? Почему?

— Ты знаешь почему, Сента. Все кончено. Нам лучше больше не встречаться. Можешь возвращаться к своей жизни, а я заново начну свою.

Тонким тихим голосом, вдруг успокоившись, она произнесла:

— У меня нет никакой другой жизни, кроме той, что с тобой.

— Послушай, мы знаем друг друга только три месяца — это ничто по сравнению с целой жизнью. Мы забудем друг друга.

— Я люблю тебя, Филипп. Ты говорил, что любишь меня. Мне нужно тебя увидеть, ты должен сюда приехать.

— Ничего хорошего из этого не выйдет. Ничего не изменится. — Он пожелал ей спокойной ночи и положил трубку.

Почти тотчас же телефон зазвонил опять, и Филипп снял трубку. Он уже знал, что теперь всегда будет отвечать на звонки.

— Я должна тебя увидеть, я не могу без тебя жить.

— К чему это, Сента?

— Это все Мартин Хант? Ты из-за него? Филипп, я не выдумываю, все было на самом деле так, это самая настоящая, истинная правда: я не спала с ним, только один раз ходила на свидание. Я была ему не нужна, ему была нужна та девушка. Она была ему нужна больше, чем я.

— Не в этом дело, Сента, — говорил он, — это здесь ни при чем.

Она лихорадочно продолжала, будто он ничего не сказал:

— Именно поэтому полиция так и не вышла на меня. Потому что они не знали. Даже не знали, что я была с ним знакома. Разве это не доказательство? Разве нет?

Что же это за женщина, если она считает, что мужчину больше волнуют ее сексуальные похождения, чем совершенное убийство?

— Сента, — сказал Филипп, — я не брошу тебя не увидев, ни в коем случае. Я обещаю. Это было бы трусливо. Обещаю, что не поступлю так. Мы встретимся и покончим с этим.

— Филипп, а если я скажу, что не совершала этого, что я все выдумала?

— Сента, я же знаю, что ты врешь только по мелочам.

Больше она не звонила. Несколько часов Филипп лежал и не мог уснуть. Кроме всего прочего, ему не хватало ее физического присутствия, но, когда он подумал, что занимался любовью с кем-то, кто хладнокровно убил человека, когда сформулировал это, ему пришлось встать и пойти в уборную: тошнило. А если она покончит с собой? Филипп вдруг подумал, что не удивился бы совершенно, предложи ему Сента двойное самоубийство. Это в ее духе. Умереть вместе, рука об руку уйти в какую-то великолепную загробную жизнь, как Арес и Афродита, бессмертные в белых одеждах...

На следующий день вернулась хорошая погода. Филиппа разбудил ранний жаркий солнечный свет, яркой полоской упавший на подушку из окна, на котором не были задернуты шторы. На вытянутой руке Флоры сидел воробей. На траве блестела обильная роса и лежали длинные густо-синие тени. Это был сон, подумал Филипп, мне все приснилось. Флора всегда стояла здесь, она никогда не переезжала к другим владельцам, не стояла в чужих садах. Фи не выходила замуж и здесь по-прежнему живет. Я никогда не встречал Сенту. Убийств не было, они мне приснились. Сента мне приснилась.

Пришла женщина по фамилии Мурхэд, чтобы делать химическую завивку. Это первая химия у Кристин за последние несколько недель. Запах тухлых яиц, проникающий всюду, вонь, из-за которой невозможно позавтракать, вызвала в памяти прошлые дни, времена до Сенты, и помогла поддерживать иллюзию. Филипп заварил чай и передал чашки миссис Мурхэд и Кристин, которая заметила, какое это удовольствие для двух старушек, когда о них заботится молодой мужчина. Миссис Мурхэд обиделась, и Филипп знал, что, уходя, она скажет Кристин, что не дает хозяевам чаевые из принципа.

Спустилась Черил. Так рано она не вставала уже несколько месяцев. Она сидела за столом на кухне и пила чай. Филипп чувствовал, что сестра хочет остаться с ним наедине и попросить денег. Он ускользнул прежде, чем у нее появилась такая возможность.

Сегодня машину нужно отвезти в автосервис, чтобы установили магнитолу. Филипп оставил ее там, и ему пообещали, что машина будет готова к трем. По пути в главный офис он купил газету. Вечерняя газета только-только вышла, заголовок на первой полосе сообщал о человеке, которого обвиняют в убийстве Джона Крусифера. Филипп шел по улице и читал. В статье были лишь голые факты. Предполагаемый убийца — родной племянник Крусифера, безработный сварщик, двадцатипятилетний Тревор Крусифер.

У Филиппа появилось необычное, странное чувство, будто он окончательно, полностью оправдан. Человека убил не он, и это известно. Об этом знают чиновники и власти. Словно и не было его глупого необдуманного признания. Казалось, с него абсолютно сняли вину — сделали то, что ему самому, пусть и знающему о своей невиновности, было не под силу. А если он раскроет газету и прочтет, что настоящего убийцу Гарольда Майерсона тоже нашли? Поймет, что и причастность Сенты мнимая, а все, что она рассказывала, лишь цепь совпадений и параллельных событий?

Рой сидел в своем кабинете, выключив кондиционер и открыв окна. Ему передали от управляющего письмо. Оно было от миссис Райпл, перечислявшей семь различных дефектов, которые она обнаружила в своей новой ванной.

— У меня до трех не будет машины, — сказал Филипп.

— Тогда возьми мою.

Рой объяснил, что ключи в кармане его пиджака, а пиджак в комнате Люси. Когда Филипп зашел туда, зазвонил телефон. Люси не было на месте, и он взял трубку. Голос на другом конце провода спросил, придет ли сегодня мистер Уордман.

— Филипп Уордман слушает.

— А, доброе утро, мистер Уордман. Я — офицер полиции, сержант Гейтс. Отдел уголовного розыска.

Они предложили приехать к нему домой или на работу, но Филипп ответил, вполне искренне, что в любом случае ему нужно ехать в Чигвелл. Гейтс дал ему понять, в чем дело. Филипп думал об этом, пробираясь на машине Роя через еле двигающиеся заторы на восточной окраине Лондона.

— Мы наводим справки о пропавшей статуе, мистер Уордман. По большому счету, об украденной статуе.

Какие-то секунды он был в ужасе, не в силах произнести ни слова. Но Гейтс не угрожал, ни в чем не обвинял. Он говорил с Филиппом как с потенциально полезным свидетелем, как с одним из тех, кто искренне помогает полиции в расследованиях. Филипп несколько раз был в том районе — разве это не факт? В районе Чигвелл-роу (вот в чем дело) — именно там пропала статуя. Они могут приехать поговорить с ним, или, может, он нашел бы время заехать к ним и ответить на несколько вопросов...

Светило солнце. Сидя за рулем машины Роя и опустив стекло, Филипп убеждал себя, что им действительно нужно только одно — чтобы он сообщил, не заметил ли он в окрестностях подозрительных лиц. Неожиданно ему пришло на ум, что Флора, возможно, ценная, очень ценная статуя. От этой мысли его бросило в дрожь. Он вспомнил, как украл ее. Но они не знают, не могут знать.

Гейтс был не один, а с человеком, который представился инспектором уголовной полиции. Филипп подумал, что это слишком высокий чин для расследования кражи садовой скульптуры. Инспектора звали Моррис. Он заговорил:

— Мы пригласили вас вследствие довольно интересного совпадения. Насколько я понимаю, ваша младшая сестра попала в неприятную историю, так?

Филипп кивнул. Он был сбит с толку. Почему они не спрашивают о Чигвелле, о районе миссис Райпл?

— Я говорю с вами очень откровенно, мистер Уордман, возможно, откровеннее, чем, как вы привыкли думать, бывают полицейские. Я лично не люблю секретов. В вашем доме производила обыск офицер, которая видела в саду одна статую. Офицер, предварительно ознакомившись в компьютерной сети городской полиции с описанием исчезнувшей статуи, очень тонко обнаружила связь между той, что пропала из сада миссис Майерсон, и той, что у вас в саду.

— Значит, она дорого стоит? — выдавил из себя Филипп.

— Она?

— Извините, я имел в виду статую. Это ценная вещь?

Гейтс ответил:

— Покойный муж миссис Майерсон заплатил за нее на аукционе восемнадцать фунтов. Не знаю, считаете ли вы это ценным. Думаю, это вопрос личных критериев.

Филипп собирался сказать, что ничего не понимает, но внезапно понял все. Дело не в стоимости Флоры. Они знали, что он украл статую. Офицер полиции увидела ее, когда привезла Черил домой, узнала по отколотой мочке уха и зеленому пятну. Оба полицейских смотрели на него, и он отвечал им немигающим взглядом. Все бессмысленно. Если он будет отрицать, они могут обвинить несчастную Черил. Он не мог понять, почему они не обвинили сестру, если уж на то пошло, в нынешних обстоятельствах естественно было бы подумать на нее.

— Хорошо, я взял статую. Если хотите, украл. Но я же полагал — как оказалось, ошибочно, — что у меня есть на нее некое право. Вы... — силы покидали его, он попытался прокашляться, — вы собираетесь обвинить меня в краже?

— Это ваша главная забота, мистер Уордман? — спросил Гейтс.

Вопрос был неясный. Филипп перефразировал его:

— Меня будут преследовать в уголовном порядке?

Не получив ответа, он спросил, хотят ли они, чтобы он дал показания.

Было странно, что они сами, видимо, только что это уловили, словно никогда об этом сами не думали, словно

Филипп подбросил им великолепную свежую идею. Его показания вбивала на пишущей машинке девушка, офицер полиции, а может, и нет. Филипп говорил правду, и эта правда, произносимая вслух, звучала неправдоподобно. Закончив, он сел и посмотрел на них, двоих полицейских и девушку, которая, возможно, тоже офицер полиции, и стал ждать слов, которые знал по детективам: «Вы вправе хранить молчание...»

Моррис встал.

— Хорошо, мистер Уордман, — сказал он, — спасибо. Мы вас больше не задерживаем.

— Значит, это все? — Филипп заставил себя произнести это твердо и спокойно.

— Да, пока все.

— Мне будут предъявлены обвинения в краже статуи?

Последовала заминка. Моррис убирал со стола бумаги. Он взглянул на Филиппа и произнес медленно и очень осторожно:

— Нет, не думаю. По-моему, это ни к чему. Это будет лишь трата времени и денег налогоплательщиков. Как вы считаете?

Филипп не ответил. Вопрос явно не предполагал ответа. Ему вдруг стало неловко, он почувствовал себя глупо. Как только он оказался на улице, ему стало легко, смущение исчезло. Я верну Флору миссис Майерсон, думал Филипп, это минимум того, что можно сделать. Если полиция не приедет забрать статую, я сам отвезу ее в Чигвелл.

Он добрался до миссис Райпл, его отвели в ванную комнату, где показали все дефекты из списка под аккомпанемент множественных оскорблений и повторений того, сколько хозяйке стоил ремонт. Перл не было, она, наверное, уехала.

На обратном пути он проезжал мимо дома миссис Майерсон. В саду перед домом стояла дощечка с объявлением агента по недвижимости «Продается». На дорожке, в тени, спал скотч-терьер, которого Сента назвала Угольком. Филипп перекусил в каком-то чигвеллском пабе и поехал в Лондон, когда дороги были максимально свободными. Он припарковал машину Роя и пошел в автосервис забрать свою.

Когда он зашел в офис, Люси передала ему:

— Тебе звонил какой-то мистер Моррис.

Сначала Филипп не понял, кто это. Потом вспомнил. Полицейский оказался достаточно тактичен и не назвал своей должности, позвонив Филиппу на работу. Но зачем он вообще звонил? Они передумали?

— Он оставил номер?

— Он перезвонит. Я сказала, что ты скоро придешь.

То были долгие пятнадцать минут. К Филиппу вернулись былые страхи. Если ему предъявят обвинение, он уже решил, что сразу пойдет к Рою и все расскажет; я это переживу, подумал он, я смело встречу самое плохое. Потом он почувствовал, что не может больше ждать, нашел в справочнике номер нужного полицейского участка и позвонил Моррису сам. Совсем немного времени потребовалось, чтобы найти его. В горле у Филиппа пересохло, сердце колотилось.

После того как Филипп представился, Моррис спросил:

— У вас есть девушка, мистер Уордман?

Этот вопрос Филипп ожидал услышать меньше всего.

— Почему вы спрашиваете?

— Может быть, вы знаете девушку с очень длинными светлыми волосами... со светлыми, серебристыми волосами? Невысокого роста, не больше пяти футов.

— У меня нет девушки, — ответил Филипп, точно не зная, правду он сказал или солгал.

ГЛАВА 21

Разум помог найти объяснение. Это как с головоломкой в газете: заглядываешь на последнюю страницу за ответом, а когда читаешь его, он кажется таким ясным и очевидным, что удивляешься, как же это ты сразу не сообразил.

Полицейские наверняка знают каждое событие из недавнего прошлого Гарольда Майерсона, разговаривали с его знакомыми, соседями, взяли на заметку всех посетителей его дома. Их интерес вызвала кража Флоры и описание вора, составленное соседом Майерсона. Один, или, возможно, больше чем один свидетель описал девушку невысокого роста, с длинными серебряными волосами, которую видели в день убийства Майерсона поблизости утром, а позже — в вагоне метро. Может ли существовать какая-то связь между той девушкой и человеком, укравшим статую? Это не бог весть какая догадка, но ведь полиция отрабатывает даже самые невероятные версии.

Филипп понял, что, если бы полицейские не увидели Флору в его саду, они никогда не нашли бы его. И никогда, кроме как через него, не вышли на Сенту. Он привел их к ней. Он вывел их на Сенту чсрез статую, ведь Сента и Флора так похожи.

Все эти мысли пришли ему на ум, когда он ехал на Тарзус-стрит. Он не стал ждать, не сказал ничего Рою. Удивительно, как влечение к Сенте вспыхнуло в нем, когда он услышал ее описание из уст Морриса. Филипп понятия не имел, что он скажет Сенте, что сделает, когда приедет, но знал, что он должен там появиться, рассказать ей обо всем и как-то помочь. Он не мог обманывать себя, что полиция и теперь не выйдет на нее.

С хмурого неба сыпал дождь. Поначалу отдельные капли, похожие на большие плоские монеты, затем тропический ливень. Теперь дождь не шел, а срывался с неба, хлестал разбивающейся стеной, стальной пеленой воды, падающей с резким звоном. Когда полился дождь, небо не просветлело, будто бы потемнело еще больше, и в домах и офисных зданиях зажигали свет. Машины включили фары. Их лучи прокладывали в ливне туманные дорожки.

Под козырьком церковной паперти сидели Джоли и старуха с собакой в сумке на колесиках. Собака была совсем как на слащавых поздравительных открытках: выглядывала из корзины, положив морду между лапами. Джоли помахал рукой. Филипп вдруг сообразил, вспомнил почему-то, что сегодня день, когда они с Сентой планировали начать ремонтировать квартиру наверху. Они так решили в прошлые выходные, в те прекрасные солнечные дни, которые были будто тысячу лет назад. Да, они собирались вечером в пятницу пойти туда и посмотреть, что нужно, и Филипп должен был помочь Сенте в том, что она хотела сделать.

Он не стал отвечать на вопросы сержанта Морриса. Он бросил трубку, оборвав полицейского. Моррис, конечно, перезвонит. Когда Люси или Рой скажут ему, что Филипп ушел, он поймет, что разговор не случайно прервался, а был сознательно прерван Филиппом. Он поймет, что Филипп виновен, или виновен косвенно, или сильно волнуется, как бы тот не узнал, кто его девушка. И поэтому сержант, не теряя времени, выяснит... ее имя и адрес. Это легко. Достаточно лишь спросить Кристин. Достаточно лишь спросить Фи. По простоте своей они сразу же предоставят ему эти сведения.

Филипп оставил машину у дома, так близко к крыльцу, как только можно было. Левые колеса утопали в озере воды, по которому барабанил дождь. Дождь встал огромной хлещущей стеной между Филиппом и домом. Филипп вспомнил, какой был ливень в тот вечер, когда они в первый раз занимались любовью, в день свадьбы Фи, но тот был слабым по сравнению с сегодняшним. Дом был виден лишь наполовину: дождь выстроил заграждение, туманное и беспощадное.

Филипп распахнул дверцу машины, выскочил и захлопнул ее. Нескольких секунд на тротуаре и ступеньках хватило, чтобы промокнуть насквозь, прежде чем оказаться под навесом крыльца. Он встряхнулся и снял пиджак. Оказавшись в прихожей, он понял, что Рита и Джейкопо уехали. Он всегда безошибочно определял это, хотя никогда не знал как. Внутри было довольно сумрачно. Во всех домах темно из-за грозовых сумерек. Почему то Филипп не стал включать свет.

С лестницы, ведущей в подвал, не слышалось запаха ароматических палочек. В доме не было никаких запахов, кроме того застарелого, к которому привыкаешь, если часто бываешь. Филипп мчался сюда, а оказавшись на месте, замялся перед дверью. Ему пришлось собраться с силами, чтобы предстать перед ней. Глубоко вдохнув и выдохнув, проморгавшись, он вошел в комнату. Комната оказалась пуста. Сенты не было.

Но она была здесь совсем недавно! Напротив зеркала, на низком столике, в блюдце горела свеча, новая, сгорел пока лишь кончик. Ставни закрыты, темно, как ночью. Нет, Сента не могла никуда уйти, не в такой же ливень. Филипп открыл ставни. Дождь струился по стеклу дрожащим, рыдающим водопадом.

Ее зеленое платье, платье, сшитое, быть может, из дождя и воды, превращающейся в шелк, висело на плетеном стуле. Рядом внизу стояли серебряные туфли на высоком каблуке. На постели лежало несколько скрепленных вместе листков бумаги, на которых что-то напечатано, — может, сценарий того сериала. Филипп вышел из комнаты, поднялся по лестнице и остановился на площадке. Сента часто ходила наверх. Верхние этажи были для нее чем-то вроде родительского дома. Филипп поднялся на один пролет, приблизился к тем комнатам, на которые взглянул мельком в тот день, когда Сента принимала ванну у Риты, — в тот день, когда утром Сента пришла домой и сказала, что убила Арнэма.

Комнаты все те же: одна, полная пакетов с одеждой и газет, и спальня Рита и Джейкопо с окном, занавешенным покрывалом, и пенорезиной, заменявшей ковер. Он открыл дверь в ванную. Там никого не было, но, вернувшись на лестничную площадку, он услышал, как над головой скрипнула половица. Филипп подумал: сегодня день, когда мы должны были приняться за уборку. Она начала без меня, она решила приступить до того, как я приду. Все, что произошло между нами с тех пор, все сказанное, весь мой ужас и ненависть ни к чему не привели. Филипп довольно неожиданно для себя понял, что все это время, пока он собирался сюда, пока ехал, пока парковал машину и входил в дом, — все это время он боялся, что Сента, быть может, совершила страшное — покончила с собой, и он найдет ее мертвой.

Филипп дошел до последней площадки. Там он постепенно стал ощущать запах. Это была ужасная вонь с лестницы. Чувствуя, как вонь усиливается, Филипп понял, что она ползет вниз с тех пор, как он ступил на этот этаж; он также осознал, что такого он никогда не нюхал. Запах был незнакомый. Половица наверху опять скрипнула. Филипп поднялся по лестнице, от отвращения зажав нос и стараясь дышать ртом.

Все двери были закрыты. Он ни о чем не думал, перестал вспоминать, как они планировали жить здесь наверху. Движения его были машинальными. Больше он не слышал дождя. Он вошел в большую комнату. Свет тусклый, но темно не было, потому что два мансардные окна не закрыты ни шторами, ни ставнями. Это задний фасад дома, и через залитое стекло можно было увидеть над плоскими крышами небо, серое и грубое, как гранит. В

— Филипп, дорогой мой, ты говорил, что поможешь

комнате не было ничего, кроме старого кресла, шкафа с приоткрытой дверцей и чего-то похожего на носилки или циновку. На самом деле это была дверь с постеленным серым покрывалом.

Рядом стояла Сента. Она оделась как для поездки в Чигвелл: красная блузка, на которой, как она утверждала, она искала пятна крови, джинсы и кроссовки. Волосы завязаны наверху красной полосатой лентой. Улыбка, которой Сента его встретила, преобразила ее. Все лицо превратилось в улыбку, все тело. Сента подошла к Филиппу вытянув руки.

— Я знала, что ты придешь. Я чувствовала. Я думала: Филипп приедет ко мне, он не хотел сказать того, что сказал, он не мог иметь этого в виду. Правда странно? Я испугалась не больше чем на миг. Я знала, что моя любовь слишком сильна, чтобы могла оборваться твоя.

Так все и есть, думал Филипп, так и есть. Любовь вернулась к нему потоком дождя. Жалость и нежность жгли его изнутри, глаза застилали слезы. Он обнял ее, сжал, и она прильнула к нему, будто пытаясь проникнуть в его тело.

На этот раз первой из объятий высвободилась Сента. Она сделала шаг назад и посмотрела на Филиппа ласково, слегка наклонив голову. Филипп с удивлением осознал, что, пока обнимал ее, пока его любовь оживала, он перестал ощущать тот запах. Теперь он вернулся к нему густой, крепкой волной. Этот запах ассоциировался у него с мухами. Сента взяла его ладонь в свою руку и сказала:

— Филипп, дорогой мой, ты говорил, что поможешь мне кое с чем, что мне нужно сделать. В общем-то, это нужно сделать нам. С этим нужно разобраться, прежде чем даже думать о том, чтобы сюда переехать, — она улыбнулась. Это была самая безумная улыбка, какую только можно представить на женском лице, дьявольская, пустая и отрешенная. — Я бы сделала это раньше, я знаю, что должна была разобраться с этим раньше, но я физически не такая сильная, чтобы сделать это в одиночку.

У него не было никаких предположений. И мыслей не было. Филипп лишь пристально смотрел, чувствовал боль, ее руку, маленькую и горячую, в своей руке. Он должен сказать ей все, что только можно представить, самые ужасные вещи. Преодолевая внутреннее сопротивление, он заговорил:

— Ты сказала, что Джейкопо…

— Их не будет до завтра. Как бы то ни было, нельзя, чтобы они узнали. Нам нужно покончить с этим, Филипп, пока они не вернулись.

Мясная лавка, которую забыли запереть и куда не приходили в течение нескольких длинных жарких дней, думал он. Лавка, полная гниющего мяса, а все люди погибли от бомбежки или облучения. Филипп открыл дверцу шкафа. И увидел нечто вроде лица. В первую секунду оно напомнило ему безжизненное лицо Флоры, мерцающее в глубине шкафа. Но нет, оно не такое, совершенно не такое. Что-то, что некогда было молодой девушкой, прислонялось к стенке. И зеленый вельвет.

Он издал вопль ужаса. Прикрыл рот обеими руками: казалось, все внутренности поднялись к горлу и стремились выплеснуться наружу. Пол пошатнулся. Филипп не упал в обморок, но на ногах не устоял. Его руки разъехались в разные стороны, как у человека, ищущего воды, чтобы плыть. Он стал оседать, пока не припал к циновке с серым покрывалом.

Сента ничего не заметила, ее это не задело. Она смотрела теперь на шкаф, словно это был просто громоздкий или неуклюжий предмет мебели, который нужно как-то передвинуть или избавиться от него. Ее чувства были скрыты, разве что взгляд выдавал ее. Он увидел, как Сента протягивает руку в шкаф и поднимает со дна кухонный нож, лезвие и рукоятка которого потемнели от крови. Она лгала только по мелочам, выдумывала только несущественные детали...

— Ты ведь приехал на машине, Филипп? Я думала, мы снесем это вниз вот на том, на чем ты сидишь, положим в мою комнату, подождем, пока стемнеет, а потом...

— Заткнись, ради бога, прекрати! — заорал он.

Она медленно повернулась, обратила на него свой бешеный светлый водянистый взор:

— В чем дело?

Филипп поднялся с пола, встал и захлопнул ногой дверцу шкафа — это было тяжелее, что что-либо он когда-либо делал. Он схватил Сенту и потащил ее из комнаты. Еще одну дверь нужно было закрыть. Нос и все внутри, даже мозг, казалось, были забиты этим жутким запахом. В мире не хватило бы дверей, чтобы скрыться от него. Филипп потащил Сенту вниз по лестнице; он тянул ее с собой, пока на полпути они не растянулись на широкой ступеньке. Он взял ее за плечи, закрыл ее лицо своими руками. Сента потянулась к нему, их губы разделяли сантиметры.

— Послушай меня, Сента. Я выдал тебя полиции. Я не хотел, но так получилось. Они приедут, они скоро будут здесь.

Ее глаза расширились, рот открылся. Филипп был готов к тому, что она набросится на него с кулаками, будет кусаться, но она была неподвижна и безвольна, хотя уже освободилась от его рук.

— Я увезу тебя, — сказал он, — я постараюсь, — он не собирался этого говорить, но произнес, — вот для чего нам понадобится машина. Я отвезу тебя куда-нибудь.

— Я не хочу уезжать, — ответила она, — куда я поеду? Я никуда не хочу без тебя.

Она встала, он тоже встал, и они пошли вниз. Здесь был другой запах, старый запах плесени и чего-то кислого. Филипп подумал: я говорил с Моррисом сто лет назад. Сента распахнула дверь в подвальную комнату. Свеча догорала в луже воска. Филипп открыл ставни и увидел, что дождь прекратился. По стене струилась вода и капала на обочину, когда проезжали машины. Он повернулся к Сенте. И увидел, что ее волновало одно-единственное, только это было для нее важно.

— Ты по-прежнему меня любишь, Филипп?

Возможно, это будет ложь. Он уже не знал.

— Да, — ответил он.

— И ты меня не бросишь?

— Не брошу, Сента.

Он лег на постель рядом с ней и отвернулся от своего отражения в зеркале, смятого, испуганного, испорченного отражения. Она подползла к нему, и он принял ее в свои объятия. Сента прильнула, дотронулась губами до его кожи, и Филипп крепко прижал ее к себе. Он различал, как наверху по воде едут машины, услышал, как одна остановилась возле дома. Вот ведь о чем мы думаем, о чем вспоминаем в самые ужасные минуты, думал он. Когда он украл статую, то и не предполагал, что из-за этого могут прислать полицейскую машину.

Но могут. Прислали.

РУТ РЕНДЕЛЛ

ПОДРУЖКА НЕВЕСТЫ

Ответственный редактор *Н. Холодова*
Редактор *Н. Стефанович*
Художник *А. Бондаренко*
Художественный редактор *А. Ходаковский*
Компьютерная верстка *Л. Кузьминова*
Корректор *Е. Коротаева*

ООО «Издательство «Эксмо»
127299, Москва, ул. Клары Цеткин, д. 18, корп. 5. Тел.: 411-68-86, 956-39-21

Оптовая торговля книгами «Эксмо» и товарами «Эксмо-канц»:
ООО «ТД «Эксмо». 142700, Московская обл., Ленинский р-н, г. Видное,
Белокаменное ш., д.1. Тел./факс: (095) 378-84-74, 378-82-61, 745-89-16.
Многоканальный тел. 411-50-74. **E-mail: reception@eksmo-sale.ru**

Мелкооптовая торговля книгами «Эксмо» и товарами «Эксмо-канц»:
117192, Москва, Мичуринский пр-т, д. 12/1. Тел./факс: (095) 932-74-71.
127254, Москва, ул. Добролюбова, д. 2. Тел.: (095) 745-89-15, 780-58-34.
www.eksmo-kanc.ru e-mail: kanc@eksmo-sale.ru

**Полный ассортимент продукции издательства «Эксмо» в Москве
в сети магазинов «Новый книжный»:**
Центральный магазин — Москва, Сухаревская пл., 12
(м. «Сухаревская»,ТЦ «Садовая галерея»). Тел. 937-85-81.
Информация о других магазинах «Новый книжный» по тел. 780-58-81.

В Санкт-Петербурге в сети магазинов «Буквоед»:
«Книжный супермаркет» на Загородном, д. 35. Тел. (812) 312-67-34
и «Магазин на Невском», д. 13. Тел. (812) 310-22-44.

Подписано в печать 16.03.2005. Формат 70×108 $^1/_{32}$. Печать офсетная.
Бумага тип. Усл. печ. л. 16,8.
Тираж 3100 экз. Заказ № 6726

Отпечатано в полном соответствии
с качеством предоставленных диапозитивов
в ОАО «Можайский полиграфический комбинат».
143200, г. Можайск, ул. Мира, 93.